萧红文集

6 阅读萧红

山东城市出版传媒集团·济南出版社

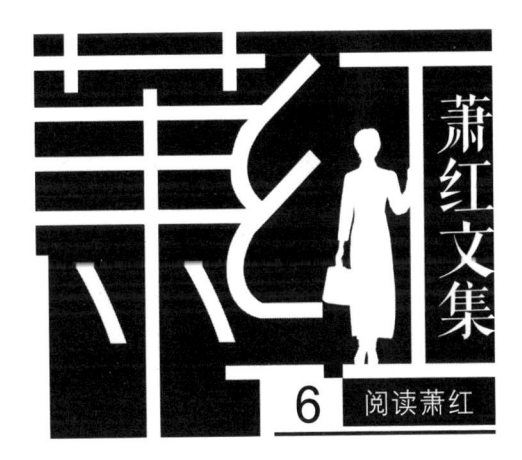

图书在版编目(CIP)数据

萧红文集.附录/陈骄骄,洪亮编著.—济南:济南出版社,2020.10
ISBN 978-7-5488-3625-4

Ⅰ.①萧… Ⅱ.①陈…②洪… Ⅲ.①萧红(1911-1942)—文学研究 Ⅳ.①I216.2

中国版本图书馆 CIP 数据核字(2019)第 107569 号

出 版 人	崔 刚
责任编辑	胡长粤 李 媛
实习编辑	刘秋娜
装帧设计	胡大伟

出版发行	济南出版社
地 址	济南市二环南路 1 号(250002)
发行电话	(0531)68810229 82924885 67817923
经 销	各地新华书店
印 刷	山东临沂新华印刷物流集团有限责任公司
版 次	2021 年 1 月第 1 版
印 次	2021 年 1 月第 1 次印刷
成品尺寸	145mm×210mm 32 开
印 张	46.75 本册印张 10.875
字 数	972 千
定 价	328.00 元(全六册)

(济南版图书,如有印装质量问题,请与印刷厂联系调换)

阅读萧红【目录】

萧红的人生道路

3　童年的幸运与不幸

9　艰难的求学经历

16　寿宴背后的阴云

20　在学生运动的大潮里

25　一次次的出走

32　落难与自救

39　从欧罗巴旅馆到商市街

45　初登文坛

53　漂泊之始

61　在鲁迅先生身边的日子

70　从东京到北平

79　不可避免的分手

88　携手端木蕻良

98　在重庆

105　魂断香港

名家忆萧红

117　风雨中忆萧红(丁玲)

122　记萧红(陈纪滢)

127　悼萧红(柳无垢)

139　忆萧红(许广平)

143　萧红小论(骆宾基)

148　在西安——回忆萧红(聂绀弩)

154　追忆萧红(许广平)

162　记萧红女士(柳亚子)

164　萧红的小说《呼兰河传》(茅盾)

174　雪夜忆萧红(高兰)

179　在萧红墓前的五分钟演讲(郭沫若)

182　悼萧红(靳以)

186　回忆我和萧红的一次谈话(聂绀弩)

194　"改造民族灵魂"的文学——纪念鲁迅诞辰一百周年与萧红诞辰七十周年(钱理群)

209　论萧红小说兼及中国现代小说的散文特征(赵园)

225　萧红:大智勇者的探寻(孟悦　戴锦华)

254　论萧红创作的审美结构(秦林芳)

271　女性的洞察——论萧红的《马伯乐》(艾晓明)

萧红研究简史

301 导语

303 从左翼新人到时代的"落伍者":20世纪三四十年代的萧红评价史

316 文学史上的边缘人:萧红在20世纪50至70年代的命运

325 视角的多元与趋同:20世纪70年代末至今的萧红研究

阅读萧红

人生的道路

萧红短暂的一生中,经历过不少亲友的离世,其中给她打击最大的,除了年少时祖父的死以外,就是鲁迅的逝世了。从萧红与之交往的种种细节上,我们都可以明显看出,鲁迅对于萧红而言绝不仅仅是一位导师,更是一位"父亲",所以鲁迅的离去带给萧红的打击,不亚于失去任何一个至亲。

童年的幸运与不幸

1911年6月1日，萧红出生于黑龙江省呼兰县张家。家里最初给她取小名荣华，后又取学名张秀环。但是萧红的二姨名叫姜玉环，名字里也有一个"环"字，按照风俗，晚辈的名字和长辈用一样的字是一种不敬，所以萧红的外公又把她的名字改为张迺莹。张家是一个大户人家，虽然在萧红出生时已开始没落，但仍然算是中上家境。因此萧红小时候在物质方面，基本没有吃过什么苦头，但是在精神、情感上的经历，可就一言难尽了。

萧红出生这一天，是农历五月初五端午节，传说中也是大诗人屈原的祭日。这位中国现代文学史上杰出的女作家，恰恰出生在一个与文学传统有着密切关系的日子，似乎她的人生道路在冥冥中已经被注定了。然而萧红的家人却丝毫没有因为她的出生而高兴，因为在那时的东北，端午节出生的孩子被认为很不吉利，其理由在今天看来，简直就是笑话：有些节日，如清明节、端午节、盂兰盆节等，也被称为"祭日"，在这些节日里，一些平时被镇在庙里的鬼魂可以暂时到外面游荡，并享受人间的祭祀。所以凡是出生在这些日子里的人，就被认为是恶鬼投胎。更何况，东北本来就有"男莫占三六九，女莫占二五八"的说法，所以一个女孩子出生在五月初五，可以说是双重的不吉利。萧红就是因为这个荒谬绝伦的理由，一出生就受到了家人的鄙弃。她的家人甚至一直向外人宣称，萧红的生日是农历五月初六，萧红小时候每次过生日，都只能在五月初六过。直到成年以后，萧红还对此事耿耿于怀，她在作品中屡屡抨击传统文化愚昧落后的一面，这和她的童年经历不无关系。

当然，更让家人不快的还是——萧红是一个女孩。在那样一个重男轻女的社会氛围里，家中生了一个女孩，带来的必然是无尽的失望。尤其是萧红的祖母范氏，几乎从来没有喜欢过这个孙女。而父母呢，他们本应对孩子有着天然的感情，但是对于一心盼望着延续香火的父亲张廷举来说，萧红的出生并不会让他高兴。后来，萧红在祖父的娇纵下变得越来越淘气，她的父亲也越来越看不惯这个叛逆的女儿。至于母亲姜玉兰，用萧红自己的话说，"母亲并不十分爱我，但也总是母亲"，很显然母女之间的关系也是不冷不热的。更何况，姜玉兰后来又生了3个男孩（其中两个夭折，只有一个活下来，名叫张秀珂），由于她把精力都耗费在了照顾婴儿上，更不可能给予萧红太多的关心。几个弟弟的接连出生，也让萧红在家里的地位愈加边缘化。然而对萧红来说，比感受不到太多的父母之爱更糟糕的，是她被剥夺了受教育的机会。因为在父母眼里，女孩子长大以后终究是要嫁人的，只要学会打理家务、伺候丈夫和公婆就够了，读书根本没有什么意义。

萧红6岁的时候，祖母范氏病逝，从此持家的重担就落在了姜玉兰身上。接连地生育、抚养孩子已经消耗了她太多的心血，使她本就羸弱的身体变得更加弱不禁风，但婆婆的故去，又让她不得不扮演"当家人"的角色。她曾经一度将这一角色扮演得很好，由于她的勤俭度日、持家有方，张家的家境渐渐有了起色。但是，过度的操劳加上沉重的心理压力，最终拖垮了她的身体，在萧红8岁的时候，母亲因病去世。姜玉兰死后刚满百日，萧红的父亲张廷举就迫不及待地续弦——这也难怪他，那样一个上有老下有小的家庭，离开了主妇怎么能运转呢？更何况他当时担任呼兰初高两级小学校的校长，繁忙的公务也让他无暇顾及家庭，在此情况下，尽快续弦几乎是他唯一的选择。

萧红的继母名叫梁亚兰。她生于1898年，嫁到张家的时候只有21岁，仅仅比萧红大13岁。尽管"后妈"在民间故事中往往是凶神恶煞般的形象，但实际上对于一个年轻的女子而言，刚一出嫁就要扮演继母的角色，也是一个不小的挑战：一方面，她和前房留下的孩子没有任何血缘关系，想要从头建立感情的纽带并非易事；另一方面，一旦和子女的关系处理得不当，也很容易遭人非议，毕竟人们对于"没娘的孩子"总是有天然的同情。梁亚兰在张家，也只能小心翼翼地履行着继母的职责，她对萧红姐弟俩也是异常的客气，从来没有打骂过他们。即使萧红小时候异常淘气（用今天的话说，可谓不折不扣的"熊孩子"），她至多也不过用指桑骂槐的方式发泄一下不满。更为难能可贵的是，正是在她的支持下，萧红才得以进入学校读书，不得不说，萧红能遇到这样一位继母，也算是不幸中的万幸了。

然而生性敏感的萧红，对于梁亚兰的"客气"显然并不能感到满足。因为她觉察到，这种"客气"同时也意味着感情的淡薄。换句话说，她和继母之间总是保持着相当的距离，相处得就像陌生人一样，虽说没有什么冲突，但也不会产生任何亲密感。更糟糕的是，当时张廷举由于公务繁忙，难得回家一次。梁亚兰独自持家，面对着淘气的孩子们，又不好管教，只能在丈夫每次回家的时候向他诉苦。而张廷举为了安抚妻子，也为了尽到管教子女的责任，每次听闻萧红和秀珂的"劣迹"后，都会对他们加以斥责甚至殴打。无疑，这更加重了萧红姐弟与继母之间的隔阂。

在家中，真正能让萧红感到温暖的只有一个人，那就是她的祖父张维祯。实际上，张维祯并不是萧红的亲祖父：他和妻子范氏育有三女一男，但是男孩很小便夭折，为了不让自己死后家产落到外姓人手里，他便从堂弟张维岳的七个儿子中选出一个做养子，这个养子就是萧红的父亲张廷举（由于张廷举在原来的家庭中排行第三，又被张维祯选中，所以他的字就叫"选三"）。然而就是这个不是亲祖父的祖父，却成了最宠爱她的人，用萧红自己的话说，她"从祖父那里，知道了人生除掉冰冷和憎恶而外，还有温暖和爱"。

从萧红的自述和亲属的回忆中我们可以看到，祖父对萧红的宠爱，可以说已经到了娇惯的地步。比如，萧红家的院子里有一口井，一次一只鸭子掉到井里淹死了，祖父让人捞起来，用黄泥裹上，烧熟了给萧红吃。她觉得很好吃，就盼望着再有鸭子落井。但这种意外毕竟不会经常发生，所以当淘气的她看到一群鸭子走到井沿附近时，就拿着个秸秆，想把它们赶到井里。鸭子自然不肯就范，一边围着井口乱跳乱转，一边呱呱叫着，扰得整个院子鸡犬不宁。这时祖父问她想干什么，明白她的心意后，告诉她不用赶了，答应抓个鸭子给她烧了吃，但是她仍不停下。祖父只得过去把她抱起来，但她仍然一边挣扎一边喊："我要掉井的！我要掉井的！"萧红长到七八岁的时候，简直比同龄的男孩子还要淘气，翻箱倒柜、跳墙爬树，几乎是无法无天。有一次她踩着梯子爬树，竟然一边往上爬，一边脱下裤子往下拉屎，同时还大喊："爷爷，我下蛋了！"

萧红的顽皮可以被祖父容忍，却不能被家里的其他长辈所接受，为此，年幼的萧红也没少吃苦头，同时也连累祖父被埋怨。祖母每次骂人，都会把萧红和祖父一起骂上，骂祖父是"死脑袋瓜骨"，骂萧红是"小死脑袋瓜骨"。萧红家里窗户的样式，都是四边糊纸、中间嵌着玻璃。祖母是有洁癖的，所以她的房间窗纸最白净，而不像其他屋里的都是暗黄色。结果这就惹起了萧红的恶趣味：一到祖母的屋里，她就要把白花花的窗户纸戳几个破洞，听着纸被戳破发出的嘭嘭声，倍感得意。如果不是有人阻拦，她能把所有的窗纸全都捅破。这自然让祖母恨之入骨。所以，有一次她看到萧红进来，就拿着一根针在窗户外面等着，萧红一戳，就被针刺破了手指。这时的萧红只有三岁，尽管祖母惩治她的手段似乎有点狠心，但是她的淘气

阅读萧红 | 7

程度，于此也可见一斑。

当然，祖父对萧红也不是一味娇惯。萧红的文学启蒙，就是在祖父这里完成的。据家谱记载，祖父张维祯"幼读诗书约十余年"，有着相当不错的文学修养，所以他教会萧红的，并不只是调皮捣蛋。在带有自传色彩的小说《呼兰河传》里，萧红就满怀深情地回忆了祖父教她念《千家诗》的情形。此外，不善理家的祖父在家中几乎是个闲人，他最大的乐趣，就是带着孙女到后院子里去玩耍，而这个后园，也成了萧红生命中的伊甸园。成年后，她总是在作品中情不自禁地回忆与祖父一起在园中度过的美好时光。

总的来说，萧红的童年不能说是幸福的。但是富裕的家境至少让她不必忍受物质上的匮乏，而祖父的慈爱又在很大程度上弥补了父母在感情上对她的亏欠，因此萧红的童年也并不缺乏欢乐。

艰难的求学经历

在继母梁亚兰的支持下,萧红得以上学读书,这发生在1920年,即梁亚兰嫁入张家的第二年。做个不厚道的推测,继母此举或许未必真的是为了萧红好,也有可能是她实在忍不了萧红的淘气,所以用这种方式让萧红不能整天在家,好让她眼不见心不烦。不过无论如何,这对萧红来说都是一件天大的好事。当时萧红已经9岁,比正常的入学年龄晚了好几年,但这也总比没有学上好。

萧红最初就读的学校,是呼兰县立第二初级小学,该校创建于1920年3月,萧红是第一批学生,今天它已经改名为"萧红小学"。这所学校除了像一般的小学那样讲授基础知识外,还教给学生养蚕技能,所以它还有一个名字:呼兰城内乙种农业学校。不过有意思的是,"第二初级小学"和"乙种农业学校"虽然都是学校的正式名称,但当时的人们却不常提起,而是更习惯叫它的俗称:龙王庙小学。这是因为该校的校址就在呼兰县城的龙王庙内。龙王庙位于东二道街的南头,离萧红家只有不到一百米的距离。这所学校开设的课程有修身、国文、算术、手工、图画、歌唱、体操等，授课内容相当丰富。

但是当时的小学分为初级小学和高级小学（就如同今天的中学分为初中和高中），初小四年，高小两年。而萧红就读的这所学校只有初小，没有开设高小，所以四年后升学时，萧红只能转校。另外，当时正好赶上学制转换，每个学年从春季开学变为秋季开学，因此萧红在龙王庙小学实际上读了四年半。1924年暑假过后，她考入呼兰县北关的第一初高两级小学。这所学校位于祖师庙院内，因此也有一个俗称：祖师庙小学。这所学校的教学质量很一般，学生来源也比较复杂，有在乡下教了好几年私塾的，有在粮栈当了两年管账先生的。虽说是"小学"，但萧红的同学中竟然有20多岁的。她后来曾以调侃的语气写到，有的同学已经儿女成群，成了一家之主，写起家信来，或问"小秃子闹眼睛好了没有"，或问"姓王的地户的地租送来没有"……

这样的学校，自然不是适合学习的地方。因此，1925年暑假前，当时在呼兰教育界已有相当影响力的父亲张廷举，又把她转入了教学质量更高的呼兰县第一女子初高两级小学。萧红刚刚转来不久，上海发生"五卅惨案"的消息传到了呼兰小城，让这个本来如一潭死水的小城陡起波澜。和全国许多地方一样，呼兰也成立了"沪难后援会"，许多青年学生走上街头参加游行，为上海工人募捐，并号召市民抵制日货。萧红也参加了这场游行，而且据说表现得相当积极，还在学生联合会组织的募捐义演活动中扮演了一个角色。在这场运动中，她带头剪去了作为传统女性象征的长辫子，同时还鼓动其他女孩子剪辫子，甚至还亲自动手，把邻居一个十几岁的姑娘的辫子剪了下来。

不过，萧红的这些举动，让她与父亲之间的隔膜越来越深。张廷举是一个充满矛盾的人，他是当时呼兰教育界的头面人物，在别人眼中也算比较开明，曾经积极推动兴办女学，提倡科学民主。然而当初在萧红的入学问题上，他却表现得很不积极。这似乎表明，张廷举的"开明"未必是真心的，而很有可能只是为了顺应潮流，以便在官场上混得开，才故意做出的一种姿态而已。对于自己的女儿，他内心仍然希望她能成为一个端庄稳重的传统型"淑女"，以便日后嫁了人能够相夫教子，而不是变成一个具有鲜明个性和独立精神的现代女性。因此，对于萧红走上街头参加社会运动，他虽然碍于自己的"人设"而无法公开阻止，但心里极有可能是非常反感的。

1926年夏天，15岁的萧红从高小毕业。当时像萧红这样的女孩子若想升学，可能的选择有这样几种：一是去哈尔滨上正式的中学，这是最理想的选择，但是需要很大一笔学杂费用。二是去齐齐哈尔，那里有公费的省立女子师范学校，如果去那里读书，家里只需要出一点生活费就够了。三是在本县继续读书，这条路没有多少人愿意选择，呼兰当时只有一所正式的中学，且不说教学质量如何，因为它压根儿就不招收女生。萧红要想在本地读书，只能去读所谓的"通校"，即外地的一些学校（如阿城师范）在呼兰开设的、只招走读生的分校。这类学校的师资质量自然不如正规学校，而且在相对闭塞的小县城里读书,也肯定不能像在大城市的学校里那样开阔眼界、增长见识。以萧红的学习成绩,考前两种学校都没有任何问题;而以张家的家境,供她读书也不存在经济上的困难。然而当萧红向父亲提出要到哈尔滨读书时,却出乎意料地遭到了反对。父亲阴沉着脸说:"上什么中学?上中学在家上吧!"所谓"在家上",就是读上面所说的"通校"。萧红据理力争,但父亲寸步不让,父女之间的矛盾彻底爆发。

张廷举的这种反应看似难以理解,实则不无原因:前文提过,他的"开明"本来就只不过是一种姿态,而萧红读高小期间在学生运动中的表现,更让他担心女儿一旦离开了自己的管束,会变得越发"无法无天"。因此在萧红的升学问题上,他再一次成了最大障碍。另外,这里还有一个更加隐秘的原因,那就是此时张家已经为萧红物色好了未来的夫婿,对方名叫汪恩甲。关于汪恩甲其人及他与萧红婚约的详情,我们后面还会再提到,不过这里可以指出的是:张廷举反对萧红离家到哈尔滨读书,最根本的原因很可能是害怕她读中学后进一步接受新思想,会追求恋爱自由而挣脱这一桩包办婚姻。

萧红并没有束手就擒,而是不断以自己的方式反抗父亲。只不过她的反抗手段是消极的:既然父亲不让她离开家,她就要么整日在家里看书,要么就是到后花园闲逛,所有的家务杂事,她一概不管,俨然一副衣来伸手、饭来张口的大小姐派头。这自然惹恼了继母梁亚兰,她当时已经生了两个孩子,肚子里还怀着第三个,同时还要照顾一家老小。本来就已经心力交瘁的她,看着萧红这样一个十五六岁的大姑娘成天在家吃闲饭，心中肯定极度不满。于是她也不再客气，经常骂起萧红来，萧红自然会更不客气地反击，于是家中整日鸡犬不宁。张廷举也渐渐忍无可忍，有一次他骂萧红："你懒死了！不要脸的！"没想到萧红毫不惮于冒犯父亲的尊严，顶撞道："什么叫不要脸呢？谁不要脸？"听了这话后，怒不可遏的父亲，一巴掌把萧红打倒在地上，从此父女之间的关系降到了冰点。

然而过了一年多以后，父亲竟然奇迹般地让步了。至于其原因，萧红后来回忆说："当年，我升学了，那不是什么人帮助我，是我自己向家庭施行的骗术。"至于这究竟是怎样的"骗术"，萧红并没有明说，不过有研究者推测，她指的可能是以出家相威胁。说到这儿，就不能不提到萧红读高小时的一个同班同学——田慎如。这是一个非常漂亮的姑娘，却遭遇了和萧红类似的不幸：高小毕业后，她本已考上齐齐哈尔的女子师范，却被县里的权贵看上，非要娶她做妾。胆小怕事的父亲于是写信把她骗了回来，但她回家后勇敢地当面痛斥打她主意的"大人物"，本来就不敢得罪人的父亲被吓得战战兢兢。最后，田慎如为了表明自己绝不连累父亲，一怒之下决定出家，到呼兰的天主教堂当了修女。

这事给了萧红极大的启发，她当年的同学回忆说，萧红曾向她们说过，如果父亲不让她到外地求学，她也要去出家当修女。此事迅速传遍呼兰小城，张家在当地也算得上是有头有脸了，他们家的女儿要出家，无疑是一个重磅新闻，张廷举为此承受了巨大的舆论压力。萧红的祖父这时也站出来为她说话，他对张廷举夫妇说，如果萧红真的当了修女，他就死给他们俩看——事实上，在萧红求学的整个过程中，祖父一直都是全力支持她的，只不过已经是一家之主的张廷举，早就不把衰老的父亲放在眼里了。然而父亲毕竟是父亲，张维祯在这个关头以死相逼，也让张廷举没法置之不理。更何况，此事也关系到未来亲家的声誉，对方甚至还专门托人来过问此事。凡此种种，都让张廷举觉得扛不住了，最终他只得暂时放弃做父亲的尊严，勉强同意了萧红赴哈尔滨求学的要求。

靠着自己的"骗术"，萧红终于在1927年秋天进入了哈尔滨东省特别区区立第一女子中学校（简称"东特女一中"），这是她人生中第一次走出呼兰小城。尽管哈尔滨在当时已经是一个比较开放的大城市，可萧红就读的东特女一中，风气却依然相当保守。该校的前身为1924年成立的从德女子中学，这个校名即得自于"三从四德"的陈腐道德观念；1926年8月才改名为东特女一中，可学校的风气却并未随之改变。该校的校长是孔焕书，此人虽然年龄不大（生于1895年，1924年出任校长时还不到30岁），身上却毫无年轻人应有的朝气，反而把学校治理得死气沉沉。她不但制订了严苛的校规校纪，让学生们感到窒息般的压抑，还聘用了一批旧式教师。他们那些落后的观念和教学方式，也令学生极为反感。比如，该校学生除了学习文化课，还要学做女红，有个绰号"老母鸡"的教员就是教刺绣的，并兼做训导员，她经常向学生灌输，做女人的任务就是博得丈夫的喜欢，所以一定要掌握刺绣等技能。有的学生实在忍无可忍，就当面顶撞她："唯有'奴心未死'的女人才会这样做……"还有一次，学校竟然请了一个军阀来做

"演讲"，他一开口就要女学生好好读书，以便将来给有钱人做个七房八房姨太太……

对于历尽艰辛方才得到读书机会的萧红来说，这样的一所学校实在是令她失望之至。不过好在学校里还有几个新派教员，比如语文教员王荫芬，他把白话文引入课堂，常常向学生讲解鲁迅先生的作品，并引导学生阅读五四以来的新文学，打破了该校语文课只教文言文的局面。再如毕业于上海美专的美术老师高仰山，是一个造诣颇高的画家，同时也酷爱文学。在他的影响下，萧红不仅对美术产生了浓厚的兴趣，还阅读了鲁迅、郭沫若、郁达夫、歌德、莎士比亚等大量中外作家的作品。正是这些老师，让萧红在世界观、人生观的形成阶段得到了正确的引导。

寿宴背后的阴云

1928年初,学校一放寒假,萧红就回到了家乡。到家后,她发现祖父的身体已经大不如前了,经常生病,而且精神也非常不好,常常会忘掉很重要的事情。萧红意识到,已经80岁的祖父剩下的生命可能不会太长了,有时候祖父睡着了,萧红就躺在他的身边哭,仿佛祖父已经离开了她一般。萧红后来回忆了自己这时的心情:"我若死掉祖父,就死掉我一生中最重要的一个人,好像他死了就把人间一切'爱'和'温暖'带得空空虚虚。"为了多照顾照顾祖父,寒假过后,萧红晚了四天才返校。不过之后不久,她再一次回到了呼兰家中,还是因为祖父。

这一年的农历二月初五,是祖父张维祯的八十寿辰。在那样一个注重传统孝道的社会里,张廷举作为呼兰教育界的重要人物,自然要把养父的寿辰大办特办,而最受祖父宠爱的萧红,自然会被叫回家中。萧红一回来,就满心欢喜地奔向了祖父的屋子,但是紧接着心里便感到一阵难过,因为和不久之前比起来,祖父的脸色变得更白、更惨淡了。等屋里没人了,祖父又流着眼泪向她诉说，自己前几天解手的时候跌了一跤，差点跌断了腰，他感觉到，自己可能真的快要不行了。萧红听后，内心的悲伤更加难以抑制。

不过寿辰隆重而又喜悦的氛围，并不会因为这祖孙俩的忧愁而打丝毫的折扣。这次祝寿活动，轰动了整个呼兰县城，来宾中不乏呼兰当地乃至黑龙江省的军政要员。其中身份最为显赫的是黑龙江省"剿匪"司令、骑兵总指挥马占山将军。马占山将军后来在"九·一八"事变之后，曾就任国民党黑龙江省政府代理主席兼军事总指挥，率领爱国官兵奋起抵抗日本侵略者，是东北现代历史上的风云人物。能和他攀上关系，无疑是张家的巨大荣耀。马占山还带来了他的一众部下，比如曾任呼兰保卫团团长、此时已升任黑龙江省骑兵团团长并被授陆军少将衔的王廷兰。马占山亲临祝寿，自然让呼兰本地的大小官员不敢怠慢，就连县长廖鹏飞也来到了张家。席间，马占山提议将张家大院北面的胡同改名为"长寿胡同"，当场即得到落实。可以说，这次办寿真正使得张家风光无限。

令人奇怪的是，当时的张廷举还仅仅是在呼兰教育界颇有地位而已，说穿了不过就是一个小官僚，马占山作为整个黑龙江省军界的领袖人物，何以非要"屈尊"来为他的父亲祝寿呢？其实，这件事和萧红有关，更确切地说，是和前面提到过的萧红的那桩婚约有关。从现有的萧红传记资料中我们可以知道，张家确实为萧红定了一门亲事，但是关于此事的几乎每一个细节都疑点重重，这已经成为萧红研究领域最扑朔迷离的一桩悬案。

首先，萧红的这个未婚夫究竟叫什么名字？有人说叫汪恩甲，但也有人说叫"王恩甲"。不过这可能是所有谜团中最容易解释的一个，目前研究者基本可以断定此人姓汪，说他姓王的则是出于一种误解，即认为他是王廷兰的儿子。这就涉及有关此事的第二个谜团：汪恩甲与王廷兰究竟是什么关系？前者是后者之子的说法曾广为流传，这一说法不仅得到了很多与张家关系密切的人的支持，也能解释马占山祝寿之事：王廷兰是马占山将军的手下干将，为了体现对下属的器重，马占山才会在其未来亲家办寿的场合出面。不过研究者经过调查已经得知，王廷兰只有一个儿子王凤桐，他的生平也被研究得清清楚楚，与萧红并无任何交集，而汪恩甲的父亲则是一个小官员。因此，汪恩甲是王廷兰之子的说法不攻自破。当然二人之间或许有其他密切的关系，毕竟有不止一位知情者言之凿凿地指出，王廷兰曾为汪恩甲向张家提亲。有学者推测他们可能是近亲，也可能汪恩甲认过王廷兰义父，甚至还可能二人本来确实是父子，只是汪恩甲被过继给了汪家……只不过从现有资料看，这些推测都很难被完全证实。第三个谜团则是：萧红究竟是在什么时候与汪恩甲订婚的？目前有 3 岁、14 岁、18 岁三种说法。研究者倾向于认为，张廷举作为一个"新派"人物，不太可能那么荒唐，在孩子 3 岁的时候就给她定下八字没一撇的婚姻。不过萧红祖母范氏的娘家据说是军界人物，因此范氏与王廷兰或许有旧交，她在萧红小的时候和王廷兰有过口头的约定，还是很有可能的。至于 14 岁的说法，当时萧红还在读高小，王廷兰也不太可能正式向张家下聘礼，可能只是怕范氏已过世多年，张家后人会忘了这一码子事，所以托人再次向张家确认婚约而已。比较准确的说法是，1929年萧红18岁时，两家才正式定亲。也就是说，在1928年张维祯过八十大寿的时候，萧红还没有定亲，不过这时候王廷兰拉着上司前来祝寿，很显然也是想顺便看一看萧红。

因此，祖父的寿辰虽然是喜事，但萧红这次回家却显然高兴不起来。她不但看到了祖父日渐衰老的身体，也看到了自己那已经被决定的命运。寿宴结束后不久，萧红依依不舍地辞别了祖父，一个人回到了哈尔滨。

在学生运动的大潮里

此后,萧红度过了大半年相对平静的校园生活,直到1928年11月,一场风潮席卷了哈尔滨。事情要从半年前说起:1928年6月张作霖被日本人炸死,张学良执掌东北军,日本人趁其立足未稳之际,逼迫他签订了《满蒙新五路协约》和《中日民商合筑五路条约》。条约规定由日本人出资在东北修建吉敦路等五条新铁路。这五条铁路贯通黑吉辽三省,一旦修通,将直接成为日本进军东北的通道。消息传出,整个东北群情激愤,哈尔滨也爆发了大规模的市民抗议活动。从11月起,哈尔滨各大、中学成立了"哈尔滨学生保路联合会",展开了轰轰烈烈的反帝爱国护路运动。萧红所在的女一中,最初由于校长孔焕书的压制,并未参与到运动中去。11月8日,当全市各大中小学一致罢课的时候,孔焕书一大早就把校门紧闭,只许进不许出,强迫学生照常上课。但是到了第二天,学生开始游行,当游行队伍经过女一中时,愤怒的学生翻过围墙、冲进校长室。他们先是和孔焕书激烈地辩论,后来干脆把她架了出来。这位平日里说一不二的"女皇",此时已经惊恐万状，完全丧失了尊严。慑于形势，她只得同意学生参加游行，并指定代表参加学联会议。

就这样，萧红继"五卅惨案"之后，又一次参与到学生运动中。但是最开始，她感觉到的不是激动，而是惊恐甚至羞辱：在校长封校的情况下，她们是被那些男学生用近乎暴力的方式"解放"出来的，因此她觉得一点也不光荣，甚至在男学生面前有点抬不起头来。不过庄严的游行很快让她忘了这种羞辱，走在浩浩荡荡的游行队伍里，萧红觉得自己的脚步都分外有力，听着队伍中不断迸发出来的"打倒日本帝国主义""反对日本完成吉敦路"的喊声，她感觉到凡是看到的东西，无论是马路上的石子还是路旁的街树，都变得异常严肃。到了11月10日，萧红和她的同学没再等男学生来拉，就自动出发了。这一天的游行主题，也由之前的"请愿"升级为"示威"，学生联合会主席做了慷慨激昂的演说，让萧红觉得很佩服。之后组织宣传队的时候，别人都是被推选出来的，只有萧红主动报名参加，她在漫天的雪花里，大声读着分发给她的传单……不过最终，游行队伍还是在警察的镇压之下溃散了。后来，由于东北当局的软弱，吉敦路也还是修通了。

萧红在运动中的积极表现，让孔焕书怒不可遏。她当初同意学生参加游行，本就是迫不得已，学生临行前，她还装模作样地教训她们："你们跟他们去，要守秩序，不能破格……不能像那些男同学那样，没有教养，那么野蛮……你们知道你们是女学生吗？记得住吗？是女学生！"而萧红的所作所为，在这位校长的眼中显然已经突破了"女学生"的底线，因此她扬言要开除萧红。不过此时的张廷举已经升任黑龙江省教育厅秘书,孔焕书自然不愿意得罪他,所以最终只是向张廷举告了萧红的黑状,提醒她对女儿严加管教。这已经使张廷举觉得十分丢脸了,更严重的是,萧红在"一一·九"游行中的英勇让她在哈尔滨的进步学生中小有名气,有人甚至慕名去女一中找她,因此她和不少男学生都有来往,这件事传到张廷举耳中,也令他十分不快。

另外,萧红和表哥陆哲舜的交往,尤其让张廷举放心不下。陆哲舜是法政大学的学生,家住哈尔滨市的太平桥,他的母亲是萧红家的远房亲戚,萧红叫她二姑。由于这层关系,萧红读书期间常去她家串门,因此与陆哲舜早有一些交往。到了学生运动的时候,他们成为战友,关系迅速变得亲密起来。这不能不引起张廷举的警觉:陆哲舜虽然还在读书,但已经娶妻生子(这在当时的大学生中间很常见),如果萧红真的和他有了什么瓜葛,无疑会大大败坏张家的"门风"。更何况,萧红身上此时已有婚约,如果闹出什么岔子,他也无法向王廷兰交代。不过,所有这些事情,张廷举都仅仅是听到了一些流言,没有抓到什么确切的把柄,所以也不能立刻把萧红怎么样。但是,为了防止夜长梦多,他已经开始筹划和汪家正式定亲的事情了。

张廷举着急定亲还有一个原因,那就是萧红的祖父和汪恩甲的父亲此时都身患重病,而中国民间一直有"冲喜"的说法。如果家里有久治不愈的病人,就要办一件婚嫁之类的喜事,用喜气来"冲"掉晦气。因此,在"一一·九"游行之后两个月即1929年年初，萧红正式订婚。出人意料的是，生性倔强的萧红面对这一桩典型的包办婚姻，竟没有丝毫的反抗，而是平静地接受了。不过，这也是不无原因的：首先，萧红的决定很可能与祖父有关，尽管她不会相信什么"冲喜"的鬼话，但是作为长辈，当然希望在离开世界之前看到孙女的"终身大事"能有个着落，这也是人之常情。为了让祖父得到人生中最后的慰藉，萧红甘愿忍受一点委屈。其次，汪恩甲曾就读于吉林省立第三师范学校，订婚之时他已经毕业，在哈尔滨市道外区的教会三育小学任教。作为一个同样受过新式教育的人，他和萧红在"三观"上的差异也不会太大，这应该是萧红同意这桩婚姻的决定性因素。最后，还有一个不那么冠冕堂皇的原因——据说，汪恩甲是个一表人才的美男子，且气质绝佳。萧红并非寻常女子，但在帅哥面前也还是没有抵抗力。

订婚不久，汪恩甲的父亲（据近年披露的资料，汪父名叫汪子勤，但也有学者认为此说不可信。暂且存疑）去世。萧红以未婚儿媳妇的身份，到位于哈尔滨顾乡屯的汪家奔丧，还带了重孝。她的表现让汪家人很满意，并因此得到了二百元的赏钱。由此可见，至少在此时萧红对这桩婚事还是非常认可的。不过她很快后悔了，因为在后来的交往中她得知，汪恩甲竟然抽鸦片！即使他别的方面都能令人满意，单凭这一点，就能让萧红对他的所有好感顷刻间化为乌有。要知道，当时抽鸦片在某些偏远地区虽然还比较普遍，但是萧红身边的青年知识分子的圈子中，几乎无人有此种恶习。所以萧红曾向自己的密友抱怨："我为什么要嫁给一个吸鸦片的烟鬼呢？"更何况，萧红还发现，在他那漂亮的皮囊里面包裹着的，其实是一个平庸的灵魂。如前所述，萧红当时与很多进步男青年都有来往，他们经常会讨论一些关乎民族国家命运的问题。然而汪恩甲却对此丝毫不感兴趣，他身上更多表现出来的是一些纨绔子弟的习气。因此，萧红跟家里提出退婚。但是这种事情答应起来容易，想要反悔可就难了。家人自然不可能顺着萧红的性子，只是劝说她忍一忍，汪恩甲要是真有什么不对，让他家里管教管教就是了。于是，萧红陷入了深深的苦闷中。

然而萧红马上遇到了比婚事更加严重的打击。1929年6月7日，正在校园里的萧红接到了祖父病危的电报。等她赶回家里，却看到家门口已经挂起了高高的白幡，院子里也传来了凄厉悲怆的喇叭声，她终于没能赶上见祖父最后一面。祖父出殡那天，萧红感到了一种恐怖，因为世界上唯一一个爱她的人离开了。她大声痛哭起来，这哭声不仅仅是为了祖父，也是为了她自己。萧红后来在文章中说："我懂的尽是些偏僻的人生。我想世间死了祖父，就没有再同情我的人了；世间死了祖父，剩下的尽是些凶残的人了。"

随着祖父的死，萧红与她的那个冷冰冰的家庭之间，割断了最后一缕感情的纽带。葬礼结束返回学校后，萧红以更加狂热的姿态投入了学生运动。这自然主要是由于她的爱国热情，但是也未尝没有这样一种可能：萧红故意把注意力转移到公共社会领域，借此忘却个人的不幸。

一次次的出走

从学生运动的狂热中冷静下来以后,萧红再一次走到了命运的十字路口。1930年初夏,萧红马上就要中学毕业了,此后应该何去何从?她自己希望能够继续升学,而且最好是能到北平读书。但这却遭到了家人的强烈反对。一方面,去北平读书费用昂贵,张家此时的经济状况已经大不如前,想要满足她的要求并不容易。更何况这时的萧红已经19岁,到了该嫁人的年龄,所以家人也不愿意在她身上白贴钱。另一方面,萧红在哈尔滨读书的时候,又是参加学生运动、又是和男学生交往(尤其是与表兄陆哲舜往来密切),早已让整个家族非常不满。不过因为哈尔滨离呼兰很近,且张廷举在省内教育界还有一定地位,张家还能对萧红的行为有一点监督和控制。而一旦萧红去了遥远的北平,他们就鞭长莫及了,那样一来,说不定这个本来就桀骜不驯的丫头,会变得更"坏"。所以,家里催促她尽快嫁给汪恩甲,甚至已经和汪家联系,开始置办结婚用品。

因此,毕业前夕的萧红异常苦闷。她的同学觉得她整个人都变了,脾气越来越古怪,有时甚至喜怒无常,还经常一个人偷着抽烟、喝酒。几个天真的同窗好友当时正在读鲁迅的《伤逝》和易卜生的《玩偶之家》，遂建议她学《伤逝》中的子君和《玩偶之家》中的娜拉，逃离家庭一个人去北平。于是，萧红萌生了逃婚的念头。不过她也清楚，要是真的独自出走，别说读书，就连生存下去都是很大的问题。就在这时，陆哲舜帮她坚定了信心。陆哲舜的婚姻也是家庭包办的，他对此一直非常不满，因而看到萧红的遭遇，自然有同病相怜之感。两人都是接受了新思想的青年，又在学生运动中结下了深厚"战斗友谊"，他认为自己应该出手帮助萧红。于是陆哲舜做出了一个决定：从法政大学退学，并率先去了北平，入中国大学读书，以便萧红日后逃到北平时可以照顾她。

萧红知道家人不可能同意她去北平，就再一次实施了"骗术"：她假装同意结婚，还骗取了家里一笔嫁妆钱，然后带着这笔钱溜之大吉。陆哲舜先在北平找好了住处，然后特地回到哈尔滨接萧红。二人一起来到北平后，租了一个小院同住。安顿下来后，萧红顺利进入了北平女子师范大学附属女一中高中部学习。为了免遭猜疑，陆哲舜和萧红对别人声称他们是舅舅和外甥女的关系。但实际上，这对志趣相投又遭遇相似的年轻人，已经自然而然地萌生了超越友谊的感情。陆哲舜曾经向家里提出离婚的要求，自然遭到了坚决反对。毕竟陆家和张家有亲戚，萧红的出走也令陆家十分尴尬。后来家里干脆中断了对陆哲舜的经济支持，这样他和萧红在北平的生活就变得异常艰难。

好在陆哲舜在北平还有一些好友，比如他中学时代的同学、此时正在北京大学读书的李洁吾等等。这些人常来他们的住所聚会,不但慰藉了这对身在异乡的青年的寂寞,还偶尔给他们一些物质上的帮助。1930年冬天,两人已经穷得连买冬衣的钱也没有了,这时还是李洁吾从其他朋友那里借了20元钱,帮他们解决燃眉之急。不过这些人毕竟都是靠家里供养的穷学生,想凭他们的帮助维持生活,显然是不现实的。11月中旬,萧红接到家里来信,命令她赶快回家结婚;紧接着,12月陆哲舜也接到了家信,警告他说如果寒假回东北,就给他寄路费,否则什么也不寄。最终在生计的压力下,陆哲舜屈服了,萧红一个人也没有办法再坚持,二人于1931年1月带着屈辱与不甘回到了哈尔滨。

萧红没敢直接回家,而是先到哈尔滨的一个同学家住了四天,不过最终还是回到了呼兰。一到家她就被软禁了起来,可以想象,等待着她的将是怎样的责骂与羞辱。本已经是黑龙江省教育厅秘书的张廷举,也因为萧红的"丑闻"而受到牵连,以"教子无方"的罪名降职为巴彦县教育局督学,此时的他,一定会把全部怒火尽情发泄到萧红头上。不过除了教训萧红外,张家更重要的任务,是用软硬兼施的办法逼迫萧红尽快成婚,毕竟这才是避免萧红继续给他们"丢脸"的治本之道。萧红在家里过的,可以说是暗无天日的日子。然而没过多久,她居然利用了家人渴望其成婚的迫切心理,再一次逃脱成功,手段和上一次一模一样:先是假意妥协,然后以置办嫁妆的名义向家里要了一笔钱,而后带着这笔钱离开呼兰。只不过这一次萧红做得更加过分,她不但骗了家里人,到了哈尔滨以后还和汪恩甲以及他的家人周旋了一阵，可能还得到了汪家馈赠的一些财物。因为汪家人满心相信，这个未过门的儿媳妇终于同意嫁过来了。

但是两家人都不知道的是，萧红一到哈尔滨，就暗中与陆哲舜取得了联系，碰头地点是萧红中学同学的家里。1931年2月末，距离他们第一次出走失败回家仅仅一个多月，陆哲舜就再一次为萧红买好了去北平的车票，并亲自送她上了车。不过因为有了上次的教训，陆哲舜这回并没有与萧红同去，只是给李洁吾拍了一封电报，请他替自己照顾萧红。然而萧红一到北平，就遭到了当头一棒：她就读的女子师大附属女一中，校规校纪非常严格，其中规定每学期无故旷课超过一周者，就要"命其退学"。如确实有事无法到校，必须家长事先来函说明理由，如果来不及，也必须在三日之内补交证明，否则就要按旷课处理。这所学校的寒假非常短，只有24天，萧红回来时早已错过了开学日期，想让父亲为她出具证明信显然是天方夜谭。如果换一所学校就读，萧红又拿不出大笔的学费，因此她的求学梦想就破灭了。

这样一来，萧红继续留在北平也就没有了意义，不过她还是听从了李洁吾的劝说，等陆哲舜到北平之后再商议下一步的计划。然而过了一段时间，萧红等来的不是陆哲舜，而是另一个人——汪恩甲。如前所述，两人订婚初期曾经有过一段交往，虽然后来萧红对他感到厌恶，但汪恩甲却是一直真心喜欢萧红的，因此当萧红第二次出逃时，他决定追到北平。萧红在北平期间和很多来自哈尔滨的青年学生都有交往，汪恩甲通过辗转打听,知道她在北平的准确住址并非难事。就这样,汪恩甲找到了萧红。此后二人之间究竟发生了什么,我们不得而知,但是不久以后,萧红竟然跟着汪恩甲回到了哈尔滨。这是在1931年3月末4月初,也就是说萧红的第二次出走,只持续了一个月左右。

汪恩甲究竟是如何说动萧红的,我们如今只能猜测。他说不定会软硬兼施,一方面反复表白自己的真心,并承诺结婚之后允许萧红继续读书;另一方面对她进行威胁,警告她一个人在北平是生活不下去的。甚至有一种说法称,汪恩甲扬言要去北大控告李洁吾,说他和萧红之间有不正当关系(据李洁吾回忆,汪恩甲第一次来找萧红的时候,他恰好在萧红家里闲聊,因此汪恩甲还大为吃醋),萧红是为了不连累朋友,才同意回哈尔滨的。

其实萧红之所以跟汪恩甲走,可能还有一个更重要的原因,那就是表哥陆哲舜在两次出走过程中所表现出的犹豫和妥协。尤其是第二次没有与她同行,让她感觉到失望,认为这是一个靠不住的男人。当然这也不能全怪陆哲舜,即使他能咬牙扛住来自家族、来自舆论的压力,但是面对经济上的窘迫,他也无计可施。无论他多么喜欢萧红,但毕竟爱情不能当饭吃。回顾整个事件,陆哲舜确乎一直在尽力帮助萧红,但是在强大的传统势力面前,个人的力量实在是太渺小了。此后,陆哲舜与萧红的人生基本上不再有交集。

因为这时候萧红毕竟还没有过门,汪恩甲不能一直和她在一起,所以二人在哈尔滨短暂停留后,萧红再次回到了呼兰,紧接着经历了人生中最黑暗的一段时光。她两次出逃的前车之鉴，让张廷举丝毫不敢放松对她的管束。这一次，张廷举干脆不再让她住在自己家里，而是让她和继母一起住到阿城县福昌号屯。这里可以说是张家的大本营，萧红的高祖张明贵早在清嘉庆年间就在此地开荒，并逐渐发达，福昌号屯这个地名，就是源自张家烧锅作坊的字号"福昌恒"。直到19世纪末（萧红出生之前十多年）张家分家以后，萧红的祖父张维祯才搬离福昌号屯，来到呼兰定居。前面说过，张廷举并不是张维祯的亲儿子，而是从张维祯的堂弟张维岳那里过继来的，实际上张廷举12岁之前一直生活在福昌号屯。到了这时候，他的继母徐氏（张维岳的继室）以及兄弟们也仍然在老家，因此把萧红送到福昌号屯是一个自然而然的选择。

为了防止匪患，福昌号屯四周都被一条三米多深的壕沟围着，夏天还要灌满水，想进出屯只有通过南门和东门。张家老宅位于屯子的正中央，被称为"腰院张家"，戒备更是异常森严。腰院被一道1.5米厚、3.5米高的大土墙围着，围墙的四角都设有炮台，上面架设着步枪和土炮，昼夜有人放哨。整个腰院只有一个南门，且平时正门不开，只开一个角门，有更夫把守。在这样的情况下，萧红别说逃离福昌号屯，就是走出张家老宅都难比登天。退一步说，就算她真的能逃出去，也无路可走，因为屯子的周围都是农田，离最近的阿城县城也有二十多公里。因此，萧红只能放弃逃跑的打算。

在福昌号屯，萧红过着囚徒一般的日子。由于她之前的"劣迹"，族人都把她视为异类，严密监视着她的一举一动。

尤其是继祖母徐氏，更把她当成了祸水。本来萧红还有未出嫁的姑姑和刚过门的小婶两个人勉强可以谈谈天，她们虽然没受过新式教育，但都是二十多岁的年轻人，和萧红还是有些共同语言的。可徐氏生怕她们被萧红"教坏"，所以不让她们和萧红在一起。而且在这里，萧红根本看不到任何新式书籍和报纸，这更加重了她精神上的苦闷。有时她甚至还要忍受肉体上的折磨，因为大伯张廷蘷是一个脾气暴躁、据说还有轻微精神病的人，他经常对萧红拳脚相加。家里的其他人虽然也仇视萧红，但萧红终归不是自家的孩子，只是在这里暂住的亲戚，他们也不好意思太苛待她。

在萧红被囚禁了近半年以后，"九·一八"事变爆发了。然而这一场国难却意外地给萧红带来了逃走的机会：事变发生后，日军迅速进占辽吉两省，战火燃及之处无不人心惶惶，黑龙江也危如累卵；与此同时，各地的胡子（土匪）无不闻风而动，他们有的在民族危亡之际打出了抗日的大旗，有的只是想趁乱浑水摸鱼。在这样的时局下，福昌号屯也陷入惊恐之中。他们已经自顾不暇，一面安排保家护院，一面计划疏散妇孺，自然也放松了对萧红的看管。因此，1931年10月4日，萧红终于找到机会，搭上了一辆送白菜的马车，前往阿城县，随后转火车来到哈尔滨。

这次出逃，很可能是张家故意网开一面，在混乱的时局之下，他们或许巴不得摆脱萧红这个累赘。不过无论如何，萧红终于逃离了这座地狱。这是她第三次，也是最后一次从家族出逃，此后，她再也没有回过那个家。

落难与自救

来到哈尔滨后，萧红曾短暂住在东特女二中的学生宿舍。她的两个堂姐妹都在这里读书，她们为萧红安排了住所，还替她向学校申请到了当插班生的资格。不过萧红并没有在这里住太久，因为两个堂姐妹若要帮她，只能靠自己节衣缩食，她不好意思让她们为难。更何况，她们的钱也都是家里给的，以萧红的刚烈性格，她既然决定与家族决裂，便不愿再花家里的钱，无论是以直接还是间接的方式。离开东特女二中后，萧红先后找了昔日的一些同学和老师，求他们替自己谋个饭碗，但他们也是爱莫能助。

此时，萧红又做出了一个匪夷所思的决定：去找汪恩甲。之前萧红的数次被囚禁和出逃，全都是因为这个人，现在她终于重获自由，为什么会选择自投罗网呢？这不能简单归因于生活所迫，实际上当时张家的很多兄弟姐妹都在哈尔滨读书，他们都很关心萧红，也愿意接济她，所以即使萧红独身一人在哈尔滨，也还不至于生活不下去。如果说萧红不愿意依靠他们是出于自尊的话，那么主动投靠汪恩甲，这个自己之前拼命逃离的人，岂不是更丢人吗？

这件事确实令人捉摸不透，但我们也可以找到一些解释。比如，萧红此时对于陆哲舜的失望已经达到极点，如果说此前第二次出走北平时，他没有同行还情有可原的话，现在萧红人在哈尔滨且陷入绝境，他竟然不闻不问，就显得有些冷血了。即使他为家庭所迫，不能帮助萧红完全摆脱窘境，至少在经济上提供一点支援还是可以办到的，然而他什么也没有做。因此萧红主动投入汪恩甲的怀抱，未始没有一点"报复"陆哲舜的意味。还有一个可能的原因是，时局的发展改变了她对汪恩甲的态度。1931年10月起，日军北犯黑龙江，企图攻占省城齐齐哈尔，而奉命镇守的恰恰是马占山将军，尽管守军最终因寡不敌众，在固守多日后撤出了齐齐哈尔，但他们在战斗过程中的英勇和顽强，还是得到了举国上下的钦佩。王廷兰作为马占山将军的股肱，必然也要参加战争。萧红之前在学生运动中的表现已经证明，她是一个不折不扣的热血青年，因而在她眼中，此时的汪恩甲已经不再是那个包办婚姻中自己不得不接受的对象，而是一个和民族英雄有密切关系的人，和他交往，甚至意味着一种荣耀。

尽管汪恩甲此时仍然爱着萧红，但是，他的家人却早已对萧红失去耐心，萧红的几次出逃，让他们觉得丢尽了脸面，因此他们准备向张家提出解除婚约。汪恩甲还是愿意接受萧红的，却无法把她带回家，只能和她在哈尔滨的东兴顺旅馆同居。很快萧红便怀了孕，这让她满心欢喜，一是因为在经历了太多的漂泊后，汪恩甲至少给了她一个暂时安稳的依靠，二人的这段相处，使得萧红对汪恩甲的恶感渐渐消失，甚至可能已经爱上了他。现在即将看到二人感情的结晶，对萧红而言自然是一件高兴事。二是因为萧红还存在着一种幻想，即她的怀孕能让汪家人回心转意，同意接受她这个走了许多弯路的儿媳妇。但是汪家的态度十分坚决，他们绝不能原谅萧红，因为汪恩甲跟萧红在一起，还断绝了对他的经济支持。汪恩甲只是一个小学教师，单凭自己的收入虽可以勉强维持二人的日常开销，但要支付长期住旅馆的花费，就很成问题了。

1932年5月，二人在旅馆里住满半年后，他们欠旅馆的账已经超过四百元，此时萧红的肚子也越来越大。面对着不断逼债的旅馆和快要生产的爱人，汪恩甲不得不想办法。一天，他对萧红说，自己要回家一趟，试试能不能要出一些钱来。但是，此后他再也没有回到萧红身边。多年以来，人们都以为汪恩甲是故意玩弄并最终抛弃萧红，以此作为对她的报复，但是近年来有研究者通过查访汪家后人，了解到事情还有另一种可能：汪恩甲的本意大概是真想向家里要钱还账，但是一进家门就被父亲和哥哥扣留，所以他的离开，其实只是出于不得已。

无论背后的原因是什么，汪恩甲的离开都把萧红再一次推入了绝境。旅馆老板知道她无钱还债，就断绝了她的伙食，此后，她只能到伙房捡点儿残羹冷炙充饥。后来老板心生歹意，想把她卖到妓院里，以冲抵损失。萧红这时已经彻底无路可走，只能苦盼着汪恩甲的归来。到了7月初，她已经愈发行动不便，同时也意识到汪恩甲不太可能回来了，甚至还听说旅馆老板已经联系好了妓院……万分危急之中，她给一个素不相识的人写了一封信，这个人就是哈尔滨《国际协报》副刊主编裴馨园。《国际协报》一直是在东北影响力很大的进步报纸，"九·一八"事变后，该报发表了大量谴责侵略者罪行的文章。1932年2月哈尔滨沦陷，次月伪满洲国成立，日伪当局为了宣传所谓"日满协和"，准许《国际协报》等当地报纸继续出版，但是加以许多限制。尽管如此，在裴馨园等人的努力下，报纸上的许多文章仍然时常以隐晦的笔法针砭黑暗的社会，曲折地表现日寇统治下人民的不满。萧红一直是该报的热心读者，在危难之际，她想试试能不能从报馆得到帮助。

幸运的是，裴馨园是一个热心人，而且他身边还团结了一批年轻、热情而又有正义感的青年编辑和作者，如萧军、方未艾、舒群、金剑啸、白朗、罗烽等等。裴馨园于7月10日接到信后，对萧红自述的经历感到十分震惊，第二天就带着几个人去旅馆看望她。尽管他们也负担不起萧红欠下的债务，可他们毕竟是报馆的人，做生意的对媒体还是很忌惮的，一旦报纸真的登载出对其不利的消息，很可能让他们的生意做不下去。所以裴馨园等人找到老板在出示证件、说明来意后，警告他不可对萧红轻举妄动，并要求他照常供应她的伙食，费用由报馆负责，老板虽然非常不情愿，但也只能答应。

此后，萧军受裴馨园之托给萧红送书，二人一见钟情，迅陷坠入了热恋。萧军原名刘鸿霖，比萧红大四岁，生于辽宁。在他小时候，母亲因为不堪忍受父亲的家暴而自杀，所以他长大后对父亲充满怨恨，甚至扬言要为母亲"报仇"。或许正是这种弑父情结，让萧军养成了刚烈、桀骜的性格。1917年10

岁时，他跟随父亲来到长春，次年入小学，后因顶撞教员被开除。1925年他被送到吉林城做了一名骑兵，在军营里学会了做旧诗，过着沉迷于诗酒的生活。后在一些师友的影响下接触到了新文学，为日后投身创作埋下了种子。1927年，他考入东北陆军讲武堂的宪兵教练处，次年以第二名的成绩毕业，被分配到哈尔滨当了一名宪兵，却很快由于看不惯宪兵的腐败生活方式而辞职。后又考入东北陆军讲武堂的炮兵科，然而1930年临近毕业时却因与长官发生严重冲突而被开除。不久被东北军二十四旅旅长黄师岳招至帐下，可他竟在士兵中发起"反军阀运动"，吓得黄师岳只好让他走人。"九·一八"事变后，他又到舒兰组织抗日义勇军，却因投降派煽动哗变而失败，不得不逃回哈尔滨。但是萧军的抗日热情并未熄灭，他一边为抗日部队做联络工作，一边通过文学写作进行抗日宣传。1932年2月5日哈尔滨沦陷后，萧军一度打算到乡下去打游击，却因条件不成熟只能作罢。

萧军自此脱离了军人生涯，在哈尔滨生活无着。他虽创作并发表了一些作品，但是当时哈尔滨的很多报刊都没有稿费，于是在4月投书裴馨园，说明了自己的困境。裴馨园非常欣赏他的文学才华和豪放性格，遂让他帮助自己编报纸，同时为报纸写稿，每月给他一定报酬。因此，有人说萧军是"哈尔滨有史以来第一个职业作家"。萧军虽然弃武从文，身上却依然保留着勇武、粗暴的性格，对于萧红来说，爱上这样一个人既是一种幸运，也埋藏着不幸的根苗。萧军第一次见到萧红，是在7月13日，这时他刚在裴馨园身边工作不久，收入仅仅够个人的开销，没有任何积蓄，因此他除了再次警告老板不许打萧红的坏主意外，也没有办法帮助她彻底脱离困境。无论如何，萧红欠着老板的债是事实，萧军、裴馨园等人总不可能仗着媒体人的身份，强行把她从旅馆带走。

萧红的命运确实充满了传奇色彩。这一次，她又是因为一场灾难而意外逃脱。自 1932 年 6 月下旬开始，哈尔滨一直阴雨连绵，进入 7 月，竟然连续 27 天降雨，这是自哈尔滨有气象记录以来最长的一次。到了 8 月 7 日，松花江堤决口，几乎半个哈尔滨都变成一片汪洋，尤其是东兴顺旅馆所在的道外区，大街小巷都成了河道。老板看到生意已经完全毁了，只好自顾逃命，其他房客也都走了，只剩下萧红一个人住在旅馆的二楼——楼下此时已经被淹没。街上有好多救生船来来往往，萧红幸运地搭上了其中一艘，从此逃离了东兴顺旅馆。

值得一提的是，萧红走后，萧军还雇了一条船去接萧红，但是到了旅馆后，却发现那里已经人去楼空，只能带着焦虑和遗憾离开。然而，后来的许多萧红传记中都写到，是萧军把萧红救了出来。这实在是一件令人费解的事情，因为无论是萧红自己还是萧军，在回忆这次逃脱的过程时都明确讲过，萧红是一个人搭船离开的。或许，造成研究者失误的原因，并不是运用史料的不准确，而是那种模式化的"英雄救美"的故事给人的印象过于根深蒂固了，因此有的研究者在考察萧红生平时，也难免加上一点想象。

离开东兴顺旅馆后，萧红按照之前萧军留给她的地址，找到了裴馨园的家。这里由于远离河道而没有受到洪水影响。自此，萧红就住在了裴家。过了不久，萧军也搬了进来。裴馨园当时除了编《国际协报》副刊外，还同时担任着另外两个报纸的副刊编辑，所以收入还算不错，负担萧红、萧军二人的吃住不是什么大问题。不过他的妻子黄淑英是个没有文化的家庭妇女，对于家中先后住进两个陌生人，感到很是不快。因此，二萧虽然暂时有了栖身之所，但仍时时觉得别扭。

从欧罗巴旅馆到商市街

1932年8月底,萧红腹痛难忍,整天在土炕上翻滚着。萧军看出她快要生了,就找到裴馨园,但是裴馨园只给了他一元钱,说:慢慢有办法,过几天,不忙。萧军对裴馨园的冷漠非常愤怒,他感觉到,即使他们是朋友,悬殊的经济地位也让二人之间产生了不可逾越的鸿沟。

萧军只能怀着屈辱,拿着一元钱回到萧红身边。没等进门,他就听到了萧红撕心裂肺般的尖叫,进去时发现她已经疼得快要昏迷了,于是立即雇了一辆马车,把她送到哈尔滨市立医院。医生检查后,说离产期还有一个月,并说在医院生产要预交15元住院费。他们相信了医生的话,又回到裴馨园的家,但是萧红刚一到家就脸色惨白,并不断地呻吟,萧军马上意识到:萧红确确实实已经临产,医生很可能看出来了他们根本负担不起住院费,所以故意把他们支走。然而这时要借到15元的"巨款"已经来不及了,裴馨园明显已经指望不上,至于其他朋友,则基本都和他们俩一样穷。萧军索性使出了他的蛮劲儿,强行把萧红送到了医院的三等产妇室,入院第二天,萧红顺利产下一个女婴。但是二萧明白，他们的处境已是自顾不暇，根本无力抚养这个孩子，只得把她送人。

由于产前一直处在颠沛流离的状态，萧红的精神不断受到刺激，再加上营养不良，产后不久就病倒了。然而他们本来就没交住院费，所以医生拒绝给她治疗。这时萧军又故技重施，抓住医生的衣襟威胁他说，如果病人有个三长两短，就要杀了他的全家，还要杀了他们院长的全家……医院里的所有人都被他的架势吓住了，赶紧给萧红打针吃药。幸好，萧红的病情很快缓解了，医院也不敢再向他们讨债，只是催促他们尽快出院，好给别人腾地方。在医院住了一个月后，他们于10月初出院，萧红的小说《弃儿》，就是以自己的这段经历作为素材来写的。

出院后，他们再次回到裴馨园家。长期的寄宿，使得二萧和裴家的矛盾渐渐浮出地表。终于，在11月上旬的一天，萧军和黄淑英爆发了激烈的争吵，双方彻底撕破脸皮。裴馨园夹在朋友和妻子之间左右为难，只能尽量躲着萧军，后来干脆打发女儿给萧军送来一封信，劝他们搬到别处去住，信封里还装着5元钱。接到信的第二天，二萧就租了一辆马车，带着简单的行李离开裴家，成了一对流落街头的无家可归者。

萧军带着萧红住进了位于新城大街的欧罗巴旅馆。这是一家白俄罗斯人经营的旅馆，正好空着一间三层的阁楼，由于空间狭小、屋顶还是斜的，没有人愿意住，所以他们就住在了这儿。旅馆的房价本是每月30元，但是自从夏天的大水以后，哈尔滨住房奇缺，这时房价已经翻了一番，每月要60元。萧军和萧红刚安顿下来，旅馆的白俄经理就进来让他们交一个月的房费。萧军本来就只有裴馨园给的5元钱，来时雇马车又花了5角，剩下的只有4元5角了，所以只能先交一天的房费。经理拿着2元钱，非常不满，要求他们第二天就搬走。萧军蛮横地拒绝，于是双方吵了起来。萧军遂从行李中掏出一把剑威胁经理，不过剑是裹在纸里的，他并没有拆开，对方误以为是枪，慌慌张张地逃走了，还叫来了警察。经过一番盘问，警察最终带走了那把剑，但是二萧总算暂时安顿下来了。

和裴馨园闹翻后，萧军无法继续在报馆帮忙了，唯一的经济来源就此失去。付了一天的房费，就只剩下可怜的2元5角钱，根本不够吃几天的，更别说房钱了。为了生活，萧军在报纸上登了一则求职广告，说自己可以做家庭教师，国文、武术都能教。或许是想看看这个"文武双全"的家庭教师究竟是个什么人，还真有一些人前来询问，就这样，萧军终于又有了新的工作，每月能有20元钱的收入。这让他们的生活暂时有了些改善，但是旅馆每天的房钱就有2元，所以这笔收入仍然是杯水车薪，甚至连保证两个人吃饱饭都成问题。萧红后来在她著名的散文《饿》中，极其细腻地描绘了自己在饥饿之下的心理活动，比如看到过道里别人房间门口挂的"列巴圈"（俄式面包圈），想偷而又终究下不了决心的微妙心态；再如肚子饿得咕咕叫时产生的幻想："桌子可以吃吗？草褥可以吃吗？"……如果一个作家不是真正有过刻骨的饥饿体验，是不可能写出这样精彩而令人动容的文字的。

这时的二萧，一个拼命在外工作，不放弃任何赚钱的机会，另一个则向所有可能的人求助。萧红甚至写信给了自己昔日的老师高仰山，请求他的援助。高仰山来看望了萧红，并丢下一张钞票。然而萧军就是再拼命，也难以维持二人的生活；萧红靠师友接济，更不是长久之计。幸运的是，二人的生活很快迎来了转机：哈尔滨铁路局的一个汪姓科长看到萧军登的广告后，邀请他做家庭教师，教自己的儿女一点拳棒。汪科长家里正好有一间空房，他建议二萧搬去住，以学费冲抵房租。二萧自然是求之不得的，这样，他们在欧罗巴旅馆住了不久之后，就于1932年11月末搬到商市街，自此在哈尔滨终于有了一个落脚处。

汪科长一家对二萧还算客气。在他们搬来的当天晚上，主人就前来拜访。他的小儿子叫汪玉祥，对住在自己家里的老师也很热情。巧的是，汪玉祥的三姐汪林，恰是萧红读中学时的同校同学，萧红已经完全不记得她了，但她却对萧红印象颇深，这大概是萧红当年在学生运动中特别活跃的缘故。然而住在昔日同学的家里，却让萧红好生感慨：汪林这个小康人家的大小姐，如今还保持着少女般的身材与样貌，而萧红自己呢，虽然同样只有21岁，但是生活的奔波和生育、疾病的折磨，已经让她看起来像个三四十岁的中年妇人。

尽管有了住处，省下了房租这笔最大的开销，同时自己开伙也比吃小饭馆便宜得多，但二萧的生活仍然并不宽裕。教汪家少爷的学费抵了房租，萧军还得做其他工作来赚取二人的生活费。但他找到的所有工作都是不稳定的，所以二人的生活也是有上顿没下顿，他们仍然不得不继续靠借债和典当度日。然而他们却保持着乐观的态度，即使再艰难，也要学着外国电影里面那样度蜜月：人家是男主角把奶油抹在白面包上送到女主角嘴里，萧军却只能把白盐抹在黑列巴上，让萧红先咬一口，自己再吃。有时盐抹多了，萧军被咸得龇牙咧嘴，一边喝水一边自嘲："不行不行，再这样度蜜月，把人咸死了。"

出生于大户人家的萧红，从小就没做过任何家务，但是到了这时候，却不得不扮演家庭主妇的角色。刚开始，她连炉子都不会烧，一次次地生起火来，又一次次看着炉火熄灭，她只能干对着炉子生气。好容易把火生好，做饭的时候不是把菜炒糊，就是把米饭煮夹生。但萧军总是和她一起愉快地吃着，二人就这样过着艰难而又温馨的生活。

不过二萧之间也不是没有摩擦。比如萧红听说一位朋友金剑啸为电影院画"广告"（即影片的宣传画），每月收入能达到40元，就禁不住怦然心动。后来在报纸上看到某电影院招聘广告员，她为了减轻萧军的负担，就想去试一试，毕竟她在中学时代是跟高仰山认真学过绘画的。然而萧军觉得这种广告是骗人的，不想让她去。萧红却执意要试一试，最终他只能陪着她去应聘，却不出所料地碰了壁。为此萧军不停地埋怨萧红，二人还吵了一架。可是后来，萧军自己却又去了电影院两趟，结果同样是无功而返，回到家后还抱怨，说那些电影不是什么"情火"就是什么"艳史"，全都无耻又肉麻，自己绝不可能干那样无聊的事……萧军的反复无常和心口不一，让萧红觉得哭笑不得，但她明白，萧军的这般表现，也是生活所逼。

几天后，金剑啸找到萧红，说画广告的活儿太多，自己一个人忙不过来,让她当自己的副手,收入两人平分,每月各得 20 元。萧红愉快地答应了。可是工作第一天,她就忙到了晚上 10 点,萧军出去找她没找到,回到家就开始生闷气,等萧红回来,两个人又大吵了一架。第二天醒来情绪平静后,他们意识到这样一笔收入的重要性,因此言归于好并一起去画广告,萧红做金剑啸的副手,萧军做萧红的副手。但是过了几天,萧红在工作中出现失误而被老板解雇,她的职业梦想就此破灭。这段经历,成了萧红后来的两篇散文《广告副手》和《广告员的梦想》的素材。

初登文坛

金剑啸这个人，很值得多说几句。他1910年生于沈阳，3岁随父母搬到哈尔滨，中学毕业后考入哈尔滨医学专门学校。他18岁即开始文学创作，次年弃医从文，担任哈尔滨《晨光报》编辑。1929年夏入上海新华艺术大学学习美术，次年转入上海艺术大学，读书期间参加了田汉领导的南国社、左明等组织的摩登社等戏剧团体。1931年加入中国共产党，同年8月受组织委派回哈尔滨工作，先后担任《东三省商报》《大北新报》《黑龙江民报》等报纸的记者、编辑，并为中共地下党刊物《满洲红旗》画插图。东北沦陷后，他一直积极从事抗日活动，1936年6月被日伪当局逮捕，两个月后英勇牺牲于齐齐哈尔，年仅26岁。

金剑啸于1932年秋天结识了二萧，他的艺术才能和爱国情怀让二萧十分欣赏，他们很快成为密友。当时正值水灾过后，灾民遍地，而可怕的严冬马上就要来临，为了救济灾民，金剑啸和中共满洲省委候补委员罗烽组织了一次赈灾画展。展品中多半是金剑啸自己的藏品，他把在上海学到的前卫艺术理念带到了哈尔滨。然而或许是他的理念很难骤然被接受，画展筹集到的钱并不多。即便如此，画展还是引起了社会各界对灾民的关注，也让日伪当局感受到了压力，使他们不得不对灾民采取一些救济措施，因此可以说这次画展还是比较成功的。萧红也为画展画了两幅画，得到了组织者的赏识。更重要的是，通过这次活动她结识了很多进步的年轻朋友，找回了学生时代参加社会运动的激情，也在某种程度上缓解了艰难的生活带给她的痛苦。同时，这也为她之后登上左翼文坛做好了铺垫。

画展结束后，金剑啸发起了"维纳斯画会"，多数参加过画展的朋友都加入了。萧红又提议成立一个剧团，朋友们也都热烈响应，第一次讨论剧团事务时，参加者就有十几人。这次讨论，上午在民众教育馆的阅报室进行，下午就移师到了著名的牵牛坊。牵牛坊的主人叫冯咏秋，他虽然在哈尔滨市政府工作，却是著名的左翼人士，还是一位业余画家。他有一座三间的大房子，院子里种满了牵牛花，一到夏天各色花朵争奇斗艳，煞是好看，因此朋友们戏称他家为"牵牛坊"。牵牛坊可以说是哈尔滨左翼文化圈的核心，许多进步文艺青年常常出入于此，渐渐形成了一个文艺沙龙。不仅如此，牵牛坊还是一个中共地下党秘密接头的地方，罗烽、舒群等地下党人都是这里的常客，冯咏秋对此心知肚明，却从来都是心照不宣。

然而剧团成立仅仅三天就宣告失败。因为那几天日本当局逮捕了很多工人，一时间人心惶惶，只要是很多人聚在一起，无论干什么，都不能不引起怀疑。更何况这是一群进步文艺青年，他们一旦写好剧本并上演，几乎肯定要犯禁。所以，冯咏秋只能无奈地向朋友们摊牌,告诉他们不能在自己家筹备,剧团的事情就此夭折。此后,萧军和萧红无聊时也常常去牵牛坊闲坐。风声过去后,其他朋友也时不时来此聚合。萧红在文章中还记录了一件有点滑稽的事:1932 年 12 月 31 日,二萧第四次走进牵牛坊,其余新认识的一群朋友也在这里,共同迎接新年。二萧刚一进门,就有人说:"牵牛坊又牵来两头牛!"萧红对这个玩笑莫名其妙,其实牵牛坊虽然因花得名,但是主人冯咏秋自称傻牛,又给常来的朋友每人起一个外号:黄牛、母牛、老牛……所以二萧一来,也自然算是加入了牛群。谈话间,主人让女仆拿三角钱去买松子,这让萧红觉得非常心疼,对于吃饭都成问题的她来说,花钱买这种可有可无的东西,实在是一种浪费。当然,在那种场合,萧红不可能开口反对。松子买回来后,她一颗接一颗地吃,别人是当零食,她却是用来充饥。走出牵牛坊后,她向萧军说了这可笑的一幕,没想到萧军和她一样,刚才也在像吃饭一样吃松子。

对于二萧经济上的困难,朋友们也有所了解。因此一次聚会过后,一位朋友的妻子给了他们一个信封,并让他们到家再看。二人不明所以,到家后发现里面是一张 10 元的钞票。第二天,朋友们又邀请他俩来牵牛坊聚餐。对于别人来说,这不过是一次普普通通的聚会而已,但对于二萧,却是一次难得的大快朵颐的机会,餐桌上有鱼有肉,还有好汤,他们吃得好不快活,吃完后又玩到半夜才回家。一顿好饭、一张钞票,不仅缓解了他们生活的困窘,也让他们感受到了友情的温暖。

为迎接 1933 年元旦,《国际协报》组织了新年征文活动。

《国际协报》这时的副刊编辑，是萧军的好友方未艾。裴馨园因为写文章攻击日伪当局已被革职。这个方未艾和萧红也颇有渊源，在她被困东兴顺旅馆时，报馆同仁们常去看她，而除了萧军以外，去的次数最多的就是方未艾。萧红当时闲来无事写的一些诗作，给他留下了很深的印象，让他惊异于萧红的文学才能。那时他就和萧红结下了深厚的友谊，只不过后来得知二萧已经确定恋情，为避嫌，才不再单独去看望萧红，萧红为此还颇感痛苦，因为她觉得自己被朋友们当成了萧军的附属品。现在方未艾接编《国际协报》副刊，自然想到了鼓励萧红参加新年征文，萧军对此也很支持。萧红虽然起初很犹豫，但最终还是同意了。她写了一篇小说《王阿嫂的死》，署名悄吟，在方未艾的支持下顺利发表在1933年元旦的《国际协报》新年增刊上，这是她的处女作。小说发表后，反响出乎预料的好，受到了很多读者的称赞。萧红因此备受鼓舞，连续写出多篇小说、诗歌，仅1933年当年发表的，就有小说《弃儿》《看风筝》《小黑狗》《哑老人》《夜风》，以及诗歌《八月天》等。自此，萧红渐渐以"悄吟"的笔名为读者所熟知，这不但令她找到了自信，也让她终于有了点儿收入。虽然千字一元的稿酬远远算不上丰厚，但这毕竟是她走向经济独立的第一步。

然而与成功登上文坛的喜悦伴随而来的，却是感情上的纷扰。前面说过，二萧寄居的汪家有个小姐叫汪林，是萧红的旧同学，由于这层关系，她经常和二萧在一起。汪林虽然出生在官僚家庭，却也是个文艺女青年，萧红提议成立剧团的时候，她也参加了活动，共同的志趣更加拉近了她与二萧的距离。没想到一来二去，她竟然对萧军产生了好感，到了1933年夏天，她终于向自己同学的丈夫展开了攻势。好在萧军的表现还算不错，他坦白地告诉汪林，两人不可能在一起，一是因为有萧红，二是两人各方面相差太远。作为补偿，萧军为汪林介绍了一位男朋友。这件事非常有戏剧性：汪林曾在报纸上读到一篇文章，说摩登女郎嘴上的口红，就像人血一样，这是她们吃人的罪证。看后她非常生气，觉得自己就是被骂的对象，还向萧红打听写这文章的是什么人，骂人这么难听。而实际上该文作者恰恰是萧军的朋友，在某报做编辑，萧军后来就把他介绍给了汪林。结果呢，从此以后，汪林不再嫌编辑爱骂人；这个编辑呢，也不再写什么摩登女郎吃人血的文章了。

1933年的春夏之交，萧军、萧红参加了一个半公开的抗日文艺团体"星星剧团"。剧团的组织者罗烽、金剑啸都是革命者，他们排演的也都是有左翼倾向的剧本，比如美国左翼作家辛克莱尔的《居住二楼的人》（又名《小偷》）等。经过3个月的排练，演员、服装、道具都准备好了，正打算在道里区民众教育馆演出时，馆长却提出了一个要求：首演时间要定在9月15日。这不是一个普通的日子，一年前的1932年9月15日，日本和伪满签订《日满协定书》，是日本正式承认"满洲国"的标志。馆长要求剧团的演出配合所谓"九·一五"纪念日的活动，这是剧团所万万不能接受的。交涉无果之后，民众教育馆拒绝提供场地。就在剧团联系其他场地的过程中，剧团主要演员之一、哈尔滨二中学生徐志被捕，一星期后出狱，紧接着又失踪了。此时，日本著名特工头子土肥原又专程来到哈尔滨，对新闻出版等宣传领域"加强检查"。面对极端不利的局势，剧团只能宣告解散，萧红的戏剧梦再一次破碎。

1933年10月，萧军萧红出版了作品合集《跋涉》（署名三郎、悄吟），其中收录了萧红的五篇作品，分别是小说《王阿嫂的死》《看风筝》《小黑狗》《夜风》和散文《广告副手》。出版费用要150元，二萧拿不出，友人们想出了集资认股的办法，即每人出5元钱作为股本，最后还是差一些。好在出版方哈尔滨五日画报社慷慨相助，表示剩下的钱不要了，《跋涉》才终于顺利出版。《跋涉》为二萧带来了一定的知名度，但也引起了日伪当局的注意。由于《跋涉》是私自印行的，没有经过当局的审查批准，这就违反了伪满洲国的所谓"出版法"，再加上个别作品内容有反满抗日嫌疑，该书上市仅两个月就被查禁，送到书店的书被全部没收。甚至有传言说日本宪兵队要逮捕他们，因此二萧成功出版作品的喜悦，很快被恐怖代替。他们不得不把家里搜索一遍，所有可能犯禁的东西都得烧掉，甚至连一幅高尔基的照片、一张上面写了几句牢骚话的吸墨纸都不敢留。

出书带来的烦恼还不止于此。作为新锐作家，二萧吸引了一些文学青年前来拜访或求助。虽然二萧的经济状况并没有因为出名而彻底好转，但仍然尽己所能热情地接待他们，并尽量提供帮助。这本不是问题，根本问题在于：萧军本来就是个男子汉气概十足的人，又具备军人特有的粗豪勇武的品质，现在又有"著名作家"的光环加身，自然是非常容易吸引文艺女青年的。粉丝一多，他的心态也难免膨胀，结果在感情方面，就有了越雷池之举。1933年10月，亦即《跋涉》出版后不久，一个叫陈丽娟（后来也成为作家，笔名陈涓）的上海姑娘，在朋友的陪同下拜访了二萧，二萧热情地接待了她，并赠以新书。陈涓本来对萧军和萧红是同样仰慕的，她把萧红完全当成了大姐姐。萧红本来就对年轻漂亮的陈涓一直怀有戒心，偏偏不懂人情世故的陈涓还动不动就给萧军写信，这更让萧红放心不下。陈涓偶然认识了和萧军有过感情纠葛的汪林，在汪林的提醒下，她才注意到萧红对自己的不友好态度，从此不敢去商市街二萧的住所了。

单纯的陈涓受到萧红如此的猜忌，自然心里很难过，所以1934年元旦一过她就满怀委屈地离开了哈尔滨。但是这也难怪萧红，她毕竟经历过太多的颠沛流离，现在虽然生活暂时安稳了，但她明白，一旦失去萧军，自己所拥有的一切可能会瞬间化为乌有，因此她才会变得分外敏感。更何况，从萧军的表现来看，也很难说萧红的表现是过敏：陈涓临走前一天早上，去向二萧告别，这时萧红正好出去买菜，萧军就和她聊了几句。一会儿听见门响，慌忙塞给陈涓一封信。萧红回来后，陈涓马上走了，回家后却发现萧军给她的信里夹着一支玫瑰花。这让陈涓觉得很尴尬，她明白萧军真的对她产生了感情，萧红的猜忌绝非平白无故。为了向萧红自证清白，也为了斩断萧军的念想，她于当天下午带着自己真正的男友再次拜访了二萧，以向他们证明"恋情是恋情，友情是友情"。可是当晚萧军又主动去找陈涓，二人在外面走了一会儿，快到陈涓家时，萧军突然在她脸上吻了一下,然后飞一般地溜走了。

　　和陈涓的感情纠葛,是萧军与萧红相处过程中第一次表现出不忠实。遗憾的是,这并不是唯一一次,萧军后来还不断变本加厉,最终导致了二萧的分道扬镳,这是后话。

漂泊之始

与情感世界的波澜几乎同时出现的,还有更大的危机。1933年冬,哈尔滨伪满当局加紧了对思想文化领域的控制,大批进步文化人士被捕,中共的地下组织也遭到了严重的破坏。在这种情况之下,二萧的处境极为凶险,他们因为《跋涉》这本"非法出版物",已成了伪满当局的眼中钉。此外,他们还是"星星剧团"的成员,自从徐志被捕后,整个剧团人心惶惶,许多人都有被特务盯梢的经历,熟人被特务抓走的消息不断传来。可以说,二萧已经处于双重的危险之下,因此他们做出决定:逃离伪满洲国。

出发的时间暂定在1934年的五六月间,因为他们必须走海路,那段时间风浪小些。逃出去后究竟去哪里,也是一个大问题,好在这次又有朋友帮忙。萧军的朋友舒群,也是中共地下党员,但他于1934年年初失散了组织关系,处境十分危险,因此他只能离开哈尔滨,逃到青岛。安顿下来并恢复组织关系后,他就给萧军寄信,邀请他们夫妇去青岛。二萧把舒群的提议告诉了朋友们,大家都觉得可行,这样,他们的目的地也确定了。

准备离开的那段时间里,他们时刻提心吊胆。有一天两人一起回家,走到街口就看到一个日本宪兵的身影。他们起初强作镇定,继续朝家走,可是很快发现,那人就在他们的家门口盘旋。他们彻底慌了,回家已不可能,逃,又能逃到哪里呢?情急之下,他们躲进了马路对面的一家面包店,假装买东西。幸好,日本宪兵大约是觉得已经引起了猎物的警觉,就兀自撤离了,二人这才顺利回到家。

更可笑的是,他们的房东还收到了一封黑信,说萧军准备绑架他的儿子汪玉祥,要他小心些。为此房东特地把萧军叫到房里密谈了好半天,汪玉祥也被姐姐们严格地看管起来,不准出大门一步。萧红知道此事后,自嘲地想,萧军的形象还真有点像强盗……其实,房东一家与二萧相处多时,他们未必真的会怀疑萧军对他家的孩子有歹意,但是这封黑信仍然让他们不放心,觉得萧军总是个"不详细的人"。这种莫名其妙的事情,也让二萧更加坚定了离开的决心。

其实萧红心里对于离开一事,非常地不情愿。她忍受了那么久饥寒交迫的生活,如今总算在物质方面安定了下来,看着家里堆放着的充足的米、面和桦子(东北方言里指用来烧火的劈碎的木头),她有一种难得的满足感;家里秋天才装上了电灯,她也终于可以在灯下抄稿子了;萧红之前脚上生过冻疮,现在也基本痊愈了;由于有了稳定的稿酬收入,萧军也用不着到处做家庭教师,总把她一个人留在家里了……然而家庭经济情况刚刚好转,外面的政治环境又日趋恶劣,逼得他们非走不可。一旦离开,所有这一切都将不再属于他们,他们不得不到一个完全陌生的地方，艰难地开启全新的生活。萧红虽然自幼反叛家庭，但是除了两次出走北平的短暂经历外，她从没有真正离开过家乡——呼兰离哈尔滨不过几十公里，在今天已经成为哈尔滨的一个区。现在就要向家乡告别，开始后半生的漂泊，也令萧红分外惆怅。

出发的日子终于来了。1934年6月12日，萧红和萧军坐上了从哈尔滨开往大连的火车，第二天抵达大连。在萧军的朋友家住了两天后，他们又在友人的帮助下买到了开往青岛的船票，登上日本轮船"大连丸号"的三等舱。在船上，他们受到了严厉的盘查。好在萧军从容应对，没有露出任何马脚，惊险过关。6月15日，他们抵达青岛，用他们自己的话说，就是"回国"了——东北那时已经成了"满洲国"，而青岛还是中国的土地，所以对这两个年轻人而言，离开自己的家乡，却意味着"回国"，如果没有经历过故土沦丧之痛，谁能理解这般复杂的心情？到青岛的第二天，正是萧红的23岁农历生日。这是一个有意味的巧合，从此之后，萧红迎来了她的新生。

二萧离开刚刚一周，罗烽就被捕了。在接下来的几年里，他们的朋友侯小古、金剑啸等人先后牺牲。可想而知，假如二萧不走，等待他们的将是怎样的命运。值得一提的是，二萧逃走后，萧红的父亲张廷举也受到了牵连。这对张廷举来说似乎有点冤枉，因为他在此前已经宣布把萧红从族谱中除名，起因是萧红早期的作品中有很多是表现阶级压迫的，而张家就是地主，从她的作品中或多或少能看到一些张氏家族的影子。比如她的第一篇小说《王阿嫂的死》里面，那个穷凶极恶的地主

阅读萧红 | 55

就姓张,她后来的作品中写到的地主也是姓张的居多,很难讲这是不是有意为之。萧红和家庭决裂后,张廷举一直觉得非常丢脸,却也没做出什么特别的举动。可是萧红成为作家后,竟然以家族为素材,还把长辈们写得那样不堪,这就让他受不了了。当然,文学作品本质上是虚构的,即使有现实中的原型,也不能把小说中的人和事完全附会到现实中。可是张廷举怎么可能懂得这个道理,当他知道萧红写了那些小说后,立即怒不可遏,觉得愧对族人,因此以"大逆不道,离家叛祖,侮辱家长"的理由,宣布开除萧红的族籍。

然而日伪当局才不管萧红和家庭的关系呢,萧红刚一离开伪满洲国,就有特务来到张家进行大搜查,想从信件、衣物等一切东西上发现和萧红有关的蛛丝马迹,还拍了不少照片。张廷举吓坏了,不过他好歹是做过省教育厅秘书的人,多少有一些上层关系,所以他找到了日伪军政两界的要人为自己撑腰。结果,呼兰当地伪政府看到他有如此之大的能量,就顺势让他做了呼兰"协和会"的副会长。抗战胜利后,出任伪职自然成了张廷举巨大的污点。好在他有一个好儿子,就是萧红的胞弟张秀珂。张秀珂抗战期间来到陕北,参加了八路军,后又南下苏北在新四军中工作,抗战胜利后回到东北,也算荣归故里,所以张廷举再一次有了护身符。抗日战争胜利后,张廷举得知萧红已于1942年去世,最初表现得十分冷淡,但随后意识到,萧红早已成为举国闻名的"革命作家",这是大有利用价值的,遂在家门口贴出一副对联,上联"惜小女宣传革命南粤殁去",下联"幸长男抗战胜利苏北归来",横批"革命家庭"，全然不顾萧红早已被他从族谱中除名以及自己曾出任伪职的事实。有这样一位父亲，真的是萧红的不幸。

二萧到青岛的时候，舒群已和当地女子倪青华结婚。倪家才是真正的革命家庭，一家人几乎全是中共地下党员，他们热情地迎接了萧红萧军夫妇。二萧先是住在舒群的岳父母家，后与舒群夫妇合租了一栋二层小楼的底层，两对志同道合的年轻人相处起来非常愉快。在舒群的介绍下，萧军化名刘均，担任《青岛晨报》副刊编辑，萧红也参与了《新女性周刊》的编辑工作。由于有了固定收入，他们的生计问题得以解决。工作之余二人都把主要精力花在了创作上，萧军在写《八月的乡村》，萧红在写《麦场》（出版时更名《生死场》）。正是这两部作品，让他们日后扬名全国。

他们的楼上，住着一个人称白太太的二十五六岁的女人，她的丈夫一年前去上海后音信全无，只能一人带着孩子生活。她常常晚上一个人哭，有时还唱几句京戏排遣寂寞，此外她还是个基督徒，几乎每晚都要祷告。萧军晚上往往要加班工作，这时哭声、唱戏声、祷告声接连传来，让他不胜其烦。萧红虽然也为此苦恼，但是同为女性，她却对白太太的遭遇非常同情。小楼的左边所住的一家人也是基督徒，其中一个老婆婆尤其虔诚，但二萧对这家人全无好感。此外，他们还有一户邻居，这是一家三口，住在后院的一个小草棚里，男的靠做小贩糊口，女的常给白太太抱孩子，算是半个保姆。

二萧和房东的租房合同只签了几个月，很快就要到期了。这时白太太建议他们搬到楼上去。原来二楼除了她以外还住着一户人家，现在那家人搬走了，空出一间房，她希望萧红夫妇搬上去，房钱随便给多少都可以。很显然，她是想有个伴，能够排遣排遣寂寞。但是萧军断然拒绝了。本来住楼上楼下，已经被她烦得不行，这要真搬上去，可怎么受得了？但随后的一件事却让萧军改了主意：房东准备在后院建新房，要拆掉小贩一家住的小草棚，他们马上就无处安身了。好心的萧红想让他们住到自家的厨房里，萧军却觉得，白太太明明有一间房子，为什么不让他们住？基督徒不是口口声声"博爱"吗，现在有人落难，周围那么多基督徒没有一个伸出援手，为什么非要我们帮忙？不过萧军最终还是被妻子说服，让他们搬了进来。

这样一来，房子到期后他们就不可能搬走了，因为他们知道，只要自己一走，小贩一家肯定会被赶出去。所以他们只得搬到楼上，和白太太做邻居。萧军又跟经租人说情，说楼下的房子如果暂时租不出去，就再让小贩一家住几天，经租人看他的面子，才勉强同意。然而他们终归没能帮上小贩一家，几天以后，那家的妻子因为和丈夫吵架，一气之下投了湖，虽然幸运地被救了上来，但是闹出这么大动静，再住下去是不可能了。他们搬走那天，隔壁的老婆婆又来说："这是信主不虔诚的罪过啊！"这次事件，让二萧对那些伪善的基督徒极其反感，萧红的长篇讽刺小说《马伯乐》，就有不少素材来自这段经历。

1934年中秋节当晚，舒群夫妇到岳父家过节，结果舒群夫妇和倪家两位兄弟同时被捕。原来，当时的青岛虽然没被日本的铁蹄践踏，却难逃国民党的魔爪。青岛的地下党组织，不小心被一个国民党特务混了进来，他摸清了整个地下党的底细，在中秋节当天组织了一次大搜捕，青岛的地下党员全军覆没。萧军当天也得到了舒群的邀请，他因为有事没去，才幸免于难。这件事对二萧是一个很大的打击，同时也更加坚定了他们反抗的信念。他们虽然都没有加入中国共产党，但身边最亲密的朋友却几乎都是共产党人，他们自己的思想也一直倾向革命。这次舒群等人的被捕，更加坚定了二萧投身左翼文化运动的决心。

失去了最信任的朋友，二萧一时陷入迷茫，他们虽然仍在努力创作，却不知道自己写的东西是否符合"革命"的需要。这时萧军萌发了一个大胆的主意：给鲁迅写信！这位五四以来中国文坛的主将，是万千文学青年心目中的灯塔，而他也经常对前来求教的青年提供指导和帮助。可是二萧虽然素来崇拜鲁迅，却连他的地址都不知道，这信该如何写，写了又如何寄呢？后来萧军从杂志上看到，鲁迅先生常去内山书店，又听朋友说，鲁迅先生经常让内山书店代转信件，所以他准备试试，把信寄到内山书店，看能不能被转到鲁迅先生手里。

信寄出后，萧军一直惴惴不安，对于鲁迅先生能否收到、会不会回信，心里都毫无把握。让他喜出望外的是，过了不多久，他们真的收到了回信。鲁迅回答了萧军提出的两个问题，并同意看看他们的作品。于是，他们立即把《跋涉》和《麦场》的原稿寄给了鲁迅先生。

就在二萧沉浸于得到鲁迅先生眷顾的喜悦中时，萧军供职的《青岛晨报》又惹上了麻烦。由于一则不实报道，某记者被警察抓走,接着报社经理也离开了,报纸就此瘫痪,萧军也就失去了饭碗。另外,地下党被破坏后,像二萧这样的党外人士也不安全,所以他们再次做出决定:逃离青岛。这次的目的地,就是鲁迅先生所在的上海。临行前,萧军又给鲁迅写了一封信,告诉他自己要离开青岛,千万不要再回信了。1934年11月1日,二萧同一位朋友一起,搭乘轮船离开了只住了不到半年的青岛。

在鲁迅先生身边的日子

11月2日到达上海后,二人先在一家廉价客栈住下,第二天便搬到了一个租金九元的亭子间。他们出发时,身上只有40元钱,去掉船费、路上的花销,再交过房租,买些柴米油盐之类的生活必需品,钱就所剩无几了。安顿下来后,二萧做的第一件事就是给鲁迅先生写信,希望和先生见一面,第二天就收到了鲁迅的回信。这让他们既兴奋又遗憾,兴奋的是鲁迅回信竟然如此之快,且告诉他们之前的信、书和稿子都已收到;遗憾的是,鲁迅说见面的事情可以从缓,因为布置约会的种种事情非常麻烦。天真的二萧大惑不解,觉得见一面有什么麻烦?于是在11月4日又给鲁迅写信,再次表达了见面的意愿,鲁迅仍然婉言谢绝。

他们不知道,这只是鲁迅的借口。上海文坛异常复杂,各种阴谋诡计、害人伎俩层出不穷,鲁迅已经有过无数次教训,才变得如此谨慎。接到这两个来自东北的陌生青年的来信后,他当然不敢马上同意见面,而是先让自己的弟子胡风去了解一下,东北是不是真的有这么两个作家。然而二萧虽因出版

《跋涉》而小有名气，但是影响基本只限于当地，远在上海的胡风根本没法了解。鲁迅又通过其他人打听二萧是不是有什么政治背景或党派关系，也毫无结果。

二萧依旧锲而不舍，这次他们干脆共同给鲁迅写信（前几次都是萧军自己写的，只是以夫妇二人的名义），署名"刘军、悄吟"，在信中一连串问了九个问题，而且还近乎调皮捣蛋地提出了抗议：萧红"质问"鲁迅为什么称呼她"夫人"或"女士"。鲁迅大概从来没遇到敢和他这么说话的青年，他被他们的稚气和率真打动了，所以回信时也幽了一默："悄女士提出抗议，但叫我怎么写呢？悄婶子、悄姊姊、悄妹妹、悄侄女……都并不好，所以我想，还是夫人太太，或女士先生吧。"信末写了"俪安"（祝福语，用于收信者为夫妇时），并在这两个字旁边画一箭头，问"这两个字抗议不抗议？"不过玩笑归玩笑，鲁迅还是提醒他们：稚气的话说说无妨，但是稚气能让人找到真朋友，同时也容易上当，尤其是在上海这种人心险恶的地方。

自此，二萧和鲁迅之间情感的距离大大拉近了。他们又不断地给鲁迅写信，鲁迅终于招架不住了，在11月20日的回信中说，许多事一言难尽，还是月底见面谈一谈好。这封信让二萧快乐得无法形容，他们像小孩子盼望过年一样，苦盼着月末的到来。27日，鲁迅又致信二萧，约他们三天后到内山书店见面。11月30日午后，他们终于如愿以偿地见到了鲁迅先生。见面后，鲁迅马上领他们离开书店，来到一家俄国人开的咖啡馆，不久许广平也抱着海婴来了。萧军大致介绍了他们从哈尔滨经青岛来上海的经过，并把《八月的乡村》书稿交给许广平，鲁迅则向他们说了一些上海文坛的基本情况。临走时，鲁迅把一个信封放在桌子上，说："这是你们所需要的……"原来，二萧这时已经山穷水尽，所以第一次见面之前，他们就请求鲁迅先生借他们二十元钱，鲁迅慷慨地答应了，二萧感动得眼里充满泪水。这还不算，萧军又说，他们连回去坐电车的零钱都没有了，鲁迅又从口袋里掏出一把零钱给他们。

萧军和萧红一直是把鲁迅当作导师的，而今更是得到了他慈父般的关怀，从此，鲁迅成了他们生命中最重要的人。为了让他们不感到寂寞，鲁迅又借着为胡风的孩子做满月之名请客，邀请二萧和几个朋友于12月19日晚赴宴。结果胡风由于没及时接到请柬，错过了宴会，"主角"缺席了，宴会唯一的主题就是把二萧介绍给朋友们。当天在座的除了鲁迅一家、二萧夫妇外，还有青年作家叶紫，青年作家聂绀弩及其夫人以及茅盾。鲁迅指定叶紫做二萧的向导和监护人，从此他们进入了上海左翼文学的核心圈子。二萧和宴会上认识的几个人，都保持了终生的友谊。

但是此后二萧仍没有生活来源，鲁迅给的二十块钱也只能解燃眉之急。叶紫和聂绀弩都劝他们找老头子（指鲁迅先生）想想办法，他们只好再去麻烦鲁迅。鲁迅也有求必应，尽量把他们的文章推荐给上海的一些报刊。萧军后来才知道，当时上海规模较大、稿酬较高的刊物，都有固定的作者队伍，新人想在上面发表作品非常之难。左翼文学刊物尤其如此，因为上海政治环境复杂，刊物编者如果不了解作者的政治背景，是万万不敢发他的文章的，除非有大家、名家出面介绍。这里还有一个潜规则：大家、名家的稿子谁都想要，所以介绍人在推荐别人的稿子时，往往要把自己的一篇稿子给人家做人情。鲁迅为了帮二萧发文章，说不定搭上了多少精力。

那段时间，叶紫和二萧同样生活非常拮据。有一天他太馋了，竟怂恿萧军要"老头子"请他们吃饭。萧军觉得不好意思，表示反对。萧红却自告奋勇给鲁迅写了信，末尾署的是她和叶紫的名字。信中说如果怕费钱，找个小馆子随便吃点即可。鲁迅回信说，请客可以，但是既然请就要吃得好，否则不如不请。于是，1935年3月5日，鲁迅在一家很高级的广帮菜馆请二萧和叶紫吃饭，同席的还有青年翻译家黄源和左翼刊物《芒种》的编辑曹聚仁，这两人后来也和二萧成了朋友。席间，本来不赞成让"老头子"请客的萧军，吃得比萧红、叶紫二人加起来还多；而叫嚷得最凶的萧红，反倒吃得很少。二萧和叶紫共同向鲁迅提出，想成立一个"奴隶社"，以"奴隶丛书"的名义自费出版作品，鲁迅表示同意。

"奴隶社"一共出版了三部作品，分别是叶紫的《丰收》、萧军的《八月的乡村》和萧红的《生死场》。起初，他们把书稿送到黎明书店，希望出版，书店虽然对几部作品感兴趣，却因为怕承担政治风险而拒绝了。后来有好心的编辑冒着危险，把书稿转给了和书店有合作关系的民光印刷所。好在当时印刷和纸张费用都可以赊账，就这样，《丰收》和《八月的乡村》先后于1935年5月和6月，以"奴隶丛书"之一、之二的名义由民光印刷所印了出来。叶紫还编造了一个出版机构"容光书局",并像模像样地写上地址"上海四马路",弄得和正式出版物一样。

至于萧红的《麦场》,则颇费周折。早在1934年12月,鲁迅联系到了生活书店,想通过正式途径出版此书,书店也愿意出版。可是送到国民党中央宣传部书报检查委员会后,一直拖了半年,结果是不许出版。后来鲁迅又把稿子交给杂志社,希望连载,却遭到了退稿。到了1935年10月,叶紫和萧军的书早就印好了,《麦场》的出版仍然没有着落,不过这倒是给了萧红充足的修改时间。书稿在朋友们手中传阅,大家提出了一些修改意见,胡风说"麦场"这个书名不如"生死场",鲁迅也同意胡风的意见,这样,《生死场》的书名就定了下来。到了12月,眼看正式出版无望,只好采取和前两本书一样的办法,由民光印刷所印出,是为"奴隶丛书"之三。

和《跋涉》一样,《生死场》也是一本非法出版物,为了避免麻烦,大家建议不要用原来的笔名"悄吟",于是"萧红"这个笔名诞生了。据萧军后来解释,这其实和他有关。萧军之前常用的笔名,有三郎、刘均、刘军等,《八月的乡村》则署名田军。《生死场》付印之际,他和萧红商量,以后二人的笔名分别叫作"萧红"和"萧军",这样连起来就是"小小红军"。近年有人质疑这种说法,因为萧军说这些话是在新中国成立后,很可能掺杂了意识形态的因素。但是考察二人当时的思想状况,萧军说的也未必是假话,毕竟他们从哈尔滨到上海,一直身处左翼文化圈,再加上受鲁迅影响,思想必然越来越趋向于革命。

阅读萧红 | 65

《生死场》奠定了萧红的文坛地位，使她一跃成为著名抗日作家。鲁迅和胡风分别为这部作品写了序言和后记，他们在充分肯定这部作品的同时，也或委婉或直率地指出了它的缺点。不过无论如何，鲁迅、胡风两位名家的品题，都让《生死场》身价倍增，加之作品本身从题材到表现手法都非常独特，萧红在上海文坛迅速走红。和他一起走红的还有萧军。从此，二人发表作品不再有问题，许多杂志主动向他们约稿，甚至有的刊物拉二萧当台柱。他们的稿费源源而来，终于过上了衣食无忧的生活。

　　二萧成名后，他们之前在哈尔滨牵牛坊结识的很多朋友都很受鼓舞，不少人都怀揣着文学梦想，追随着二萧的脚步来到上海。还有一些人，如罗烽、白朗夫妇以及舒群等，则是因为政治原因来上海避难。前面提到过，罗烽在二萧离开哈尔滨的一周后就被捕了，而在青岛接待二萧的舒群也曾被捕，他们分别于1935年夏季和春季被释放，并于1935年7月先后来到上海。这些人有着非常相似的人生际遇，登上文坛后，创作的题材和风格也有很大的共同点。他们的作品，总是取材于沦陷后的东北故乡，侧重表现东北人民在日寇铁蹄之下的悲惨生活和他们的英勇反抗，风格则往往是粗犷豪放的。因此文学史上对这些年轻作家有一个特定的称谓：东北作家群。成名最早的二萧，自然成了东北作家群的核心，他们也以东道主的身份，热心帮助那些后到上海的朋友们。

　　二萧的成名当然离不开鲁迅。不过鲁迅也直言，在写作方面萧红更加有前途，还说她可能成为丁玲的后继者，而且接替丁玲的时间，要比丁玲接替冰心的时间早得多。其他朋友如胡风等，也都说过萧军的文学才能不如萧红之类的话。大男子主义十分严重的萧军，听了这些话虽然总是一笑了之，但是自尊心很可能受到了严重的伤害，二萧后来的分手也与此不无关系。

《生死场》出版前后，二萧和鲁迅夫妇的私人关系也更加密切，1935年11月6日，鲁迅邀请二萧到自己家中吃饭。虽然此前他们与鲁迅已经交往很多，但是到鲁迅家做客还是第一次。此后，二萧经常去鲁迅家里玩，也会时不时地留在那里吃饭。1936年3月，他们干脆搬到了鲁迅家附近，这样就更加便于向先生请教；另外鲁迅当时身体很差，几乎总是在生病，他们也希望在生活上能帮先生分忧。从此萧红去鲁迅家更加频繁，有时一个人去，有时和萧军一起，几乎一天不落，有时甚至一天之内就去好几趟。萧红擅长做北方面食，熟悉以后，她在鲁迅家经常下厨，做韭菜合子、荷叶饼等北方小吃，鲁迅也总是很爱吃她做的饭菜。

萧红自幼没有得到太多父爱，唯一疼爱他的长辈就是爷爷。爷爷去世后，她几乎从未感受过来自长辈的温暖，如今在鲁迅这里，萧红得到了很大程度的补偿。而鲁迅面对这个天真而有才华的年轻女性，也不自觉地渐渐扮演起了父亲的角色。萧红本人和其他人的回忆中都提到，萧红经常让鲁迅评价她的穿着，鲁迅也经常"指导"她怎么穿好看，怎么穿不好看。显然，这已经远远超出了一个文坛前辈和青年作家的关系。

然而萧红频繁去鲁迅家里，还有另一个原因，那就是她和萧军的感情已经出现了裂痕，她需要向鲁迅和许广平倾诉苦闷。二萧在哈尔滨时认识的陈涓，这时也来到上海。她于1935年在哈尔滨结婚，1936年年初带着新出生的婴儿回到了上海的父母家中。虽然陈涓离开哈尔滨之前，萧军的一些轻薄举动颇令她不快，但是单纯的陈涓却觉得，现在自己已经结婚生子，总该不会引起别人的误会了，所以在2月的某天，她又去拜访了二萧。没想到萧军此后总是到陈涓家里找她，并经常邀请她出去吃饭，这让陈涓觉得十分害怕，她明白萧军对自己的感情死灰复燃了。后来陈涓接到丈夫催她回去的来信，遂于5月1日离开上海。临行前萧军为她筹集了20元路费，陈涓本来很感动，没想到在她出发前一天，萧军又来纠缠，非拉着她去咖啡馆，然后自己一瓶接一瓶地喝闷酒，搞得陈涓极其尴尬。直到晚上十一点，她才摆脱了萧军。

萧军这些事当然都是瞒着萧红做的，但是以萧红的敏感，她不可能毫无察觉。这带给了她深深的伤害，后来她写了一组短诗《苦杯》，其中一首是这样写的："往日的爱人，为我遮蔽风雨，而今他变成暴风雨了！让我怎样来抵抗？敌人的攻击，爱人的伤悼。"的确，来自最亲密的人的伤害，往往比来自敌人的打击难忍百倍。1937年，萧红发表了散文《一个南方的姑娘》，其中的"程女士"就是暗指陈涓。但是文中透露的意思，似乎陈涓在这段情感纠葛中颇为主动。而陈涓碰巧在报纸上看到了这篇散文，这令她非常生气。不过为了不给萧红再次带去伤害，她一直忍着，直到萧红逝世两年以后，她才以"一狷"的笔名发表了致萧军的公开信，题为《萧红死后——

致某作家》，发泄了对萧军的不满。

另外萧红诗中所谓"而今他变成暴风雨了"，恐怕还不仅仅指萧军的出轨。那段时间，他们争吵不断，而脾气暴躁的萧军，有时竟然对萧红施以拳脚。二萧的矛盾，鲁迅是知道的，他也多次批评过萧军。但是作为长辈，鲁迅毕竟不好过多干涉年轻人的事情，所以多数时候他能够做的，不过是听萧红倾诉而已。萧军的朋友黄源建议萧红去日本休养，让二人分开一段时间冷静冷静，或许有助于他们感情的恢复，而且黄源的妻子许粤华这时也在日本学习，她和萧红可以互相照顾。二萧商量后接受了黄源的建议，他们约定，萧红去日本，萧军去青岛，一年后回上海碰头。1936年7月15日，鲁迅拖着沉重的病体，在家中为萧红设宴饯行，第二天黄源又约二萧一起吃饭，饭后到照相馆合影。17日，萧红登上了驶往日本的轮船。

但是，黄源很快就会为他的这个建议而后悔的。

从东京到北平

1936年7月19日,萧红抵达神户,下船后转火车到达东京。她找到了许粤华,二人住在一起。萧军则来到青岛的国立山东大学,他的一个朋友周学普在此任教,当时正值暑假,周学普不在学校,萧军正好住他的单人宿舍。安顿下来后,二萧就开始频繁通信。他们的感情虽然出现了危机,但在心里仍然是深爱着对方的。尤其是萧红,在信中总是对萧军的穿衣吃饭百般关心。暂时的分离,看来真的对修补感情的裂痕不无作用。

虽然萧红对萧军的怨恨,已经渐渐地被思念之情所冲淡,但是她又受到了另一种情感的折磨,那就是寂寞。许粤华每天一早就去图书馆学习,所以萧红每天大部分时间都是一个人在家。后来她又独自租了一间房,虽然离许粤华的住处不远,仍然可以随时联络,但是独住以后愈发觉得寂寞。加之语言不通,她和周围的人也无法交流,想出去逛街,也因为对环境的不熟悉,而只能感到陌生和无聊。更何况满街的木屐声,还时时刻刻提醒着她,此时正身在异国他乡。

好在萧红找到了排遣寂寞的方式，那就是写作。来东京不到一个月，她就写完了三篇稿子，同时还计划写一些长的东西。8月，萧红的散文集《商市街》在国内出版，这也是一件高兴事。之前，无论是让她和萧军在东北小有名气的《跋涉》，还是让她蜚声全国的《生死场》，其实都是非正式的出版物。此次《商市街》的正式出版，在萧红的文学生涯里还是头一遭，这对她自然也是一种激励。不过随后，萧红却生了一场重病，从8月中旬到月底，她连日发烧、呼吸困难。病中的萧红仍想勉力写作，但是病痛让她实在打不起精神，只能作罢。雪上加霜的是，8月27日许粤华回国了，原因是黄源的父亲病重，需要大笔治疗费用，所以他无力继续负担许粤华的学习费用。萧红在日本唯一的熟人离开了，这让她的孤独感更加强烈。好在养病期间她得到了房东一家的照顾，并和房东5岁的小儿子混得很熟，这个活泼的孩子有时还教她一些日语的单字，这成了她病中少有的乐趣。

病愈后，萧红渐渐习惯了独居，她不但摆脱了孤独寂寞的负面情绪，还很享受从容而有余闲的心境。她又振作了起来，每天努力地写作，晚上经常12点以后才睡。但是很快，新的病痛又来了。9月2日起，她痛经的旧病复发，经常痛得浑身发抖，后来又因为不习惯日本的饮食而得了胃病。看了几次医生，吃了一些药后，效果都不明显。萧红索性用不停地写作来对抗病痛的折磨，一旦沉浸在自己笔下的世界里面，周围的一切烦恼，包括身体的痛楚，都可以暂时忘却。9月10日起，萧红又报名进入了"东亚学校"，这是一个专门教外国人日语的机构。从此，萧红的生活就被写作和学习日语填满，很是充实。

10月13日，萧军从青岛回到上海，第二天就带着自己的小说集《江上》和萧红的《商市街》去看望鲁迅先生，然而会他万万没想到的是，这竟成了他与鲁迅先生见的最后一面。19日一早，熟睡中的萧军被一阵急促的敲门声惊醒，打开门后，他看见了泪眼婆娑的黄源夫妇，黄源几乎用命令的口吻让他赶快穿好衣服。萧军惊问出了什么事，黄源说："周先生过去了！"萧军完全无法接受这个现实，一时竟然失去了理智，揪住黄源的衣领大吼："你胡说！"黄源说："这事我能骗你吗？"萧军顿时觉得天旋地转，眼冒金星，好容易才恢复清醒，慌忙穿起衣服，失魂落魄地跟着黄源夫妇走出了家门。来到鲁迅的寓所后，萧军完全不顾前来吊唁的其他宾客，没和任何人打招呼就直奔二楼鲁迅的卧室，扑到鲁迅的遗体上号啕大哭起来。萧军这个东北硬汉，生平第一次完全不能抑制自己的情感。

身在日本的萧红，第二天就在当地报纸上看到了一篇关于鲁迅的文章，里面有"逝世"的字眼，她立刻慌了起来。但是她刚学了几天日文，远远达不到读懂报纸的程度，所以只能在惶恐不安的心情中胡乱猜测。21日一大早，她又看到报纸上鲁迅的名字和"逝世"连在一起，再看下去还有"损失""陨星"之类的字眼。她再也坐不住了，慌忙跑到一个朋友那里求证。可是那个朋友大概日语也好不到哪里去，或者可能是为了安慰萧红，就说"逝世"的不是鲁迅，让她不要瞎担心。

到了 22 日，萧红知道了鲁迅逝世的确切消息，这让她悲痛欲绝。

在萧红短暂的一生中，经历过不少亲友的离世，其中给她打击最大的，除了年少时祖父的死以外，就是这次鲁迅的逝世了。从萧红与之交往的种种细节上，我们都可以明显看出，鲁迅对于萧红而言绝不仅仅是一位导师，更是一位"父亲"，所以鲁迅的离去带给萧红的打击，不亚于失去任何一个至亲。鲁迅不但帮助二萧成名，使他们彻底摆脱困窘的生活，而且在夫妇二人发生矛盾后，鲁迅也总是会主持公道，尽量劝阻萧军，让他别伤害萧红。可以说，于公于私，鲁迅都是萧红生命中最重要的支柱。现在，这根支柱倒下了，以后再遇到"暴风雨"，萧红又该去向谁寻求保护呢？

刚过了几天平静生活的萧红，因为鲁迅的死而再次焦躁起来，她上了很大的火，嘴唇全部破了。不过，萧红仍然忍受着巨大的悲痛继续创作，她知道，这或许是回报鲁迅先生的唯一方式。然而更大的打击接踵而来：同样沉浸在失去鲁迅先生之巨大悲痛中的萧军，竟然再次出轨了，而出轨的对象则是——许粤华，她的丈夫正是当初劝二萧暂时分开的黄源。而且不同于此前与陈涓单纯的感情纠葛，这一回，萧军干脆让许粤华珠胎暗结。不过萧军和许粤华都明白，他们同处一个圈子，如果一直纠缠下去，将会站到周围所有人的对立面，所以最终只能选择分手。为了斩断情丝，萧军做出了一个决定：向萧红坦白一切，并祈求她的原谅，同时让她改变在日本继续学习的计划，马上回国。半个世纪后，萧军在回忆这段往事的时候轻描淡写地说:"由于某种偶然的际遇,我曾和某君有过一段短时间的感情的纠葛——所谓'恋爱'——但是我和对方全都清楚意识到为了道义上的考虑彼此没有结合的可能。为了要结束这种'无结果'的恋爱,我们彼此同意促使萧红由日本马上回来。这种'结束'也不能说彼此没有痛苦。"

这件事当然让萧红感到痛苦甚至屈辱,她此时已经有了分手的打算,但是思量再三以后,她还是决定原谅萧军,并于1937年1月9日启程回到上海。回国之初,萧红的内心当然不会平静,最敬爱的人的离世,最亲密的人的背叛,都让她心如刀绞。但是既然选择回来,就不得不忍受这一切。她和萧军租了一间俄国人开的家庭公寓,安顿下来后,他们做的第一件事就是去万国公墓拜谒鲁迅先生墓。在墓前,萧红再一次止不住地流出泪水,她低头默哀了许久,才依依不舍地离开墓地。回来后她写了一首饱含深情的拜墓诗,表达对这位伟大作家的敬仰和怀念。耐人寻味的是,诗的第一节写道:"跟着别人的脚印,我走进了墓地,又跟着别人的脚迹,来到你的墓边。"在这里,她称萧军为"别人",这个细节似乎表明,两人的关系已经很微妙了。

不过萧红虽然内心痛苦不堪,但是在社交场合却非常活跃。她在上海有很多朋友,其中既有"东北作家群"中的老友,也有许多新结识的年轻人。他们经常组织一些小型的讨论会或者宴会,在这些场合,二萧的名气大,往往受到众星捧月般的拥戴。据了解他们的朋友观察,二人似乎都有点飘飘然,结果就是,他们情感上的裂痕进一步扩大,争吵的频率越来越高。萧军在萧红赴日前就表现过的暴力倾向，也逐渐变本加厉，甚至在朋友们面前，他对此也毫不避讳。有一次一位日本作家来沪，二萧和许广平、胡风的夫人梅志等人一起陪他吃饭，两天前刚刚被家暴的萧红，脸上的瘀青还没有消退，朋友惊问怎么回事，萧红推说是自己不小心碰的，没想到萧军竟然说："干吗要替我隐瞒，是我打的！"朋友们看到，泪水在萧红的眼眶里打转……

萧军还是个多情种子，他似乎对每一个与他有过情感纠葛的女性，都终生难忘。许粤华怀孕后承受了很大的压力，她当然不可能把萧军的孩子生下来，所以只能做人工流产。那段时间，萧军每天都要去医院照顾她，尽管这也是人之常情，但是萧红却因此受到了进一步的伤害。之后发生的一件事情，则更让萧红的情绪彻底降到了冰点。

出轨事件以后，二萧和黄源夫妇之间的关系变得很尴尬，但是萧红内心里仍然把黄源当朋友。有一天她去找黄源，看见萧军也在那里，正在同他们夫妇谈话。她一进去，三个人的谈话就停止了，很显然他们谈的是一件需要避讳萧红的事情。许粤华当时正躺在床上，旁边的窗户是开着的，萧红关切地问她冷不冷，并准备把大衣盖在她身上——尽管许粤华做了对不起萧红的事情，但是萧红对同为女性的许粤华，仍然表现出了谅解和同情。但是这时，黄源却冷冷地来了一句："请你不要管。"萧红惊呆了。在这件事情上，萧军和许粤华是当事人，自然该负主要责任。而黄源呢，是他的建议在客观上导致了萧军有出轨的机会，他也该为自己的缺乏知人之明（或者说交友不慎）埋单。至于萧红，则是四个人里面最无辜的。可是她竟受到了另外三人共同的针对，这究竟是为什么？百思不得其解的萧红，只好悻悻走开。

有人分析说，黄源夫妇当时大概已经准备离婚了，但是基于曾经的感情，黄源还是希望妻子离开自己后有一个好的归宿，所以他或许会和萧军商量，要求他为许粤华负责，甚至希望他们正式结婚。而萧军则会以萧红为理由，拒绝黄源的要求。这样一来，本来无辜的萧红，竟成了他们三人"圆满"处理此事最大的障碍。当然这只是后人的分析和猜测，我们找不到确凿的证据来判断该说法的真伪（实际上，黄源和许粤华1941年才正式离婚），不过无论如何，这件事都让萧红受到了极大伤害。她发现，在别人眼中她只是萧军的附属品，萧军犯了错，别人不敢惹他，却转而拿自己当出气筒，这是她所无法容忍的。

于是，她又一次做出了"出走"的举动。从报纸上，她看到了一个画院的招生广告，就打电话询问是否招收寄宿生，得到肯定的答复后，她又亲自去察看了一番。萧红对画院还比较满意，但是还没有下定决心报名，毕竟她对萧军还是有感情的。然而就在她从画院回来的当晚，当她躺在床上尚未入睡的时候，听见萧军和朋友们在外面议论她的作品。萧军说："她的散文有什么好呢？"朋友接着说："结构也并不坚实！"他们的轻蔑语气激怒了萧红，她突然走出来，让萧军和朋友们猝不及防，他们只能尴尬地结束谈话。萧军睡熟后，萧红就开始整理行李，第二天一早，她就溜出家门，住进了画院。

萧红的出走让萧军很紧张，他发动了自己的朋友，满上海寻找萧红的行踪。仅仅过了三天，萧红就被他的两个朋友找到了。画院的主人对萧红说，既然她的丈夫不允许，画院就不能收她，结果，萧红就像个俘虏一样被带回家。回来后，萧红从朋友们那里得到的不是同情，而是各种嘲笑和非议。这让她更加苦闷，于是提出要独自去北平住一段时间散散心。萧军自知理亏，也就只好同意，于是萧红于1937年4月23日乘火车离开上海。

到北平后，萧红先在中央饭店安顿下来，接着辗转找到了老朋友李洁吾。早年和表哥陆哲舜一同出走北平的时候，萧红得到了李洁吾的很多帮助，这次老友重逢，自然分外高兴。在李洁吾的帮助下，萧红找到了一个条件比较合适的旅馆，只不过暂时没有空房，需要等几天。但是萧红不想再在中央饭店住下去了，那儿的客房每天要两块钱，实在是有点奢侈，因此她搬到了李洁吾家里。此时的李洁吾已经有妻儿，而萧红初见李洁吾的时候又非常热情，刚一脱下外套就给了他一个大大的拥抱，这让李洁吾的妻子难免心生疑虑。好在萧红只在他家住了一天，旅馆就有了空房。于是在4月26日李洁吾就帮着萧红把行李搬到了旅馆。

萧红在北平接触较多的另一个朋友，是舒群。舒群本是帮过二萧大忙的，他于1935年7月到达上海后，虽曾一度和二萧联系过，但后来却慢慢疏远了。1937年1月，他来到了北平。萧红对于舒群态度变化的原因一直很不解，怀疑他是不是觉得她和萧军"出名"以后风头太盛，才不爱搭理他们，这次见面，正好问一个究竟。不过舒群说出的原因，却和萧红的猜测不同。原来，舒群到上海之初，和当时所有向往革命而又怀抱文学梦想的青年一样，最大的愿望就是见鲁迅一面。而二萧又恰恰与鲁迅关系亲密，所以他就托萧军向鲁迅转达了见面的请求。但是鲁迅当时身体很糟，实在不方便见陌生人。更何况鲁迅作为革命文学领袖，本来就一直是当局"重点照顾"的对象，如果安排他和舒群这样一个中共地下党员见面，恐怕也会危及鲁迅自身的安全，因而萧军拒绝了舒群的请求。为此，舒群难免心存芥蒂。这次萧红向他详细说明了个中原委，舒群方才释然。

在北平期间，萧红和萧军仍然频繁通信，但是萧军却渐渐对萧红不放心起来。她在北京主要接触的两个人，都不在萧军的关系网范围内，李洁吾他根本不认识，舒群则已经和他闹僵，尚未和解。尤其是李洁吾，萧军大概知道他和早年的萧红关系密切，生怕他把萧红从自己手中夺走，于是他在给萧红的信中谎称自己最近身体不好，恐旧病复发，请求萧红回来。这样，萧红仅仅在北平住了20天左右，就于1937年5月中旬回到了上海。

不可避免的分手

不得不说，萧军的谎言在客观上帮了萧红。因为她离开北平不到两个月，卢沟桥事变就爆发了，假如那个时候她还没走，恐怕就麻烦了。回到上海后，二萧的感情似乎恢复了一些，萧红的小说散文合集《牛车上》也由上海文化生活出版社出版，这让她心情不错。

然而二萧的矛盾仅仅是表面上缓和了，实际上，两人之间的隔阂越来越深。如果说矛盾最初的根源是感情问题的话，那么随着二人文坛地位的一步步提高，他们在文学观念上的分歧，就渐渐成了导致矛盾的另一个重要因素。萧军的文学才能不及萧红，但是他的创作却更符合革命文学的价值规范，因此，他往往看不起萧红，觉得自己的作品才是"现实主义"的；而萧红的作品仅仅是凭印象、直觉写出，没有打动读者的力量。如果两人仅仅是各走各的路，倒还有可能相安无事。可是萧军非但不能理解萧红极具个性的文学追求，反而总想"指导"甚至"改造"她，这就让萧红非常不快。从某种意义上说，二萧的分歧，其实也是萧红和左翼文学所信奉的革命现实主义原则之间的分歧。

这个时候，许粤华和黄源虽然并没有正式离婚，但是可能已经分居了，许粤华一个人在上海生活非常不易，所以经常来找萧军寻求帮助。萧红因此非常烦恼，常常和萧军吵架；而萧军则觉得，是他的过失使得许粤华陷入了如今的境地，所以自己理应对她负责，至于萧红呢，则理当"宽容"一些。他对萧红说："许粤华不是你的情敌，即使是，她现在的一切处境不如你，你应该忍受一个时间，你不应这样再伤害她……这是根据人类基本的同情……"平心而论，许粤华确实是值得同情的，在一个男性占主导的社会里，同样是出轨行为，女性所付出的代价往往要比男性惨重得多。另外萧军一直照顾许粤华，至少说明他对许粤华是有真感情的，绝非存心玩弄她。然而，在这次事件中，萧红才是最大的受害者，她当然可以选择"容忍"和"同情"，但那必须出于她的自愿才行，任何人也没有资格要求她必须"忍受"。萧军一方面对自己的严重不忠行为轻描淡写；另一方面却搬出"人类基本的同情"这样的大帽子，站在道德制高点上，要求本是受害者的萧红忍受一切，实在令人不齿。

整个6月份，萧红都在忍受着情感上的折磨，几乎没有写出任何作品。直到卢沟桥事变爆发，她才受到了新的刺激，暂时跳出个人情感的圈子，开始抒写家国情怀。尤其是"八·一三"淞沪抗战开始以后，上海也笼罩在了战争的阴云下，萧红意识到，平静的生活将要一去不复返了。"八·一三"事变发生之后的十天内，萧红连续写了三篇散文《天空的点缀》

《窗边》和《失眠之夜》，记叙自己对战争的观感，表现上海军民同仇敌忾的反抗精神。萧军也同样撰写了不少反映战争的文章，并肩战斗的经历使得二人的关系再度趋于缓和。

以二萧为代表的东北作家，对于战争似乎比其他人更加敏感。他们毕竟是经历过"九·一八"事变的人，已经感受过一次国土沦丧之痛。现在流亡上海，好不容易有了栖身之所，却仍然逃不脱侵略者的铁蹄，因此，他们的乡关之思和爱国救亡之情夹杂在一起，笔下便凝聚了丰富而沉重的情感。然而同样的民族解放战争，其意义对于男性和女性来说似乎不尽相同。萧红在散文中记叙了这样一件事：萧军有一天买来一张《东北富源图》，指着上面自己家乡的位置，兴冲冲地向萧红介绍着，并且遥想抗战胜利以后，自己怎样带着萧红回到家乡，一人骑着一头毛驴，拜访亲戚，品尝各种家乡美食……萧红却插了一句："你们家对于外来的所谓'媳妇'也一样吗？"这真是一个苦涩的问题，对于男性而言，一旦驱逐了侵略者，他们就可以重新得到曾经拥有的一切，无论是家园、财富还是女人；而对于女性而言，抗战胜利的结果，仍然不过是做人家的"媳妇"而已。像萧红这样无依无靠的女性，即使抗战胜利了，她们不用做异族的奴隶，却还是免不了成为男性附属品的命运。

萧军当然不能理解这些。在他看来，既然抗战爆发了，所有人都该无条件地抛弃一切个人的哀乐，投入到伟大的救亡运动中去。而萧红在此过程中表现出的多愁善感，以及对萧军与许粤华的关系仍旧耿耿于怀，渐渐地已经让他感到不耐烦。他在日记中不断抱怨萧红"吃醋""嫉妒",甚至写道:"对于吟,在可能范围内极力帮助她获得一点成功,关于她一切不能改造的性格一任她存在,待她脱离自己时为止。"看来他已经做好了分手的准备,但是直到此时,他还认为自己应该"帮助"甚至"改造"文学成就远超自己的萧红,其自负程度可见一斑。

胡风准备办一个刊物,邀请萧军、萧红、黄源、艾青等人开会商讨。萧红提议刊名为《七月》,得到了大家的赞同,于是,一个在抗战期间影响很大的刊物诞生了,其创刊号于1937年9月11日出版。参加筹备会议的人员中,还有一个年轻的东北作家,是萧红以前没有见过的,他就是端木蕻良。端木蕻良原名曹汉文,又名曹京平,1912年生于辽宁昌图的一个大地主家庭。优渥的家庭条件,使得他从小过着养尊处优的生活,身上多少有一些大少爷气。但他也是一个进步青年,"九·一八"事变时正在南开中学读书的他,因领导学生运动而被学校除名,后来还一度加入抗日部队。脱离部队后,他考入了清华大学历史系,并加入了北平左翼作家联盟。1933年的时候,仅仅21岁的他已经成为北方"左联"常委,并和鲁迅有书信往来。1936年年初他来到上海,再次向鲁迅写信求教。他的短篇小说《爷爷为什么不吃高粱米粥》等得到了鲁迅的褒奖,并在鲁迅的推荐下得以发表。因此,端木虽然从未见过鲁迅,但和当时的许多年轻作家一样,往往喜欢以鲁迅弟子自居。

端木和萧军都是辽宁人,性格却大相径庭。不同于萧军粗豪勇武的军人气质，端木身上有着更多温柔儒雅的文人气息。在《七月》的编辑会议上接触几次之后，萧红发现，她和端木的很多观点都比较接近，甚至比萧军都更有共同语言。但是《七月》仅仅出了三期，上海的局势就渐渐恶化，马上就要沦陷了。胡风联系到一些武汉的朋友，他们愿意为刊物提供纸张和资金，因此他准备把刊物迁往武汉出版。胡风还建议二萧、端木等人和他一起去武汉，他负责编辑刊物，其他人负责写稿。眼看上海的局势已经危若累卵，大家都同意了胡风的建议。这样，萧红和萧军一起，于1937年9月28日乘火车离开了她居住两年多的上海，来到处于大后方的武汉。

途中，他们偶然认识了诗人蒋锡金。蒋锡金当时正在汉口编辑《战斗》《时调》等刊物。他虽然在武汉租有房子，但是由于公务繁忙，晚上经常回不了家，总是在外面过夜。由于当时时局混乱，大批伤兵、难民等形形色色的人纷纷涌入武汉，外来人很难找到住房，所以二萧就住在了蒋锡金家里。蒋锡金的家虽然只有窄小的两间屋，一间做卧室一间做书房，但他还是爽快地把内间的卧室让给了二萧，自己搬到外面的书房住。

《七月》的其他同仁如胡风、端木蕻良、田间、艾青等也都陆续如约来到武汉。二萧热情地邀请端木来和他们一起住，蒋锡金也很高兴结识端木，所以就从邻居处借来一张竹床，让他和自己同住书房。四个人在一起，相处非常融洽，他们同吃同住，时不时地聊聊天、开开玩笑，偶尔还会抬杠几句，玩得不亦乐乎。一天，蒋锡金的家里来了一位年轻的女画家梁白波，她当时参加了一个漫画宣传队，随队来到武汉后认识了蒋锡金。两人本是儿时好友。十年前，蒋锡金一家租住的正是梁白波家的房子，她是他的房东，二人经常一起玩耍。然而十年过去了，如今他们乍一见面，都没有认出对方，交谈后方才知道是旧交。因此，梁白波来看望蒋锡金，并在他的介绍下认识了萧红。萧红也是有一定美术才能的，她的房间里就挂着自己画的风景画。梁白波看了很感兴趣，就和萧红聊了起来，二人非常投机，萧军也过来殷勤地陪着聊天。二萧虽然此前不认识梁白波，却早听说过她：他们在哈尔滨时最亲密的朋友之一、此时已经英勇就义的金剑啸，在上海学习美术时有过一段恋情，对象正是梁白波，这次在蒋锡金家里遇到她，真是不能再巧了。

梁白波羞涩地提出，想和他们住在一起，因为她自己的住处实在是太惨不忍睹了。蒋锡金很为难，自己的房子本来就不大，现在已经住了四个人，再加一个怎么住得下呢？这时萧红提出了一个大胆的主意：让端木搬进来和他们夫妇共睡一张大床，然后梁白波和蒋锡金住一屋。这样的安排显然有悖常理，萧红可能是有意撮合梁白波和蒋锡金这一对青梅竹马的朋友，同时她也可能已经喜欢上了端木，想要创造进一步接近他的机会。但神奇的是，另外几个人竟然都同意了；更神奇的是，梁白波就这样和他们一起住了几个月后，他们才知道梁白波是有男友的，他就是画家叶浅予，梁白波所在的漫画宣传队队长。叶浅予最初并没有随队来武汉，而是留在了南京，1937年12月13日，南京陷落以后他才过来，并找到梁白波，带她搬了出去，蒋锡金家于是恢复了原状。

由于二萧和端木都在蒋锡金家,这里也成了《七月》同仁聚集的场所。可是,蒋锡金虽然和其他人相处得很友好,却偏偏看不上《七月》的核心人物胡风,因为他一提到鲁迅,就言必称导师,让蒋锡金很反感。因此,《七月》同仁一开会,蒋锡金就躲得远远的。南京陷落以后,武汉也成了一座危城,很多文艺界的朋友纷纷撤离,因此空出了许多房子,蒋锡金索性搬了出去。萧军和萧红也搬到了一个朋友那里,这样原来蒋锡金住的房子只剩下端木一个人。然而本来相安无事的二萧和端木,分开以后反倒纠葛不断。因为之前三个人总在一起,萧军并没有发现什么异常。现在他们搬走了,萧红还是时不时地回来找端木,萧军才逐渐意识到,萧红对端木已经暗暗萌生了感情。他对此非常不满,但碍于情面又无法说破。尽管萧军早就做好了分手的准备,但是大男子主义严重的他,可以接受分手的事实,却不能容忍别人把他的爱人"抢"走,因此对端木非常嫉恨。萧军和端木本来相处得还算融洽,但从此越来越看对方不顺眼,端木觉得萧军粗鲁、蛮横,萧军则觉得端木装腔作势。

1938年1月,李公朴等人从山西临汾来到武汉,为山西民族革命大学(简称民大)招聘教师。这所大学是由阎锡山联合中共创办的,目的是为抗战培养人才,教员多为共产党员和爱国民主人士。李公朴首先找到了端木,又通过他去动员其他人,结果除了蒋锡金和胡风因为要编各自的刊物,不能离开武汉外,端木、萧军、萧红、艾青、聂绀弩、田间等人纷纷响应。于是,一行人于1月27日离开武汉。战争期间交通不便,火车走了十来天，于 2 月 6 日到达临汾。

　　这批人到临汾后不久，又来了一批文化人，这就是丁玲带领的"西北战地服务团"。丁玲和萧红同为中国现代最重要的左翼女作家，虽然她们在性格、气质上差别很大，但还是有本质上的共同点：她们一方面向往革命，一方面又具有强烈的女性独立意识，而且在某种程度上都感受到了二者之间的矛盾。二人迅速结下了深厚的友谊。然而萧红在临汾没过上几天安稳日子，西北战局就发生了巨变，日寇攻陷了太原，临汾的文化人必须撤离。他们有两个选择，一是随民大撤离到晋西南，和学生一起打游击；一是随丁玲的西北战地服务团，经运城转移到西安。当时大多数人都选择了后者，萧红也不例外。但是萧军则打算留下来打游击，实现上前线的梦想。

　　为此，二萧爆发了他们之间最严重的一次争吵。萧红觉得萧军这是逞能，因为他虽然曾经是军人，但已经远离军旅多年，如果重回军队，他的作用绝不会比一个真正的游击队员更大；而他一旦牺牲，造成的抗战文学事业的损失，将是很难弥补的。但是萧军却尖锐地反驳到，现在是争取民族解放的时代，谁应该留着性命去发展"天才"，谁又应该去死呢？萧红觉得他这是胡来，忘记了"各尽所能"的道理。萧军则说："我们还是各自走自己要走的路吧，万一我死不了——我想我不会死的——我们再见，那时候也还是乐意在一起就在一起，不然就永远的分开……"话已至此，再说什么都是多余的了。

　　其实，萧军虽然已经是一个著名作家，但他的心中真正向往的却一直是军旅生活。在遇到萧红之前，他就有过打游击的打算，这个念头大概从来没有消失过，只是暂时被压抑了而已。现如今又有了这样的机会，他当然不愿放过。不过他最终并没有随民大转移，因为丁玲劝他说，和一群学生一起打游击不靠谱，还不如去五台革命根据地，加入共产党领导的正规游击队。他本打算听从丁玲的建议，但是经过延安时由于战局变化、交通受阻而无法继续前行，就滞留在那里。

如果仅仅是由于一时的去向问题，恐怕也绝不至于扯到"永远的分开"。说穿了，这还是他们之间的矛盾不断累积的结果，此次争吵，仅仅是压垮骆驼的最后一根稻草而已。争吵之后的第二天，萧红随丁玲等人登上了开往运城的火车，萧军前来送行。两个人心里都明白，这一次的分手，也就相当于永别了。

携手端木蕻良

萧红在运城停留几天后，于1938年3月1日辗转抵达潼关，后又来到西安，住在了八路军办事处。赴西安途中，萧红与新结识的塞克（原名陈凝秋，1906年生，诗人、剧作家）以及端木蕻良、聂绀弩合写了剧本《突击》，到延安后剧本于3月16日公演，引起了极大轰动。随后，萧红又把剧本寄给了武汉的胡风，由他发表在了4月1日的《七月》第12期上。在西安期间，萧红经常接触丁玲，丁玲的豪爽和率真吸引了萧红，她们常像姐妹一样倾心交谈。同时，萧红与端木蕻良的感情有了实质性的进展，但是关于具体的过程，却众说纷纭。在端木蕻良及其亲友的叙述中，萧红一直钟情于端木，端木是出于道义才接受了她；在萧军和他的朋友们笔下，则是萧红本来厌恶端木，但最终没有经受得住他的"进攻"。我们不妨看看双方讲述的关于同一根小竹棍儿的故事。

聂绀弩曾经回忆，萧红喜欢随身携带一根小竹棍儿，它有二十多节，虽然很软但是韧性很好，萧红就拿它做手杖，带在身边已经有一两年。一天她对聂绀弩说，端木蕻良管她要这个小竹棍儿,她不想给,准备藏起来,然后告诉端木已经送给聂绀弩了,让聂帮她圆谎。聂绀弩答应了,而且明白这是端木在追求她。他虽然知道萧红不喜欢端木,又怕她因为所谓的"自我牺牲精神"而迁就,就提醒她说:"飞吧,萧红!记住爱罗先珂童话里的几句话吗?'不要往下看,下面是奴隶的死所!'"不过萧红似乎没理解他的意思。过了几天,萧红主动请聂绀弩吃饭并向他道歉,因为,她已经把小竹棍儿送给了端木。聂绀弩心下一惊,问萧红这个小竹棍儿会不会"象征着旁的什么",萧红却说他想多了,她早就告诉过他,自己如何讨厌端木。然而聂绀弩后来看到端木的一些表现时,他感到自己已无力阻止萧红,她已经栽到"奴隶的死所"上了。

而端木对于这个故事则有另一种讲述:一天傍晚,他们几个人一起散步,端木拿着一根用细树枝削成的木棍做手杖,他趁萧红不备,恶作剧地用木棍敲了一下她的小竹棍儿,竹棍应声落地,端木就嘲笑她的棍子不如自己的结实。萧红不服,捡起竹棍狠狠地敲了一下端木的木棍,竟把它敲断了。端木嚷着让萧红赔,或者把自己的竹棍送他也行。这时旁边的聂绀弩冷冷地说:"萧红这个小竹棍儿,我早就向她要了。"萧红听了一惊,然后出了个主意,自己先把小棍藏起来,第二天一早让他俩到房间里找,谁找到归谁。他俩答应了,但萧红却事先告诉了端木小棍藏在哪儿,结果他自然顺利找到了。按照这种说法,萧红无疑是偏爱端木的,而且端木还说,他之所以向萧红要小竹棍儿,只是为了好玩,他丝毫也不能理解,为何到了聂绀弩眼里,它就简直成了"定情信物"。

阅读萧红 | 89

两个故事孰真孰假，我们已经无法判断。用一位研究者的话说，关于萧红与端木蕻良的关系，当事人的各种说法都"纠集着不为人知的个体心结"，因此"作为后人只有倾听的资格"。但是有一个问题却值得琢磨：二萧和端木是一个文化圈子里的人，萧军的朋友基本也就是端木的朋友，可是为什么他们在谈及三人的情感问题时，总是有意无意地祖护萧军，却把端木描述得近乎一个小丑，甚至觉得萧红和端木走到一起就是栽到"奴隶的死所"呢？

其实，这和端木蕻良的做派有很大关系。前面提过，端木出身富家，身上或多或少有点儿公子哥的气质，尤其是讲究穿戴。在艰苦的抗战时期，别人都穿布鞋甚至草鞋，他却穿着洋气的马靴，后来到了重庆，他甚至穿上了名牌的"拨佳"皮鞋。据蒋锡金回忆，端木平时的打扮是这样的：穿西装配长筒靴，留着很长的鬓角，脑后的头发几乎盖住了脖子，容颜憔悴，举止羞涩。穿的西装是最流行的样式，又垫了很高的肩，两肩几乎是平的，所以蒋锡金等人送他外号"一字平肩王"。在一群以接近群众为荣、以资产阶级生活方式为耻的左翼作家中间，端木无疑显得太过另类。再加上他性格内向，不爱与人交流，就更容易招致他人误解，因此他即使身处左翼文化圈，也总是和周围的人有很深的隔阂。至于和萧红的关系问题，不得不说，左翼作家虽然自命"革命""进步"，却仍难免受到男权文化的影响。在他们眼中端木与萧红相恋，就是"夺人之妻"的恶劣行为，而全然不顾萧红也是一个独立的个体，且她与萧军的感情已经彻底破裂的事实。另外，很多人都觉得当初在哈尔滨是萧军"拯救"了萧红,甚至连萧军自己也这样认为,这显然不是事实。但是,人们却总是愿意相信自己臆想的"英雄救美"的故事,并且希望看到一个完美的结局,而端木,则不幸地成了这个故事的破坏者。

这时的丁玲遇到了一点麻烦:她和战地服务团年轻的团员陈明相恋了。丁玲已经35岁,且结过两次婚,而陈明只有22岁。这样的姐弟恋,在当时是惊世骇俗的,而丁玲的名气又如此之大,因此有关领导很关切,让丁玲回延安"述职"。萧红、端木、聂绀弩等人都一直想去革命圣地延安看一看,这次自然想跟着丁玲一起去。但是丁玲悄悄告诉了萧红自己去延安的真正原因,萧红理解她的烦恼,就放弃了同去的打算。萧红又把内情告诉了端木,结果端木也没去,只有不明就里的聂绀弩跟着丁玲去了延安。等他们回来时,又带回一个人:萧军。萧军加入游击队的计划受挫后,一直滞留延安,所以丁玲劝说他加入战地服务团。而聂绀弩呢,二萧分手之际,萧军曾托他照顾萧红,现在他眼看无法阻止萧红和端木相恋,因此也劝萧军到西安,以阻止萧红"跳火坑"。

就这样,萧军来到了西安。尽管他和萧红并未明言分手,但是上一次临汾之别以后,双方都知道不可能再在一起了。然而现在萧军似乎有了一点悔意,因为他知道了一件事:萧红已经怀上了他的孩子。他迫切地想要这个孩子,所以想和萧红和好,至少也要让萧红生下孩子后再正式分手,孩子可以由他抚养。可是萧红坚决不同意,结果两人又大吵起来。

萧军和端木蕻良之间也免不了要上演争风吃醋的戏码,至于具体的细节,各方的回忆则又是大相径庭。聂绀弩把端木描绘成一个十足的懦夫,他说他一回西安,端木就对他大献殷勤,因为端木惧怕萧军闹出什么事,想让他帮忙。而在端木一方的叙述中,萧军则表现得活像一个神经病,他先是粗声粗气地对萧红和端木说:"萧红,你和端木结婚吧!我和丁玲结婚!"(据说萧军同时还在暗恋丁玲,后来才知道丁玲已和陈明相恋,方才作罢)萧红和端木觉得这是对他们人格的侮辱。因为既然二萧已经分开,萧红和谁结婚自然不用他管,再说他的语气,完全像把萧红当成一件什么东西抛给端木一样,所以二人非常气愤,甚至差点动手。之后萧军又总想寻找机会和萧红单独谈话,萧红却总也不给他机会。过了几天,他又向萧红要求复婚,萧红当然拒绝,并觉得受到了更大的侮辱。萧军气不过,此后每次看见萧红和端木一起外出,他就拎着一根棒子远远地尾随,让两个人极其难堪。一天晚上,端木正在睡觉,萧军一脚踢开他的房门,说要跟他决斗。端木自然不愿也不敢决斗,只好磨磨蹭蹭地穿衣服。好在此时隔壁的萧红听到动静,赶过来阻止了这场闹剧。

萧军一直折腾到了1938年4月下旬,终于意识到他和萧红再无复合的可能,这才悻悻地离开西安,去往新疆投入抗日救亡运动。途经兰州时,他和年仅18岁的王德芬相恋,二人迅速结婚并在报纸上刊登启事。后来二人厮守终生,共养育了8个子女。

而萧红和端木蕻良也离开了西安,再次回到武汉——他们的朋友蒋锡金、胡风等还在那里。他们仍住在之前蒋锡金的房子，可是周围的朋友却几乎清一色地反对二人的结合，这让萧红和他们渐渐疏远。她大概永远也不能理解，那些人为什么可以对萧军的家暴、出轨如此宽容，同时却又对自己这般苛刻。此外，在文学观念上，萧红也和胡风等人几乎分道扬镳。4月29日，《七月》杂志社召开了一次座谈会，会上有人提到，抗战期间之所以没有好的作品产生，是因为抗战爆发后"阶级"不再那样鲜明了，以前写惯了阶级题材的作家们对于战争无法把握。这时，萧红发表了在别人看来简直是惊世骇俗的观点："作家不是属于某个阶级的，作家是属于人类的。现在或者过去，作家写作的出发点是对着人类的愚昧！"这句话简直可以视为萧红的宣言，从此，她的写作越来越超越了民族、阶级等时代主题，而更加自觉地接续了以鲁迅为代表的五四文学的启蒙传统。

5月下旬，萧红和端木蕻良在汉口正式举办婚礼，来宾主要是端木在武汉的亲友，还有艾青、胡风等文艺界的朋友，总共只有12个人左右。婚礼上，萧红动情地说："我对他没有什么过高的要求，只是想过正常的老百姓式的夫妻生活，没有争吵、没有打骂、没有不忠、没有讥笑，有的只是互相谅解、爱护、体贴。"熟悉萧红的人都能听明白，她的话暗暗针对的是谁。可见，她虽然已经和萧军分手，却很难立刻从他的阴影中走出来。

萧红在婚礼上还说了一段耐人寻味的话："我深深感到，像我眼前这种状况的人，还要什么名分，可端木却做了牺牲，就这一点我就感到十分满足了。"这似乎暗示，萧红和端木在一起其实并不轻松,她仍然背负着沉重的心理负担。以前萧军被视为她的"拯救者",如今端木又成了她的"牺牲者",萧红无疑是一位大智勇者,但她却总觉得自己好像欠了男人的债,这个巨大的包袱,压了她整整一辈子。

萧红觉得端木为她做了牺牲,其原因显而易见。尽管在二人结合的过程中,究竟谁更加主动已经很难说清,但至少以世俗的眼光看,萧红绝不是一个理想的婚恋对象:她比端木年龄大,还是个离过婚的女人,身体又非常虚弱,最重要的是,她此时还怀着萧军的孩子(这是她一生中第二次怀着一个男人的孩子,和另一个男人结婚),这是她的一个心结。端木觉得,他既然接受了萧红,就要接受她的一切,包括她肚子里的孩子,这种态度当然是难能可贵的。可是萧红却不愿在生活中留下任何与萧军有关的痕迹,她执意要把孩子打掉。只是此时胎儿已经五个月了,打胎非常危险,更何况当时人工流产是违法的,极少有医生愿意承担这个风险。她好容易找到了一个胆子大的医生,可对方又狮子大开口,索要140元的手术费。萧红没有那么多钱,只能作罢。

这时武汉的局势进一步恶化。5月19日,国民政府放弃徐州,自此武汉保卫战拉开序幕。7月上旬,日军不断向武汉周围集结兵力,7月26日,九江已被攻陷,8月5日以后,国民政府拟定了保卫武汉的作战计划,武汉的市民、学生等开始自行疏散、转移。摆在萧红和端木眼前的只有一条路:再次逃离武汉。这一次的目的地是重庆,一是因为那里是战时的陪都;二是因为端木的很多亲友都在那里,可以提供方便。从武汉到重庆只能走水路，但是当时的船票非常紧张。正好罗烽也准备去重庆，萧红就托他帮忙，但罗烽只有一张多余的票。在这种情况下，端木蕻良做了一件事，让他在之后的大半个世纪里一直被人诟病：他拿着船票登上了去重庆的轮船，而把挺着大肚子的萧红一个人留在了武汉。很多人直接把端木的行为概括为两个字——遗弃！

我们当然不能说端木蕻良完全无辜，毕竟这件事于情于理都很难让人理解。但在当时，他也确实有苦衷，因为随着大批难民涌入重庆，那里的住房极其紧张，如果他先去，好歹可以找亲友帮帮忙。而如果让萧红先走呢，她一个人到了重庆，人生地不熟，再加上怀着身孕、行动不便，连个落脚的地方都没有，恐怕还不如留在熟悉的武汉合适。再说萧红也不愿意和罗烽一起走，让一个男人一路照顾身孕很重的孕妇，实在是太给人家添麻烦了，万一有点什么事情也极其不方便。更何况，端木之所以放心把萧红留在武汉，是因为当时身在武汉的田汉夫妇也准备去重庆。由于抗战时期国共合作，田汉正担任国民政府军事委员会政治部第三厅第六处处长，他肯定有更多的办法搞到船票，所以他的妻子安娥劝说萧红跟他们一起走，这样万无一失，而且女性之间也方便照顾。如此看来，说端木"遗弃"了萧红，确实有点冤枉他。

或许有人会说，既然只有一张票，端木蕻良完全可以干脆让给别人，然后再找机会跟萧红一起走。可实际上，端木本来就是这么打算的，只是萧红坚决不同意，因为在战争时期，所有人都忙着逃难，一张船票有多么宝贵，后人是无法想象的。

阅读萧红 | 95

所以萧红主张，两个人能走一个是一个，就这样，端木一个人先去了重庆。他日后因为这件事而遭受了无数人的口诛笔伐，如果当时能够预料到的话，他是不是会做出另外的选择呢？

其实，虽然萧红嘴上坚持说让端木先走，可她心里很可能非常希望端木拒绝，而留下来陪她。然而端木毕竟不是萧军，他从小就是个阔少爷，家庭环境颇似《红楼梦》中的大观园，由于一直在周围的人（尤其是女性）的照顾中成长，他极少有照顾别人的经验。若论和萧红的相处方式，他和萧军恰好是两个极端：萧军总是把萧红当作小妹妹甚至女儿，恨不得一直把她保护在自己的羽翼之下；端木和萧红则更像姐弟，他更多时候反倒要萧红来照顾。所以当萧红让他先走的时候，他虽然有过犹豫，但还是答应了。端木的这种性格，恐怕也不能说是缺陷，萧红之所以离开强势的萧军而选择了相对弱势的端木，恰恰是由于跟端木这样的人在一起，她才能最大限度地保持自己的独立性。但所付出的代价则是，当她最需要保护的时候，却可能会因对方的软弱而失望。

由于种种原因，萧红并没有按原计划和田汉夫妇同行，直到1938年9月中旬，她才买到船票，和她同行的是左翼文人冯乃超的夫人李声韵。但是走到宜昌的时候，李声韵突然病倒，萧红在别人的帮助下才把她送到当地的医院，然后独自回码头。在码头上找船时，正值黎明之前，由于光线晦暗，她被一条缆绳绊倒了。这时胎儿已经有足足八个月大，萧红这一跤实在是危险之至，但是当她独自一人躺在码头上的时候，心里却暗暗希望能跌流产，因为她不知道在这战乱的年代，该如何把孩子拉扯大。甚至，她觉得自己也可能再也起不来了……过了好久，萧红终于被一个旅客发现并扶起，才逃过一劫，她重新上了船，肚子里的胎儿也奇迹般地安然无事。就这样，她历尽艰辛，终于一个人逃到重庆，途中一共走了十来天。1938年10月25日，武汉沦陷，萧红如果晚走一个月，必将陷入绝境。

在重庆

端木蕻良先期抵达重庆后，房子果然十分难找，他只能寄宿在一个朋友家，萧红来了以后也住在了这里。值得庆幸的是，通过复旦大学教务长孙寒冰，端木得以做复旦大学新闻系兼职教授（由于战争，复旦大学和许多东部高校一样都搬到了大后方），每月有几十元的课时费，这在当时算是不错的收入了。另外他还与复旦大学教授靳以合编《文摘战时旬刊》，随复旦大学主办的《文摘》杂志一同发行。端木本来生活能力就差，现在又同时做着两份工作，就更没法照顾萧红了，因此11月份进入临产期后，萧红提出住到罗烽、白朗夫妇那里。

罗烽、白朗住在江津，离重庆很近。他们和萧红都是好朋友，白朗又有过生育的经验，由她照顾萧红非常合适。而且罗烽的母亲和他们夫妇同住，她也能够帮忙。端木给他们写了一封信，很快就得到白朗的回信，欢迎萧红去。就这样，萧红坐轮船来到了江津。不过来到白朗家后，萧红的脾气变得非常暴躁，有好几次因为一点小事就对白朗发火，甚至在面对白朗的婆婆时，也偶尔按捺不住发过脾气。老太太自然非常不高兴，白朗夹在朋友和婆婆中间,也觉得很难堪。罗烽和白朗都觉得,萧红是因为和萧军分手后过得很不愉快,才变成这样的,于是自然而然地归咎于端木蕻良。但实际上,以今天的医学知识来看,萧红很可能是患上了产前抑郁症。

在白朗家里住了 20 多天后,萧红临产了。白朗把她送到江津唯一的一所小医院,那里只有她一个病人。住进去不久,她顺利产下一个男婴。孩子白白胖胖,长相酷似萧军。出生后的前几天,孩子一直平安无事,可是据白朗回忆,有一天萧红对她说自己牙痛难忍,让她给弄点德国拜耳产的"加当片",这是比阿司匹林厉害得多的镇痛药。第二天一早,萧红告诉白朗,孩子夜里抽风死了。白朗听罢马上急了,说昨天还好好的,怎么说死就死了,要找医院理论,萧红死活拦着不让找。白朗这段回忆后面的潜台词,让人毛骨悚然。不过有研究者指出,白朗回忆这件事的时间是 20 世纪 90 年代,当时她已是暮年,而且长期的政治运动曾令她两次精神分裂,因此她的回忆是否准确,还是值得质疑的。

紧接着,萧红说自己住在医院总觉得害怕,非要出院。可是当地的风俗认为,不出满月的产妇住在家里是不吉利的,所以白朗的房东不让萧红回去住。白朗只好买了船票,把萧红从医院接出来后,直接送她上船回重庆。在萧红生产期间,端木蕻良已经通过朋友在歌乐山云顶寺下找到了一所房子,这样他们终于不用寄宿在别人家了,而且这里风景优美,气候宜人,非常适合于恢复身体和写作。回家以后,端木蕻良在萧红面前绝口不提孩子的事情,尽量不触动她的伤心事,这也有利于她重新开始工作和生活。

萧红和端木在歌乐山住了大约半年。在这期间,她和许多友人都有交往,他们也都因为战争而来到了重庆,比如胡风、梅志夫妇,日本反战人士鹿地亘、池田幸子夫妇以及为国民党中宣部担任日语广播员的日本友人绿川英子等等。但是几乎所有的朋友都对她和端木的结合表示过不理解,这也令她非常苦恼。比如她去看胡风夫妇的时候,如果一个人去,就能和他们聊得很好,如果和端木一起去,几个人就无话可说。

1939年5月,萧红和端木离开歌乐山,搬到了北碚的黄桷镇。搬家的原因一是原来的住处有耗子,萧红特别害怕耗子,经常被吓得尖叫。偏偏重庆的耗子比北方的厉害得多,胡风和梅志的小女儿刚出生十几天,在家里竟然被耗子咬了,萧红闻知此事更觉害怕。另一个原因是,端木授课的复旦大学位于重庆远郊的北碚,离歌乐山的住处太远,他每次上课回来都疲惫不堪,所以再次找到孙寒冰,通过他的帮助,在复旦大学附近找到了两间空房子。房子的位置在黄桷山下的一个苗圃里,这里远离市中心,环境非常不错,离复旦大学也不远。到了秋天,他们又搬到了秉庄的复旦大学教授宿舍,这是一栋二层小楼,从此端木上班更方便了。而且,周围住的都是复旦大学的同事,和端木合编《文摘战时旬刊》的靳以就住在他们楼上,这些高级知识分子往往不太喜欢交际,所以萧红和端木也可以安静地读书写作。

但是这些同事中也不是没用另类。有个叫陈炳德的体育教员,其实就是个国民党特务,他是官方安插在复旦大学中间,专门负责盯梢左翼教授的一举一动的。萧红和端木从别人那里得知他的真实身份后，就对他敬而远之。可气的是，这人家里还有个十分凶悍的女仆，她经常狗仗人势，欺负其他教授。比如，她多次把酱油瓶、鞋袜等故意摆在端木他们的窗台上，让他们无法开窗透气，端木几次交涉无果。有一次她又把一双鞋放在窗台上，端木气不过，直接把鞋扔在地上。没想到那个女仆气势汹汹地打上门来，端木一把把她推出去，然后关上门若无其事地干自己的事。那个悍妇则就势摔倒，然后撒泼耍赖，叫骂了一阵后看无人理她，又跑到大街上继续大闹，搞得满城风雨。萧红没办法，只能去求住在楼上的靳以，最终靳以陪着萧红，把那个泼妇带到镇公所，验伤之后赔些钱了事。

这件事迅速成为周围人的笑柄，大家都说，文学家就是不一样，丈夫打了人，老婆去平事。萧红当然也很苦恼，不过端木的性格就是这样，他处理生活琐事的能力非常差，由于一时冲动惹出麻烦后，自己既没有力量也没有勇气去承担后果，结果萧红就成了唯一能替他收拾残局的人。既然选择和这种性格的人在一起生活，萧红就不得不面对此类让人啼笑皆非的事情。

不过和这些琐事比起来，更让她痛苦的是，她发现端木和萧军一样不能理解她的文学追求。1939年秋，为纪念鲁迅逝世三周年，萧红开始撰写长篇回忆散文《回忆鲁迅先生》。10月26日写毕后，萧红曾把它寄到上海，交许广平审阅，后于1940年7月由重庆妇女生活出版社出版。在浩如烟海的纪念鲁迅的文章当中，这篇《回忆鲁迅先生》是最为人称道者之一。然而当它出版的时候,端木蕻良却为它加了一段画蛇添足的后记,其中说:"右一章系记先师鲁迅先生日常生活的一面,其间关于治学之经略,接世之方法,或未涉及。将来如有机会,当能有所续记。"端木蕻良在这里其实是隐隐地表达着他对这篇文章的不满,或许在他看来,萧红不应该把注意力只放在那些不值一提的生活琐事上,而应该关注鲁迅的治学、思想等更为"重要"的方面。靳以的一段回忆生动地说明了端木的真实态度:

一次靳以来到萧红家里,端木正在睡觉,而萧红则在写作。为了不打扰端木,靳以低声问萧红在写什么,她答是回忆鲁迅先生的文章。这轻微的对话声却引起端木的好奇,他一面揉着眼睛一骨碌爬起来,一面用略带轻蔑的语气说:"你又写这样的文章,我看看,我看看……"他看后鄙夷地笑起来:"这也值得写,这有什么好写?"他不顾别人难堪,笑出声来,萧红的脸就更红了,带了一点气愤地说:"你管我做什么,你写得好你去写你的,我也碍不着你的事,你何必这样笑呢?"他并没有再说什么,可是他的笑没有停止。

实际上,《回忆鲁迅先生》的最可贵之处,恰恰在于萧红有着自己独特的接近、理解鲁迅精神与思想的方式。萧红所关注的,并不是作为"思想家""战士"甚或"主将"的鲁迅,而首先是作为一个"人"的鲁迅。她通过大量的生活细节,还原了这位伟大作家可敬而又可爱的真实形象,进而超越种种意识形态的藩篱,而直达鲁迅的精神深处。可是端木对此并不理解,尽管由于个人作风的原因,他在左翼作家圈子里显得比较另类，但当他评价萧红的作品时，仍然采用的是僵化的政治标准。因此，他根本认识不到《回忆鲁迅先生》的价值，甚至觉得这种文章根本不值得写。看来，萧红当初在婚礼上所表达的"没有争吵、没有打骂、没有不忠、没有讥笑"的简单愿望，仍然没有完全实现。

耐人寻味的是，靳以在揭露了端木的这段"劣行"之后，紧接着说："后来那篇文章我读到了，是琐碎些，可是他不该说，尤其在另一个人的面前。"显而易见，靳以所气愤的，只是端木在外人面前让萧红难堪的做法，至于他对文章本身的看法，则与端木并无二致。由此可见，萧红与端木的分歧不仅仅是个人性的，她与主流的文学规范已经渐行渐远。

整个1939年，日机频繁轰炸重庆，到了12月，复旦大学所在的北碚也遭到轰炸。由于校舍遭到严重破坏，复旦大学已根本无法正常开展教学活动。萧红和端木无事可做，只能在家里埋头写作。可是越来越频繁的轰炸让他们不得安生，经常是写着写着，空袭警报就来了，他们只能夹着稿子逃出去。此外，那个做特务的邻居以及他的恶仆，也总是对他们不断骚扰，因此他们萌生了离开重庆的念头。至于去哪里，二人之间最初是有分歧的，端木主张去桂林，因为那里是除了重庆之外文化人士最多的地方，左翼进步文化势力很发达。但萧红觉得，当时重庆已经日夜处在轰炸之下，如果日军继续向南推进，桂林早晚也躲不过去，所以还不如走得远一点，直接去香港。香港当时是英国的殖民地，太平洋战争爆发之前，日本并没有向英美宣战，因此那里是最安全的。考虑到二人此前和香港文坛多有联系，《星岛日报》《大公报》等都刊发过他们的作品，到那里也有很多朋友可以依靠，端木接受了萧红的建议。

然而去香港的机票非常难买，托人订票至少要提前一个月。1940年1月14日，端木和萧红来到重庆城里，找到一个在中国银行工作的朋友，问他有没有办法买到票。意想不到的是，当晚对方就回话称，17日有两张票，是给中国银行预留的机动舱位。他们决定立即动身，由于时间紧迫，他们甚至都没有回到北碚的家中，只是打电话给端木的远房亲戚，让他们帮着收拾稿件、书信，并处理转租房屋等杂事。端木和萧红上飞机时，几乎什么也没带，这是萧红的流亡生涯中最仓促、最狼狈的一次。

魂断香港

到香港之后，端木和萧红先是住在了位于九龙尖沙咀的一栋楼房里。他们刚安顿下来，就来了一位访客：著名的"雨巷诗人"戴望舒。戴望舒和他们虽然从未谋面，但是在他主编的《星岛日报》上，多次发表过端木和萧红的作品，因此也算是有文字之交。戴望舒与萧红夫妇一见如故，第二天就邀请他们去自己家做客。他住的是一栋背山临海的三层楼房，地方宽敞，环境也好，所以他和妻子穆丽娟劝萧红他们搬来一起住。只不过他们的房子建在山坡上，而当时端木的腿疾风湿病刚好犯了，上下山非常不便，所以只能婉拒。

不久孙寒冰来到香港，他给了端木一个任务：编辑"大时代文艺丛书"。原来，复旦大学下设的出版机构大时代书局，在香港设有办事处，书局想编一套文艺丛书，正愁找不到人选时，孙寒冰想到了初来香港的端木。端木接下了这个差事，孙寒冰又提议，为了方便工作，请他们夫妇住到书局楼上空出来的房间里。正好萧红不喜欢原来的房东，他们就搬了过来。这里虽然只有不到 20 平方米，但对面的办公室平时基本没人，所以正好充作客厅，他们自己的房间放一张大床、一张大写字台，足以满足日常起居和工作之需。

　　萧红和端木到香港后，受到了当地文化界人士的热烈欢迎。整个1940年上半年，他们频繁参加各种文坛活动，表现得相当活跃，也结识了大量的文艺界朋友。但是萧红的内心仍然是忧郁的，她给白朗写信诉说到，住所周围的环境恬静而幽美，处处是鲜花和鸟鸣，又有碧澄的海水相伴，这本是自己一直梦想的佳境。可如今，她只感觉到寂寞，虽然交游甚广，可是却没有一个真正能够推心置腹的朋友。她不懂粤语，和当地人根本无法交流，这更加重了她的寂寞感。端木虽然每天也很繁忙，但是他内心的感受和萧红类似，所以二人一度产生了回内地的念头。然而5月27日，日军轰炸了位于北碚的复旦大学，据说他们误把校舍当成了军营。多次帮助过端木的孙寒冰，在这场轰炸中丧生，另外还有几位朋友受伤。如果萧红和端木没有来香港，恐怕也在劫难逃。这样的重庆肯定不能再回去了，然而他们又能去哪里呢？

　　无奈之下，他们只能继续在香港苦熬，用不断地创作来排遣内心的苦闷。1940年，萧红出了三本书：3月，短篇小说集《旷野的呼喊》作为郑伯奇主编的《每月文库》出版；6月，端木主编的"大时代文艺丛书"又出了《萧红散文》；7月，《回忆鲁迅先生》也出版了。端木这段时间也出版了很多作品，他们得到了大笔稿费，因此可以不必为生计发愁，于是萧红开始沉下心来写作长篇小说。她先是续写在重庆没有写完的《马伯乐》。这是一部讽刺小说，风格和萧红的其他作品有很大不同。大约在六七月间,《马伯乐》第一部完稿,交大时代书局出版。此后她又打算写一部表现革命者"因为追求革命,而把恋爱牺牲了"的小说,只是没有写完。萧红逝世后,端木又把手稿遗失了。

从9月起,萧红又开始续写《呼兰河传》。她在武汉时就开始写这部小说,只是后来颠沛流离的生活,让她的写作断断续续,一直没有完成。现在她终于有了闲暇,用了几乎整整四个月时间,完成了这部杰作。小说一边写一边在报刊连载,12月20日完稿,27日刊载完毕。在此期间,只有一件事让她中断了《呼兰河传》的写作,那就是纪念鲁迅先生诞辰。鲁迅生于1881年9月25日,农历八月初三,按照中国传统的年龄计算方法,到了1940年正好虚岁60。这一年又是抗战进行得如火如荼的时候,正需要宣扬鲁迅先生的抗争精神,以鼓舞民族士气,因此全国各地都举办了隆重的纪念活动。在1940年的农历八月初三这一天,香港各界人士在"孔教堂"举行纪念晚会。会上,萧红做了关于鲁迅生平事迹的报告。此前,萧红还受中华全国文艺界抗敌协会香港分会之邀,创作了一部哑剧《民族魂鲁迅》,只不过由于经费有限,这个剧本最终没能在晚会上演出。《民族魂鲁迅》带有比较强烈的政治色彩,和萧红其他那些纪念鲁迅的文字风格很不相同。不过据端木蕻良的后人回忆,这部哑剧其实是端木执笔的,萧红只是最终修改定稿而已。后来它在香港《大公报》连载,署的是萧红的名字。

11月,端木蕻良和萧红结识了东北民主人士、东北民众自救会会长周鲸文。周鲸文是东北军将领张作相的外甥。张作相与张作霖是结拜兄弟，皇姑屯事件后他全力辅佐张学良，张学良尊敬地称他为"老叔""辅帅"。因为这层关系，周鲸文与张学良多有来往，他当时正经营时代书店，也做其他生意，财力非常雄厚。周鲸文打算筹办大型文学刊物《时代文学》，邀请端木做主编；同时还计划创办《时代妇女》，请萧红做主编。但是当时萧红的身体已经越来越差，所以她拒绝了。半年多以后，《时代文学》创刊号于1941年6月1日出版，之后每月出版一期，至太平洋战争爆发后停刊，共出七期。周鲸文在萧红逝世后也写过怀念她的文章，其中说"端木对萧红不太关心"，并觉得这是因为"端木虽系男人，还像小孩子，没有大丈夫气。萧红虽系女人，性情坚强，倒有男人的气质"。看来，这是朋友们对端木的共同印象。

1941年初，震惊中外的皖南事变爆发，国共关系变得极度紧张。萧红也受到了很大的刺激，因为她知道弟弟张秀珂当时就在新四军中，非常担心他的安危。在焦虑的情绪和连续写作的劳累双重刺激下，萧红的身体彻底垮了，经常咳嗽、发烧。但是自幼漂泊的萧红忍受过太多的伤痛，所以她最初根本没有把这些症状当回事；而端木所做的，也不过是给她买些药而已。2月中旬，萧红在一次活动中偶遇史沫特莱。她们早在上海就见过面，这次算是重逢。看到萧红的身体状况后，史沫特莱马上建议她去新加坡养病，并联系了香港的玛丽医院，让萧红先全面检查一下。萧红一度被说动了，4月茅盾夫妇来到香港时，萧红还动员他们一起去新加坡。但是茅盾因为身上有任务，不能离开香港。萧红找不到合适的同伴，所以只能暂时留下。史沫特莱由于同情中国人民的抗战，已经被日本当局视为眼中钉，处境十分危险。5月份，她被迫离开香港回到美国，而萧红去新加坡养病的计划也就此泡汤。

6月，萧红写了短篇小说《小城三月》，这差不多是她最后一篇重要作品。9月份，在"九·一八"事变十周年前后，她又连续写作两篇文章《给流亡异地的东北同胞书》和《"九·一八"致弟弟书》，表现出投身民族解放运动的热情。可以说，萧红后期的创作虽然在风格上明显地偏离了主流文学规范，但是她自始至终并未忘却周围的时代。

但是萧红的身体已经愈发支撑不住了。9月，她最终住进了玛丽医院。这家医院的住院费非常昂贵，端木和萧红的稿费虽有不少，却完全不够开销。这时周鲸文慷慨解囊，负担了萧红的全部住院费用，她才得以安心养病。经过全面地检查，萧红被确诊患了肺结核，并且已经相当严重，两肺都有了空洞。因此她被转移到隔离病房。这是一间"骑楼"，即从正楼接出来的房间，这种房间的特点是空气流通好，特别适合肺病患者居住，但缺点则是入冬后会比较冷。玛丽医院对萧红采取了在当时比较先进的空气针疗法，这种疗法虽然效果不错，但过程却很痛苦。萧红第一次打空气针后，简直觉得生不如死，好在治疗几次之后，她的反应逐渐减轻了，咳嗽、发烧等症状也有了很大缓解。这时她开始续写《马伯乐》第二部，仍然是一边写一边在刊物上连载。到了11月份，编辑来找萧红，说《马伯乐》的积稿已经刊完，问她怎么办，但是萧红说，她实在没有力量再写下去了。就这样，《马伯乐》成了一部未完成

阅读萧红 | 109

的作品,最后一次连载时注明"第九章完,全书未完"。

然而这时的萧红却对玛丽医院越来越不满意,一是因为冬天住在骑楼比较冷,本来已经好转的肺病,又因为着凉而加重,不断地咳嗽;二是医院的医护人员非常傲慢,萧红咳嗽得厉害的时候,恳求医生给打止咳针,可是医生却拒绝了,还说:"咳嗽不要紧,肺病还有不咳嗽的吗?"当然医生说的或许是事实,但是生性敏感的萧红,却再一次感受到了让她无法容忍的冷漠,于是提出要出院。端木蕻良是个没主意的人,他只能找周鲸文商量,周鲸文觉得回到家里不利于养病,劝说她安心住下去。但这让萧红更加烦闷,因为她觉得朋友只是一味相信医生,而丝毫不顾及她自己的感受。

11月下旬,萧红还是出院了,帮她安排出院的是一位新结识的朋友于毅夫。于毅夫生于黑龙江肇东,和萧红是老乡。他又是共产党员,受党组织委派,到香港专门负责联络进步文化人士,因此结识了萧红和端木。于毅夫觉得,萧红既然那么想出院,非逼她继续住下去绝不是好事,毕竟肺病的调养需要一个好的心情,因此他自作主张,帮助萧红收拾衣物准备出院。端木来到医院后,看到他们已经收拾好,颇有些无奈,只得跟值班护士说,病人家里有事需要回去几天,过后还要住回来,于是他们没有结账、没有办理出院手续就回到了家中。周鲸文接到端木的电话后,才得知萧红出院的消息,他对于毅夫的感情用事非常不以为然,第二天就带着夫人去看望萧红,并劝她回到医院。萧红大概不忍拂了周鲸文的好意,而且冷静下来后,也觉得病重之际不住在医院也不是办法,就答应了。但是，还没等她重回玛丽医院，一件大事发生了。

1941年12月8日凌晨（美国时间12月7日），日军偷袭珍珠港，日本天皇颁布了向英美两国宣战的诏书，太平洋战争爆发。与此同时，日军发动了对香港的进攻，经过几天激战，于13日攻占了九龙半岛，18日后开始对香港本岛上拒不投降的英军发动猛攻，25日占领整个香港。

12月8日战争爆发时，萧红和端木还在九龙的家中，由于日军率先袭击的是九龙，市民纷纷乘船逃奔到香港本岛，整个九龙陷入了恐慌和混乱。这时端木感到晕头转向：他首先要到银行取一大笔钱，因为战争爆发后物价必然飞涨，无论是生活开销还是给萧红治病都需要钱；其次要抢购生活物资，尤其是食品，因为战时的食品供应必然十分紧张。然而面对病弱的萧红，他根本走不开，只好找来一个人帮他照顾萧红，这就是骆宾基。骆宾基也是东北作家群的重要成员，皖南事变后来到香港，在端木的帮助下他在香港文坛得以立足。另外，他又是萧红的弟弟张秀珂的同学，因此这时候端木求他帮忙，他感到义不容辞。

骆宾基来到后，端木才得以出去处理一些事务。他回来后就跟骆宾基商量带着萧红逃离九龙的办法，但在当时的情形之下，几个人一筹莫展。这时于毅夫赶来了，他是奉中共党组织之命，专程来帮助他们转移的。他们商定好8日当晚就撤离九龙，渡海到香港本岛，几个人分头准备：于毅夫负责找船，端木收拾东西，骆宾基照顾萧红。当晚，几个人做了一个临时担架抬着萧红，乘坐小划子来到香港本岛，住进了思豪大酒店。

这时八路军驻港办事处接到指示，要他们帮助香港的文化人士撤离。萧红和端木自然都是帮助的对象，可萧红当时的身体状况已经无法撤离了，端木这时候做出了一个让人目瞪口呆的决定：他打算把萧红丢给骆宾基，自己随地下党离开香港。12月9日，他把自己的决定告诉萧红以后，就匆匆地走了。这无疑让萧红陷入彻底的绝望中。于毅夫有无数的事情要做，不可能一直陪伴萧红，此时陪在她身边的，只有骆宾基一个人，于是，萧红将自己一生的磨难不断地向骆宾基倾诉，尤其是对于端木的怨恨。骆宾基也对端木十分不满，他后来写了《萧红小传》一书，将萧红对端木的许多抱怨公之于众，甚至说，萧红曾经给他一张小纸条，上书"我恨端木"四字，这让自以为有恩于他的端木极其不满，由此引起了无数笔墨官司。

端木连续几天没有来思豪大酒店，但他不能马上离港，还要等地下党组织的消息。到了12月中旬，或许是看到萧红的病势越来越严重，端木在跟有关人士沟通后，放弃了撤离的打算，这让萧红感到些许欣慰，但是端木当初的决定在她心中留下的伤痕，已经不可能消除。18日以后，香港本岛也遭到了轰炸，他们所在的酒店也中弹了，不能继续住下去，于是端木和骆宾基抬着萧红东奔西跑，最终还是在周鲸文的帮助下，在时代书店的书库里安顿下来。然而萧红的病势还在发展，除了咳嗽、发烧，又增添了喉头肿胀和胸闷的症状。所有的医院却都由于战争而大门紧闭，这让端木心急如焚，他到处打听，终于听说位于养马地的养和医院还在收治病人。这是一家口碑还算不错的私人医院，端木立刻前往联系，最终费了千辛万苦，于1942年1月12日把萧红送进了养和医院。

然而就在养和医院，萧红经历了她人生中最后一次不幸。入院经过检查后，医生认为她患了气管结瘤，需要立即开刀。端木对此有疑虑，因为结核患者伤口很难愈合，不能轻易开刀。但医生坚持自己的判断，萧红也希望早日摆脱病痛的折磨，于是她自己签署了手术同意书。术前，萧红向端木交代了后事。据端木说，主要内容有四项：第一，希望端木保护她的作品，不要被人篡改，版权全部交给端木；第二，希望死后葬在鲁迅墓旁，如不可行，就埋到一个风景区，要面向大海；第三，希望端木以后去哈尔滨，把她和汪恩甲的孩子找到；第四，为报答骆宾基一直照顾她的情谊，要把一部作品的版权送给他。但这些都出于端木的回忆，并无其他旁证，很难判断是否属实。尤其是作品版权问题，骆宾基曾说，萧红出于对端木的憎恨，不想把版权给端木，而准备全部留给他。这种事情不但涉及人事纠葛，还有利益问题，孰真孰伪，后人实在很难说清。

事后证明，这是一次彻彻底底的误诊，她的气管中根本没有结瘤。而且本来就虚弱至极的萧红经过手术的折腾，已经完全说不出话了，在生命的最后一段时间，她只能用笔写字和人交流。更糟的是，端木担心的术后感染果真出现了，萧红高烧不退，陷入了昏迷。她醒来后，为了防止伤口粘连，医生又用一根铜质吸管插入她的喉管，令她痛苦不堪。此时他们对养和医院已失去信任，端木四处奔走，终于又打听到，玛丽医院已重新开业，因此他和骆宾基于1月18日将萧红送到了玛丽医院。19日午夜，萧红看到一旁陪护的骆宾基醒来，拿过一张纸，

阅读萧红 | 113

用笔写道:"我将与蓝天碧水永处,留得那半部《红楼》给别人写了。"骆宾基劝他别胡思乱想,可她接着写道:"半生尽遭白眼冷遇……身先死,不甘,不甘。"然而她的神情却异常安详。

21日,骆宾基回了一趟九龙。为了照顾萧红,他已经连续44天没回家了。他有一部长篇小说的书稿在家里,这是他两年心血的结晶,他放心不下,想要取来带在身边。等他22日回到玛丽医院的时候,却发现门口已经挂上了"大日本陆军战地医院"的牌子,门口有卫兵把守,谁也进不去。原来,就在22日一早,日军突然占领玛丽医院,把所有病人赶出门外。端木在医院人员的帮助下,把萧红送到了一家法国医院。骆宾基闻讯后立即赶到,没想到过了不久,这家医院也被日军占领。好心的法国医生陪着端木和骆宾基,把萧红抬到圣士提反女校,那里有红十字会设立的临时医院。可是这里连基本的医疗条件都不能满足,萧红一会儿昏迷一会儿清醒,喉头不断涌出白沫。端木问法国医生萧红还有没有救,医生说,在正常情况下她是有希望的,可现在这种状况就难讲了。

上午10时,萧红永远地离开了这个她寄予了太多爱与恨的世界,享年31岁。萧红逝世后,端木把她的遗体送到火葬场火化,但是在战争的特殊情境下,竟然连骨灰盒都供不应求。端木无奈之下,只能到古董店买了两个罐子装骨灰。其中一个埋到了浅水湾;另一个他本打算带在身边,后来觉得这样不安全,就埋在了圣士提反女校院内。这里风景优美,又是萧红离开这个世界的地方。可惜的是,圣士提反女校的骨灰罐至今为止仍没有被发现。

阅读萧红

追忆与解读

在贫困、饥饿、寒冷、悲苦的流亡队伍中,一直有她,而第一个以沦陷了的东北为题材,向全世界有良心有正义的人们控诉,震惊了千万人的心的,最成功的作品,无疑的也是他们夫妇的《生死场》和《八月的乡村》。那真是一抹彩虹一般的作品哪!不知使多少人激动,多少人流泪,多少人爱恋起东北,多少人怀念那失去了的土地和人民。

风雨中忆萧红

丁 玲

本来就没有什么地方可去,一下雨便更觉得闷在窑洞里的日子太长。要是有更大的风雨也好,要是有更汹涌的河水也好,可是仿佛要来一阵骇人的风雨似的那么一块肮脏的云成天盖在头上,水声也是那么不断地哗啦哗啦在耳旁响,微微地下着一点看不见的细雨,打湿了地面,那轻柔的柳絮和蒲公英都飘舞不起而沾在泥土上了。这会使人有遐想,想到随风而倒的桃李,在风雨中更迅速迸出的苞芽。即使是很小的风雨或浪潮,也能显出百物的凋谢和生长,丑陋或美丽。

世界上什么是最可怕的呢?绝不是艰难险阻,绝不是洪水猛兽,也绝不是荒凉寂寞。而难于忍耐的却是阴沉和絮聒;人的伟大也不是能乘风而起,青云直上,也不只是能抵抗横逆之来,而是能在阴霾的气压下,打开局面,指示光明。

时代已经非复少年时代了,谁还有悠闲的心情在闷人的风雨中煮酒烹茶与琴诗为侣呢?或者是温习着一些细腻的情致,重读着那些曾经被迷醉过被感动过的小说,或者低回冥思那些天涯的故人？流着一点温柔的泪，那些天真、那些纯洁、那些无疵的赤子之心，那些轻微的感伤，那些精神上的享受都飞逝了，早已飞逝得找不到影子了。这个飞逝得很好，但现在是什么呢？是听着不断的水的絮聒，看着脏布似的云块，痛感着阴霾，连寂寞的宁静也没有，然而却需要阿底拉斯的力背负着宇宙的时代所给予的创伤，毫不动摇地存在着，存在便是一种大声疾呼，便是一种骄傲，便是给絮聒以回答。

然而我决不会麻木的，我的头成天膨胀着要爆炸，它装得太多，需要呕吐。于是我写着，在白天，在夜晚，有关节炎的手臂因为放在桌子上太久而疼痛，患沙眼的眼睛因为在微小的灯光下而模糊。但幸好并没有激动，也没有感慨，我不缺乏冷静，而且很富有宽恕，我很愉快，因为我感到我身体内有东西在冲撞；它支持了我的疲倦，它使我会看到将来，它使我跨过现在，它会使我更冷静，它包括了真理和智慧，它是我生命中的力量，比少年时代的那种无愁的青春更可爱啊！

但我仍会想起天涯的故人的，那些死去的或是正受着难的。前天我想起了雪峰，在我的知友中他是最没有自己的了。他工作着，他一切为了党，他受埋怨过，然而他没有感伤，他对名誉和地位是那样地无睹，那样不会趋炎附势、培植党羽、装腔作势、投机取巧。昨天我又苦苦地想起秋白，在政治生活中过了那么久，却还不能彻底地变更自己，他那种二重的生活使他在临死时还不能免于有所申诉。我常常责怪他申诉的"多余"，然而当我去体味他内心的战斗历史时，却也不能不感动，哪怕那在整体中，是很渺小的。今天我想起了刚逝世不久的萧红,明天,我也许会想到更多的谁,人人都与这社会有关系,因为这社会,我更不能忘怀于一切了。

萧红和我认识的时候,是在一九三八年春初。那时山西还很冷,很久生活在军旅之中,习惯于粗犷的我,骤睹着她的苍白的脸,紧紧闭着的嘴唇,敏捷的动作和神经质的笑声,使我觉得很特别,而唤起许多回忆,但她的说话是很自然而直率的。我很奇怪作为一个作家的她,为什么会那样少于世故,大概女人都容易保有纯洁和幻想,或者也就同时显得有些稚嫩和软弱的缘故吧。但我们都很亲切,彼此并不感觉到有什么孤僻的性格。我们尽情地在一块儿唱歌,每夜谈到很晚才睡觉。当然我们之中在思想上,在感情上,在性格上都不是没有差异,然而彼此都能理解,并不会因为不同意见或不同嗜好而争吵,而揶揄。接着是她随同我们一道去西安,我们在西安住完了一个春天。我们痛饮过,我们也同度过风雨之夕,我们也互相倾诉。然而现在想来,我们谈得是多么的少啊!我们似乎从没有一次谈到过自己,尤其是我。然而我却以为她从没有一句话是失去了自己的,因为我们实在都太真实,太爱在朋友的面前赤裸自己的精神,因为我们又实在觉得是很亲近的。但我仍会觉得我们是谈得太少的,因为,像这样的能无妨嫌、无拘束、不需警惕着谈话的对手是太少了啊!

那时候我很希望她能来延安,平静地住一时期之后而致全力于著作。抗战开始后,短时期的劳累奔波似乎使她感到不知在什么地方能安排生活。她或许比我适于幽美平静。延安虽不够作为一个写作的百年长计之处,然在抗战中,的确可以使一

阅读萧红 | 119

个人少顾虑于日常琐碎，而策划于较远大的。并且这里有一种朝气，或者会使她能更健康些。但萧红却南去了。至今我还很后悔那时我对于她的生活方式所参与的意见太少了，这或许由于我们相交太浅，和我的生活方式离她太远的缘故，但徒劳的热情虽然常常于事无补，然在个人仍可得到一种心安。

我们分手后，就没有通过一封信。端木曾来过几次信，在最后的一封信上（香港失陷约一星期前收到）告诉我，萧红因病始由皇后医院迁出。不知为什么我就有一种预感，觉得有种可怕的东西会来似的。有一次我同白朗说："萧红决不会长寿的。"当我说这话的时候，我是曾把眼睛扫遍了中国我所认识的或知道的女性朋友，而感到一种无言的寂寞。能够耐苦的，不依赖于别的力量，有才智、有气节而从事于写作的女友，是如此其寥寥啊！

不幸的是我的杞忧竟成了现实，当我昂头望着天的那边，或低头细数脚底的泥沙，我都不能压制我丧去一个真实的同伴的叹息。在这样的世界中生活下去，多一个真实的同伴，便多一分力量，我们的责任还不止于打开局面，指示光明，而还是创造光明和美丽；人的灵魂假如只能拘泥于个体的褊狭之中，便只能陶醉于自我的小小成就。我们要使所有的人都能有崇高的享受，和为这享受而做出伟大牺牲。

生在现在的这个世界上，活着固然能给整个事业添一份力量，而死，对人对己都是莫大的损失。因为这世界上有的是戮尸的遗法，从此你的话语和文学将更被歪曲，被侮辱；听说连未死的胡风都有人证明他是汉奸，那么对于已死的人，当然更不必贿买这种无耻的人证了。鲁迅先生的《阿Q正传》曾被那批御用文人歪曲地诠释，那么《生死场》的命运也就难免于这种灾难。在活着的时候，你被诬得不得不走到香港；死去，却还有各种污蔑在等着，而你还不会知道；那些与你一起的脱险回国的朋友们还将有被监视和被处分的前途。我完全不懂得到底要把这批人逼到什么地步才算够？猫在吃老鼠之前，必先玩弄它以娱乐自己的得意。这种残酷是比一切屠戮都更恶毒，更需要毁灭的。

只要我活着，朋友的死耗一定将陆续地压住我沉闷的呼吸。尤其是在这风雨的日子里，我会更感到我的重荷。我的工作已经够消磨我的一生，何况再加上你们的屈死，和你们未完的事业，但我一定可以支持下去的。我要借这风雨，寄语你们，死去的，未死的朋友们，我将压榨我生命所有的余剩，为着你们的安慰和光荣。哪怕就仅仅为着你们也好，因为你们是受苦难的劳动者，你们的理想就是真理。

风雨已停，朦胧的月亮浮在西边的山头上，明天将有一个晴天。我为着明天的胜利而微笑，为着永生而休息。我吹熄了灯，平静地躺到床上。

（原载于《谷雨》1942年第5期）

记萧红

陈纪滢

> 在旧报上,我读到萧军和她发表的散文,描写他俩怎样相爱,怎样过共同生活。他俩的文章都是泼辣的,真是够得上"赤裸"和"火热"。不过悄吟的文章,在泼辣之中,还含蓄着女性特有的细腻缠绵。
>
> ——陈纪滢

1933年8月间,我奉报馆命,从上海到天津,由天津乘船到大连,预备回到隔别恰整一年的东北,暗访敌伪两年内的动态和成就。我漫游了沈阳小河沿,捡拾了北陵的红叶,踏遍了长春杏花村,闻逛了伪满的各部院。在一个肃杀的夜晚,我到了已陷敌手将近两年的哈尔滨。吃过晚饭之后,我就跑到和我有深厚渊源的国际协报馆,几个朋友见我忽然来到,不免又惊又喜。当时我认识了正在主编《国际公园》的刘莉(白朗)。我问她两年来东北文坛情形,她就把当时几位流行作家的名字告诉我,其中一位就是刘军(田军、萧军),另一位就是悄吟（萧红）。

过了几天，碰见了健谈的老友浣非，在聊天的当中，他就把我们离开哈尔滨以后的文友情形，一五一十地说了一遍，他绘声绘色地讲刘军和悄吟的文章是怎样赤裸，怎样火热，我当时听了，很觉愉快。因为在几年前，我们这些人在这块小天地打转的时候，他们还没有露头角，现在居然把那块小天地弄得越活泼了。

第二天，我又到报馆去翻看旧报。在旧报上，我读到萧军和她发表的散文，描写他俩怎样相爱，怎样过共同生活。他俩的文章都是泼辣的，真是够得上"赤裸"和"火热"。不过悄吟的文章，在泼辣之中，还含蓄着女性特有的细腻缠绵。同时，长春伪京出版一张大同报，文艺版也是一位朋友编的，杨朔、舒群、罗烽、金人都在那上面写稿。当时东北文风之盛，可以说达到最高峰，中间最引人兴趣的还是刘军、悄吟一对苦难夫妇的一段罗曼史。我起初很误会他们这群亡省奴，无耻地在敌伪钳制之下，卖弄风雅。后来，慢慢琢磨他们的文章，在字里行间，才发现他们共同有一种国破家亡的悲哀，更有一腔"同仇敌忾"的愤慨！我当时就预料到，照这样写下去，他们将会遇到危险的。

有一天，又从一位朋友口中知道悄吟就是十八九（1929～1930）年间在国内以体育著名、产生五虎将的东特女一中的女生张廼莹。她初中没毕业，就被绰号孔大牙的女校长革除了，理由是张廼莹思想浪漫，不守校规。据说孔大牙听了学生的报告，说："报纸上悄吟就是张廼莹，张廼莹跟人恋爱了不算，

阅读萧红 | 123

还无羞耻地写成文章，真是有损校誉。"同学们都这样反对她，于是她像一位弃妇似的，蒙垢含污，被数百人指骂着离开了学校。萧红后来写成的《商市街》，就是她离开学校过苦乐恋爱生活的一些散文。

当时，我对于她的印象和认识也止于此。虽然朋友们几次要拉我去看她，因为我很顾忌多见人，所以一直等我匆匆地离开哈尔滨，回到天津，这位叛逆的女性浮影，仍不时在我脑际掠过。

我在上海时，她和萧军在青岛，我离开上海去汉口，她俩便由青岛到上海。萧军的《八月的乡村》和她的《生死场》先后在上海出版，惊艳了文坛。后来，她的《商市街》也出版了。

1937年，"八·一三"后，上海文友大部撤退到武汉。他俩住在武昌锡金的家里，还有许多文友们也住在武昌。有一天，我特地约好来看他们，我们相见之下，并不陌生。从她的嘴里，才知道编大同报的金剑啸已经被敌人残杀了，当时谈着一些故人的消息，增添彼此不少怅惘。在沉默之中，萧军常常伸伸胳膊，拨拨头发，显示着他的臂力和英武。她呢，虽然也有一种东北人特有的爽朗风度，但女性的幽娴雅致仍然掩饰不住的。

他俩那时候的生活，大概相当好。萧军曾说每人结算一次版税就可得七八百元，那时候每年版税可结算三四次，物价也便宜，并从种种方面证明，他俩缺少的绝不是钱。以后他俩经常地为《战线》写写文章，虽然是短文，但风格与认真的态度，仍十分显著。

廿七年（1938年），他们去山西民大教书，大概在临汾失守的前后，她开始婚变，萧军在《侧面》里很详细地记载这一段的历程。

她既跟了端木，朋友们谈起来，都暗暗为她祝福。有人也不免七嘴八舌地分析她和萧军不能共同生活下去的原因，说："萧军太刚，她虽强，终究是女性，忍受不了萧军的刚。端木有无萧军之长是另一问题，但适能弥补其短。"这种话，特别在文人当中最容易引起。所以她的婚变，既是文人们的一个复杂问题，无论如何，在她个人也不能不算是一件极伤感情的事。

之后，萧军到成都，端木先来重庆，她滞留在汉口。武汉撤守前也来重庆，在江津和白朗、罗烽一同住着，她在生理变态中完成了《回忆鲁迅先生》。她和端木住在北碚，偶尔进城一趟，也少遇见。那时候除了出版《旷野的呼喊》（此处有误，萧红在重庆期间，《旷野的呼喊》尚未出版。1940年萧红去香港后，《旷野的呼喊》出上海杂志公司出版——编者按）以外，只听说她在埋头写长篇，《呼兰河传》也许就是那时期的产品。之后去香港，又出版《马伯乐》。一直到她死，她是否还有遗作待出版，此刻还不详知，她和端木一起时的生活情形，因为他们似乎尽量避免让人知道，所以能说出来的人也不多。我这样浮光掠影地记述她的写作生活史，自然不足以说明她的为人和她的作品的价值，然而在这片段的生活写作当中，也有令人感慨的地方。

阅读萧红 | 125

第一，她是中国女子职业作家中最有成就，也最专门的一人。从《生死场》至《马伯乐》，她的几部长篇小说，在时间上讲是从"九·一八"至全面抗战后四年；从内容上讲，从在敌伪压榨下施行英勇的革命斗争，继而扫射社会上的苍蝇，也扫射老虎。这种英勇泼辣的姿态不是前期女诗人或女作家们可及的，她的创作力之强，也不是后来的女作家们可望项背的。

第二，虽然这么说，我们不能不对她的遭遇表示惋惜。她蒙受的学校的羞辱，社会的讥笑，家乡沦亡的仇恨，男性的迫害，人间的嫉妒和一切诬谗，使她得到了快活，也捐起了苦痛。从一个叛逆的女性，慢慢地被环境吞噬，也渐渐成为一匹驯服的羔羊，一样地走上人生黄泉大路——"革命呀，创作，结婚，生育，疾病，死亡。"

第三，我们觉得培养一个作家实在很难，培养一个女作家更难。社会对作家歧视，对女作家更歧视。一个作家，有时会被环境的迫害，伤害了身体，断送了创作前程，这岂不可惜？

萧红是呼兰河人，那里靠松花江北岸，呼海（呼兰至海伦）铁路的起点，是敌伪的魔爪常常践踏的所在。十年来那里布满了牛鬼蛇神，造成人间地狱。她不等故乡重见阳光，便死在敌寇侵占的香港，真是遗憾。人们祈求着：呼兰河畔春草年年，让黑山白水召唤萧红的孤魂吧。

（原载于 1942 年 6 月 22 日《大公报》）

悼萧红

柳无垢

> 萧红无助地讲着她身体上的病痛,我望着房内坐在各个病床边絮絮谈话的探病的人时,突然觉得萧红是寂寞而孤单的……萧红望着海,望着落日,听着风声,有一个多月了。她无助地病着,什么也不能做,焦急也只是徒然。
>
> ——柳无垢

这几天来萧红的形影特别地近着我。我想着她的死亡,她生前的种种,她对于生的留恋、死的恐怖和她内心的一片荒凉。

桂林的气候突然变了。一夜秋风,刮走了炎夏,天气变得晴朗而干燥。但当我在秋天暖烘烘的阳光里走着时,一种萧瑟寂寞的感觉会把我的心灵包裹起来,虽然树木还是青的,野草还是那样的繁茂。于是,萧红的形影会伴着一种淡淡的哀怨,追踪着我。

浅水湾是常碧的。海水终年地冲击着海岸,洗去战争的血痕，洗去海边行人的足迹。我想到被孤单地埋葬在香港海滨的萧红，也许萧红留在人间的足迹会被冲洗掉，但她所走的路程，也就是人类历史的一段，不管是一寸一分，总是永生的。

我并不是萧红的密友，也并不曾和她有过长时期的相识。第一次知道她的名字，还是在七年前。那时我在海外，生活里只有隔绝和孤单这两个字。纽约摩天的高楼压迫我，使我喘不过气来。我万分地怀念祖国，写信要父亲寄一两本中国最近出版的有时代意义的文学名著来。

两个月后，我接到父亲寄来的两本书：萧军的《八月的乡村》和萧红的《生死场》。

我一口气把这两本书读完。我更爱萧军那一部农民的史诗，但是萧红的《生死场》，尽管它的字句有时使人感到生硬，还是深深地感动着我。它唤出了一种新的呼声，是人类几千年来的折磨，悲哀，反抗和希望的呼声。

当我想到在饥寒中挣扎着，同代表一种制度的剥削者与侵略者斗争着的祖国的人民时，我感到兴奋而自惭，暂时遗忘了自己的苦恼。

但是我一直没有机会认识萧红，虽然"八·一三"沪战时，我们同在上海，虽然在她到了香港后，我一直想认识这位曾经感动过我的"女作家"。从朋友那里借到她的近著《马伯乐》，描写的是一个由无助、麻痹而至于形同浮尸的青年。我觉得萧红的描写有一点近于琐碎，失去了她旧有的新鲜和反抗的朝气。有时，朋友们谈到她，会带着亲切的责备说："呵，她只关在自己的小圈子里……"

1941年春,为了替《时代文学》翻译文章,便认识了萧红。更凑巧的,我们两次在渡轮上偶遇,有一次她去配药,有一次她到玛丽医院去施行手术,后来她出院了,我又探望过她两三次。

消瘦的身材,苍白的脸,萧红和稍稍熟悉一点的人是会絮絮长谈的。我们先是谈一些通常的话:文坛的沉寂,国内青年的苦闷,文化工作者的岗位和怎样守住自己的岗位。最后一次去她家中看她时,她半病着靠在床上,穿着淡红色的睡衣,谈她在武汉陷落前自己和几个学生险遭拘留的一个小小插曲。也就如国内的政治空气一般,我们的谈话都免不了染上一层灰暗的颜色。

萧红诉说着她的头痛、失眠,在医院里施行手术时的痛楚,和施行手术后头痛毛病的依然如旧,使她不能阅读,不能写作。

她住在九龙乐道,小小的房间望不见多少青天,也望不见海和远山。我说她应该多在海滨走走,和大自然接近一点,也和人群接近一点。但是她说她才施行手术,不能多走动,也很少有朋友来看她。

而后来,甚至连偶尔去探望她的我,也因为工作的忙碌,孩子的病,和旧朋新友的聚首,一直没有去看她,甚至有时走到离她极近的地方,也总似乎抽不出时间去看她一趟。人情有时是冷薄的,尤其在热闹和忙碌时,更会遗忘在寂寞病苦里的朋友。

可是就在一个秋天的下午,在玛丽医院里,我又看见了萧红。

朝夕同事的杰姆病了,是伤寒症,住在玛丽医院里。一个星期三下午,我乘空去探望他,又怕他饭后午睡,特地一个人在中环马路上踯躅了一阵,在海边码头上坐着翻阅杂志,到四时光景才买了一份晚报,去医院里看他。当我坐在阳台上他的病床边时(下午他总爱把床搬到阳台上,在阳光里躺着),我听见楼上有什么人在叫我的名字,抬头一看,却看见萧红穿着医院的病服,散着头发,在阳台上和我招手,但一下子又隐在竹帘后面去了。

我按着方向上楼到那间病房里去找她,是三等病房,在明朗、洁净、宽敞的大房间里,分成两排,摆着二三十张病床。因为星期三不是探病的日子(三四等病房的探病时间是有限制的),所以当我带着犯规则胆怯的心情走进病房,向铺着同一的白被单,但躺着不同的病人的床逐一搜寻,而找不到萧红时,便立刻退了出来。因为自己犯了规则,又不知道她是不是用自己的姓名,便不敢询问护士,连电梯也不坐,走向杰姆的房间去,向他要了信纸信封,写了一封信给萧红,告诉她我怎样找不到她。

我原想打听她的病房的名字的,但电话没有打通,萧红的信却来了。信里充满了寂寞的热情,告诉我她接得我的信后,是如何的喜欢,又说,她重入医院,已经有一个多月了。

在我第二次去探望杰姆时,我又去找萧红。她睡在阳台上(怪不得第一次找不到她),天气很热,但她穿着绒的睡衣。她消瘦得多了，嗓子发哑，不能多谈话，并且极疲乏的样子，她告诉我，最初医生说她头痛，是因为子宫有病，所以才施行手术。但施行后头痛反更利害了，便又入院检查，照X光，才发现肺部有黑点，医生说她得入院治疗。本来住在隔离病房，但因为是四等的，食物非常的坏，所以要求换到三等来。但三等病房住满了，并且病人不喜欢有肺病的人住进来，所以医院里把她的床放在阳台上。阳台上没有窗，到晚上照例竹帘又得卷起来，刮风时冷得很。有一夜飓风侵袭香港，她冻得半死，但也没有看护来照顾她。虽然医生说空气和阳光是医治肺病的药品，而且还有三个得肺病的人也住在阳台上，入院后都慢慢地健康起来，但她却咳嗽着，精神一天比一天坏。医院里并没有什么特别的药给她吃，她自己又没有钱买补药，没有钱搬到二等病房去住。她真希望能早一点出院，还是回家去的好。

萧红无助地讲着她身体上的病痛，我望着房内坐在各个病床边絮絮谈话的探病的人时，突然觉得萧红是寂寞而孤单的。我也曾在同一间病房里住过一星期。七个傍晚，望着同一个血红的落日，沉浸到深碧色的海里去，火红的霞彩逐渐苍白灰暗起来。在夜间，眉儿般的新月慢慢肥起来，星星般渔舟的灯火，偶或在海里闪烁着。不管海是如何的亲切，冬天的阳光是如何的慈爱，但七天的落日带给我的仍是七天悠长的寂寞。而萧红望着海，望着落日，听着风声，有一个多月了。她无助地病着，什么也不能做，焦急也只是徒然。她想着世界上其他在苦难和挣扎斗争里的人群，她也便是其中的一个，但她却又似乎不属于大众，和人群隔离。她不但有身体上的病痛，并且还有心头无边际的荒漠和苦恼，但却没有人去了解她，没有人来听她的诉苦。萧红是寂寞的。

但是我没有告诉她我心头的感触，怕她谈话太辛苦，便默默地走了。

我又在探望杰姆时，看望了萧红一次，她的病情一点也没有改善，依旧咳呛着，说总得想法回家才好。后来杰姆病愈出院，我又终天忙碌，没有再去看她。接着自己也病起来了。

晦晨来探望我，我告诉她萧红的病和她的寂寞。凭着一贯的热情，她立刻跑去看萧红。但她去迟了，过了探病时间，没有看到病人。

倒是父亲那里，知道一点萧红的病情：咳嗽得更利害，喉咙哑得谈话都非常困难，并且病着不能起身。父亲是一个热情人，虽然他与萧红才相识，但却介绍医生给她，替她设法弄钱，并且有时还亲自去看望她。

1941年12月8日上午，端木先生叫人送了一封信来，说早上的飞机声，机枪扫射声和轰炸声，是"真打仗"，不是"假演习"。萧红怕得不得了，要父亲去安慰她。我们那时还以为是"演习"，叫她安心休养。但后来有在报馆里工作的朋友来，才知道太平洋战事，真的在众人的睡梦中爆发了。于是父亲又冒着空袭，走到乐道去看萧红，告诉她真实的消息。

父亲回来说："萧红害怕得要命。她要我陪她，不放我回来。我要她安心，别那么害怕，并且告诉她在这年头，死极容易，生才偶然，别那么怕死。但是她总不能宁静，说她自己也做不来主,总害怕得什么似的。"

我没有去看望萧红,因为正和她一样,我自己也病着,出医院才两天,肺部外面的肌肉,还隐隐地作痛。我那时只哀怨自己的病,不能做什么事。我觉得战事爆发,香港已变成战争的前线。生命是什么呢?将有多少的人会在暴敌强迫开辟的新战场上死掉。个人的生命真如蚂蚁一般,只拿来铺填人类历史的道路罢了。主要的倒是:甘愿被人践踏着死去呢?还是乘活的时候好好地活着,为自己,为别人,作一个被人鞭打残害而死的填路人。香港虽是帝国主义的殖民地,在那小小的一块土地上,百多万的人在无知和劳役中生着,死着。但是保卫香港也就是保卫民主阵线,而我们该在这时候做些什么有助于保卫的工作呢?香港终究会沦入敌人手里的。炮火和飞机的轰炸,屠杀,死亡已经不是明日的事。但在未死之前能做些什么工作,来延长这百多万人的生的时间呢?

我恼怒着自己的病体,但却又平静地面对这意外的突变。对于萧红的恐惧,我一点也没有同情。不管眼前是多么的黑暗,死亡紧跟在我们的脚后,但人类的未来总是光明的;历史的道路虽然惯常的曲折迂回,但总是朝着进步的方向走的。

我没有了解萧红。我对于萧红知道得太浅了。我苛刻地用我自己当时的感觉去批评她。我也知道,心灵不断地被亲近的人的冷酷所刺戳的人,是最怕被人抛弃的。愈是知道自己的生命快终结的人,愈是对生有一种强烈的要求;愈是和人群,和这伟大的斗争隔离的人,愈来得重视自己的生命。但是我没有知道萧红的身世,她短短一生所经历的苦痛,她的身世所给予她的软弱，和她内心的斗争与悲哀。我没有懂得她对于死的恐怖，便是她对于生命的积极的态度。

香港沦陷了，百多万的中国人，平日是在殖民地制度下生活的，在香港也被当作一种被动的财物处置着，没有机会参加战争。当交易行屋顶上的白旗高悬，一队三只的敌机在天空中巡察，山顶上的炮台最后一次发出几声巨大的爆炸声后，一切都沉寂下来了。经过了十八天的炮战、轰炸、肉搏，香港的沉寂使人感到异样的凄凉。统制香港的，是饥荒、恐怖、赌博、抢劫，和恶魔似的汉奸的活动。

侨民们大批大批地离开家屋，离开多年经营的产业，或是背着包裹，背着孩子徒步流浪着，或是挤在难民船里，冒着风浪和被抢劫的危险，回到祖国的怀抱里去。我和父亲也杂在"走难"者的一群里，离开这面目全非的城市。所有的朋友亲戚，却早已离散，连个人的踪迹都不知道了。

萧红也是离散朋友中的一个。在战争发生后，我们搬到香港西摩道时，父亲曾接到萧红的电话。她也过海来了，住在思豪酒店，说希望能够看见父亲。但是在四个月后，看到文坛的通讯，说萧红在香港逝世了。

这消息能是真的吗？萧红是怎样死去的呢？当炮火交轰，敌人进袭香港时，她又在什么地方呢？当饥饿统治了全城时，她有没有余米可煮，有没有零钱买米呢？敌人有没有凌辱她呢？她又带着怎样的心情，度过那十八天的日子的呢？她又在什么时候，怎样的死去的呢？

我似乎从未曾有过地怀念起萧红来。并不是死亡消除了人与人间的隔膜,倒是几个月来自己的遭遇和听到关于萧红的种种,使我更深一层地来体会她的寂寞,她的惧怕,和她对于生的留恋。透过自己同阶级,同性别,相似的出身的悲哀,愤怒,苦恼和寂寞,我清晰地认识了萧红,第一次看见了她,同情她,但又如鞭挞自己般温情地埋怨她太早的死亡。

萧红原姓张,是东北一个地主家的小姐。就如千千万万的女性在时代的洪流里意识到人的自由权,企图解放自己,反抗旧社会的束缚一般,萧红为了反对旧式的婚姻,从家里逃奔出来。她和一个学生发生恋爱,怀孕,被遗弃。后来她离开哈尔滨到上海,转日本,又回上海。她学习写作,凭着深切的经验,热烈的同情和刻苦的努力,她写成了好些成名的著作。

"八·一三"战事发生,她也像千百个满怀热情的青年一般,走入更深的内地,去到西北,但却又停住在临汾,转回武汉。武汉危急前,她又随着移民的洪流去到重庆。跟着国内政治的发展,她退回到香港来,长期地在病痛中生活着。

战争,轰炸。萧红被从九龙送过海来,先住在跑马的友人家里,后来搬到七姊妹,再迁到思豪酒店,又搬到中环一家缝衣铺破烂的屋子里。几次拖着病体,从这里搬到那里,没有医药的医治,得不到更多的人情的温暖,在生和死的恐怖中挣扎着。

香港失陷,大半的医生都停诊。她的病情比战前更坏了,被送到养和医院去治疗。庸医误认她喉中有瘤,一定要她开刀。但开了刀,找不到瘤,呼吸却格外困难。又第二次开刀,用管子插在喉头，靠管子呼吸。但是医生并不关心病人的生死，毫不予以应有的照料。她又被送入玛丽医院，那里，经过一个外国医生和看护们热心地医治，才渐良渐有起色。但是敌人在正月下旬把所有的外国医生都关到集中营里去，占领了医院。就在缺乏医生的诊治和人类的温情，误食药片后，病情突变而逝世了。

就像千万个青年一般，萧红不满现状，满怀着热情参加人类的解放战。在群的中间，她长大而强壮起来。但是武汉陷落，抗战转入一个新阶段，民众运动由高潮低退下来。除了尝历一般文化工作者的挫折和苦闷外，萧红还经历了许多个人的悲哀。一个年青的女人，投身在群的运动中，但又不能单独地站起来生活。经历了爱的创伤，萧红仍旧企图凭着新的爱情，来医治自己过去的创伤，想凭着这新的爱情，重新把自己建设起来，把自己的生命和未来，融汇在群的生命和未来中。萧红想消极地驱除寂寞，驱除阶级的苦闷，遗忘做女人的悲哀，进而积极地成为一个战士。但是也就像仅以男人的感情为自己的生命之源泉，因而愈来愈把自己和群的生命相隔离的女人的命运一般，萧红一再尝受人情的冷落。有一次，在敌机月夜轰炸武汉时，她拖着怀孕的身子，在恐惧里奔逃着，跌倒在江边的路上，昏晕过去。夜幕覆盖着她，冷风欺侮着她，星星嘲弄着她。她独个儿在马路上昏迷地躺着，直到下一天由陌生人把她救起来，孩子流产了（此处有误，孩子是出版后夭折的——编者按）。但那一夜空袭里恐怖的遭遇，却永印在她心上，这恐怖在香港之战时，一直像恶魔般紧抓住她的身心。

萧红悄悄地来到香港。她的健康已经因为几年来的折磨而损坏。靠忠实的笔杆生活的人，贫困便是她的命运，她必须不断地写作，才能生活，才能积聚一笔医药费。但是长期的病，生活的狭窄，感情因过分的摧残，创伤而不断扩大。写些什么呢？一个已成名的作家有她特有的困难，她必须写一些能使自己，使读者都满意的作品。但是生命已经像池水般失去活力，再没有力量流入江河，流入大海。愤懑着自己小我的悲哀，愤懑着自己摆脱不了阶级身份和性别所留给她的感情；愤懑着在人类日益扩大尖锐的斗争里，自己不能做一个积极的参与者；体会着千百万人群无声地忍受悠长的苦恼、贫困、磨折，而自己虽就是他们中间的一个，却又偏不能把小我的感情汇合到大的苦痛里；明白只有更扩大自己的生活，只有凭着自己的意志感情，不再依靠别人的感情来生活，才能逃出这恶魔似的压迫。然而萧红仅只能不断地在身体和内心的病痛中挣扎着，她耻于诉说个人的哀怨，耻于诉说自己的心怀，甚至不能迈过个人的苦恼，把同时代同阶级同性别的人的苦闷，赤裸裸地写绘出来。

萧红悄悄地逝世了。她还年轻得很，但她却死得那样的苦恼凄凉。萧红是勇敢的，她强烈地惧怕死，也就是强烈地渴求着生的表示。她的渴念生命，也就是她企求在活着的时候能够参与这人类的斗争。她曾经得到不少友人的热爱和温情，虽然她死的时候是寂寞的。她曾在中国的文坛上，也在世界的文坛上，遗留下好些珍贵的作品，这些作品是人类的苦恼、反抗、和希望的结晶。

萧红曾几次做过母亲,但没有一次能够把孩子养大起来。在临死的前几天,她对一个朋友说:"我最大的悲哀和苦痛,便是做了女人"。

这一句话,叫出了在那个社会制度下女人的苦痛和悲哀。萧红的一生,也便是中国女人的苦痛的历史的累积。

然而萧红是看见了女人光明解放的前途的,她也看见了一个新社会的诞生和生长。虽然她自己没有走完她斗争的行程。

(原载于《文化杂志》1942年第3卷第2期)

忆萧红

许广平

我们在上海定居之后,最初安稳地度过了一些时候,后来被环境所迫,不得不度着隐晦的生活,朋友来的已经不多,女的更是少有。我虽然有不少本家之流住在近旁,也断绝了往来。可以说,除了理家,除了和鲁迅先生对谈,此外我自己是非常孤寂的。不时在鲁迅先生出外赴什么约会的时候,冷清清地独自镇守在家里,幻想之中,像是想驾一叶扁舟来压下心里汹涌的洪涛,又生怕这波涛会把鲁迅先生卷去,而我还在船上毫无警觉。这时,总时常会萌发一些希冀,企望户外声音的到来。

大约1934年的某天,阴霾的天空吹送着冷寂的歌调,在一个咖啡室里我们初次会着两个北方来的不甘做奴隶者。他们爽朗的话声把阴霾吹散了,生之执着、战、喜悦,时常写在脸面和音响中,是那么自然、随便,毫不费力,像用手轻轻拉开窗幔,接受可爱的阳光进来。

从此我们多了两个朋友:萧红和萧军。

流亡到来的两颗倔强的心，生疏、落寞，用作欢迎；热情、希望，换不来宿食。这境遇，如果延长得过久，是可怕的，必然会销蚀了他们的。因此，为了给他们介绍可以接谈的朋友，在鲁迅先生邀请的一个宴会里，我们又相见了。

亲手赶做出来，用方格子布缝就的直襟短衣穿在萧军先生身上，天真无邪的喜悦夸示着式样——那哥萨克式，在哈尔滨见惯的——穿的和缝的都感到骄傲，满足而欢欣。我们看见的也感到他们应该骄傲、满足、欢欣。

我看见两只核桃，那是不知经过多少年代用手滚弄的了，醉红色的，光滑滑的在闪动，好像是两只眼睛在招呼着每一个人，而自己却用色和光介绍了它在世的年代。

"这是我祖父留传下来的，"萧红女士说，"还有一对小棒槌，也是我带来在身边的玩意儿，这是捣衣用的小模型，通通送给你。"萧红女士在宴席上交给了海婴，把这些患难中的随身伴侣或传家宝见赠了。

中等身材，白皙，相当健康的体格，具有满洲姑娘特殊的稍稍扁平的后脑，爱笑，无邪的天真，是她的特色。但她自己不承认，她说我太率直，她没有我的坦白。也许是的，她的身世、经历，从不大谈起的，只简略地知道是从家庭奋斗出来。这更坚强了我们的友谊，何必多问，不相称的过早的白发衬着年轻的面庞，不用说就想到其中一定还有许多曲折的人生的旅程。

我们用接待自己兄弟一样的感情招待了他们，公开了住处，任他们随时可以到来。

鲁迅先生不时在病，不能多见客人。他们搬到北四川路离我们不远的地方来住下。据萧军先生说："靠近些，为的可以方便，多帮忙。"

但每天来一两次的不是他，而是萧红女士。因此我不得不用最大的努力留出时间在楼下客厅陪萧红女士长谈。她有时谈得很开心，更多的是勉强谈话，而强烈的哀愁时常侵袭上来，像用纸包着水，总没法不叫它渗出来。自然萧红女士也常用力克制，却转像加热在水壶上，反而在壶外面满都是水点，一些也遮不住。

终于她到日本去了，直至鲁迅先生死后才回到上海来。

在鲁迅先生死后第五天，她曾给萧军先生写信（见《鲁迅先生纪念集》），说："可怕的是许女士的悲痛，想个法子，好好地安慰着她，最好是使她不要静下来，多多地和她来往。"这个动议大约是被采用了。所以鲁迅先生死了之后，萧军和黄源等先生来了，其他如聂绀弩夫妇、张天翼夫妇，更有胡风夫妇等许多人都时常来了。有一次，萧军和黄源等半劝半迫地叫我去看电影，没法子，跟着去了，在开映的时候利用光线（弱），我一直在暗中流泪。十年来，在上海每次踏入电影院都是和鲁迅先生一道的，看到会心的时候会彼此用臂膀推动一下，这生动的情境在电影院中更增加我的伤痛，但我怎能辜负他们的好意呢？他们哪里会想到发生相反的结果呢？

战争的火焰烧蚀了无数有作为的人，萧红女士也是其中之一。当我刚刚跳出监狱的虎口，相信能活下来的时候，到家里不几天，意外地收到端木蕻良先生的简单噩耗，大意说，萧红女士于某月某日死了，葬于香港某花园的某处，并且叫我托内山完造先生设法保护。末了又说，他预备离去，但到什么地方还不大能够决定。

鲁迅先生逝世后，萧红女士想到叫人设法安慰我，但是她死了，我向什么地方去安慰呢？不但没法安慰，连这一封值得纪念的信也毁了，因为我不敢存留任何人的信。而且连她死的月日地点都在我脑中毁了，这不能推说"不敢存留"，只可承认是我的脑子的确不行了，是我的无可挽救的过失。更对不住端木蕻良先生的是，我并没有把他的意思转向内山先生。因为我觉得萧红女士和上海人初次见面的礼物是：《生死场》。她是东北作家，而又是抗日分子，想来内山先生不会不清楚的，请他"保护"，也许非其权力所及。或者能设法了，也于他不便。在我这方面，也不甘于为此乞求他援助，我把这句话吞没了，直至现在才公开出来，算是自承不忠于友。

自责两句不就算完了良心的呵谴。我不知道萧红女士在香港埋葬的地方有没有变动，我也没法子去看望一下。我们往来见面了差不多三四年，她死了到现在也差不多三四年了，不能相抵，却是相成，在世界上少了一个友朋，在我的生命的记录簿上就多加几页黑纸。

乌黑的一片。久视了，眼珠子会有许多血红的火星在飘浮，我愿意这火星加多、增长，结成大红火球，把我包没，把我周围一切包没。

（原载于 1945 年 11 月 28 日上海《大公报》，署名景宋）

萧红小论

骆宾基

少女时代的萧红先生就以勇者的姿态向社会思想的封建力抗拒了，最初她"背叛"了她的大地主家庭，那大地主家庭，就是这社会思想的封建力的一个具体，无数具体中的一个有力的据点。她反抗它，也正是反抗那抽象的社会思想的封建力。虽然她没有和整个的进步社会思想的主流联结，虽然她是把这一战斗看作是个人与家庭的问题，然而也正由于此，她向那被她当作孤立的，不是社会封建的整体的一部分的封建家庭宣战，而且是获胜了，就是说没有被俘，她得到了解放。这也就是进步的社会思想力的一个个别战斗的胜利，她是果敢而坚毅的。在《初冬》那一篇散文里，我们可以看到这勇者的姿态。

初冬，我走在清凉的街道上遇见了我的弟弟。
"莹姐，你到哪去？"
"随便走走吧！"
"我们去吃一杯咖啡好不好？莹姐。"

我们开始搅着杯子玲琅地响了。

"天冷了吧,并且也太孤寂了,你还是回家的好。"

我摇了摇头,我说:"你们学校的篮球队怎样?还活跃吗?你还是很热心吗?"

然而,到底少女时代的萧红先生发现她自己面对着的是势力雄厚的一种社会力量了,不单单是一个大地主家庭,在《黑夜》那篇优越的散文里,她写道:

也许是快近天明了吧!我第一次醒来……我就像睡在马路上一样,孤独并且无所凭据……我对她并不有着一点感激,也像憎恶我所憎恶的人一样憎恶她。虽然她给我一个住处,虽然从马路上招引到她的家里。

然而这时候的萧红先生颓丧了吗?没有。

假如走出去,外面又是"夜"。但一点也不惧怕,走出去了。

我把单衫从身上褪了下来,我说:"去当,去卖,都是不值钱的。"

这次我是用夏季穿的通孔鞋子去接触着雪地。

这就充分说明为什么萧红先生和作家萧军先生一相遇就建立下以后的辉煌的共同战斗的基础。这是一个伟大的见面,他,作为哈尔滨《国际协报》副刊投稿人的萧军,见到那副刊上披露的萧红先生的待援呼声——在这里我们必须指出这是一个孤立战士向进步的社会思想领域发出的呼喊——雄壮地来访了。那时候,萧红先生正被困在一个旅馆里。这个会见,是两种向顽强的旧社会作战的战斗力的结合性的会见,这正和当时历史的逆流——日本法西斯思想——和那顽固的社会封建力接触就结合起来做着正比例的。一个坚强的以行动向社会封建力撞击的战斗力和一个在思想领域做着艰苦斗争的战斗力只要接触到,那拥抱力的坚强是可以想象到的。而且他们的战斗性能,立刻融为一体,那就是说,萧红先生不只是在行动上和社会进行搏斗,而且加入人类思想领域里作战了,她和萧军合著了《跋涉》。

然而终于萧红先生不得不和作为她丈夫的萧军共同撤退了。这不是失败,而是向作为祖国革命的社会思想力的主力军大本营的上海集中,这是孤立的战斗力和主力的汇合,而且必须汇合。因为敌对的封建社会力配合了日本法西斯的军力,是太雄厚了。

汇合之后的大会战,那外面的迫害力不是围攻性的了,因为这是思想领域里两大阵营的会战,而作为主力旗帜的是鲁迅先生,自然萧红先生感到的那敌对威力,较之在哈尔滨是减削了,因为到底是另外有着主力军的战斗。

就在这时候,作家萧红感受到另一种社会力的威胁,那就是社会的男人中心力。这是早已存在的，之所以在这时候才显著，那是因为会战性的战斗力分散，就是说外在的迫害力不得不向主力军集中，不得不分散配合。这是一个必然的空隙，萧红先生在这空隙间注意到那日益膨胀的社会中心力，实际上，虽然并不是日益膨胀，而是历史的存在。她感到自己是这种社会力的附属力，在这点上，作家萧红大胆地抗拒了，不只是思想的，她是向历史挑战，她将孤立，因为如那些机械的等待主义者们所说："得等到社会解放了，再来谈妇女的解放呀！"而萧红先生是不能忍从、等待的，她在行动上大无畏地开始抵拒。

最初，她是秘密出走，她在上海法租界某一个绘画学校报了名，而且作为寄宿生匿名上课了。然而她被发现，因为那学校是不收有丈夫的妇女的，何况家庭干涉。结果，她终于只身出国，1936年去东京了，她感到在历史面前她是孤独的，如她所说："所有的朋友都是站在萧军那一面，呵！男人社会……"这问题她是必定解决的，她的血液里没有屈服的因素。

这就说明了为什么1938年春天当她和萧军先生分开的时候，为什么以自己为中心在身旁树立一个怯懦的弱者。

然而在这一战役上，作家萧红是失败了。因为弱者正因为弱，在面对着顽强的社会力的时候，他同样是弱的。而且相反，在历史对他有利而且和社会封建站在一起，弱者面对着一个孤立的妇女又是以强者姿态自居的。

就这样，作家萧红回忆到过去，她所来的路上了，她在

《回忆鲁迅先生》之后，又写下了《呼兰河传》，这是思想突击力停止的时期，它缓缓流着……

思想奕为行动正如地下突出的趵突泉一样，开始它是奔腾的，及至她占据了它的位置而平静，而停止奔腾，那也只是在和聚，在缓慢地膨胀，在向四周逐渐开展，随着地势而潜潜地伸涨，直到它为两岸限制，它将规律奔流，如罗曼·罗兰所说，带着一路的尘沙，它将灌溉两岸的大地。然而就在这时候，萧红先生的体力突然衰弱了。1942 年 1 月 22 日午前 11 时，萧红先生在香港逝世，遗留给中国文学史的是她的几部著作和一个大的遗憾。

（原载于 1946 年 1 月 22 日重庆《新华日报》）

在西安

——回忆萧红

聂绀弩

> 何人绘得萧红影
> 望断青天一缕霞
> 　　　　　　——西青散记

"飞吧,萧红!你要像一只大鹏金翅鸟,飞得高,飞得远,在天空翱翔,自在,谁也捉不住你。你不是人间笼子里的食客,而且,你已经飞过了。"当你在黄昏的雪的市街上,缩瑟地走着的时候,你的弟弟跟在后面喊:

"姐姐,回去吧,这外面多冷呵!"

"哦,你别送我了!"你说。

"是回去的时候了,家里人都在盼望你的音讯咧!"

"弟弟,你的学校要关门了!"

不管弟弟,不管家人,你飞过了!今天你还要飞,要飞得更高,更远……

"你知道么?我是个女性。女性的天空是低的,羽翼是稀薄的,而身边的累赘又是笨重的!而且多么讨厌呵,女性有着过多的自我牺牲精神。这不是勇敢,倒是怯懦,是在长期的无助的牺牲状态中养成的自甘牺牲的惰性。我知道,可是我还是免不了想:我算什么呢?屈辱算什么呢?灾难算什么呢?甚至死算什么呢?我不明白,我究竟是一个人还是两个;是这样想的我呢,还是那样想的我。不错,我要飞,但同时觉得……我会掉下来。"

朦胧的月色布满着西安的正北路,萧红穿着酱色的旧棉袄,外披黑色小外套,毡帽歪在一边,夜风吹动帽外的长发。她一面走,一面说,一面用手里的小竹棍儿敲那路边的电线杆子和街树。她心里不宁静,说话似乎心不在焉的样子,走路也一跳一跳地,脸白得跟月色一样。她对我讲了许多话,她说:

"我爱萧军,今天还爱,他是个优秀的小说家,在思想上是同志,又一同在患难中挣扎过来的!可是做他的妻子却太痛苦了!我不知你们男子为什么那样大的脾气,为什么要拿自己的妻子做出气包,为什么要对妻子不忠实!忍受屈辱,已经太久了……"

接着又谈一些和萧军共同生活的一些实况,谈萧军在上海和别人恋爱的经过……我虽一鳞片爪地早有所闻,却没有问过他们,今天她谈起,在我,还大半是新闻。

在临汾分手的时候,我不知道他们之间谈过一些什么话,表面上,都当作一种暂别,我们本来都说是到运城去玩玩的,萧军的兴趣不高,就让他留下了。一个夜晚,萧军送我、萧红、丁玲、塞克、D. M.(指端木蕻良——编者按)到车站,快开车的时候,萧军和我单独在月台上踱了好一会。

"时局紧张得很,"他说,"临汾是守不住的,你们这回一去,大概不会回来了。爽性就跟丁玲一道过河去吧!这学校

（民大）太乱七八糟了，值不得留恋。"

"那么你呢？"

"我不要紧。我的身体比你们好，苦也吃得，仗也打得。我要到五台去。但是不要告诉萧红。"

"那么萧红呢？"

"哦，萧红和你最好，你要照顾她，她在处世方面，简直什么也不懂，很容易吃亏上当的。"

"以后你们……"

"她单纯、淳厚、倔强、有才能，我爱她。但她不是妻子，尤其不是我的！"

"怎么，你们要……"

"别大惊小怪！我说过，我爱她，就是说我可以迁就。不过这是痛苦的，她也会痛苦，但是如果她不先说和我分手，我们永远是夫妇，我决不先抛弃她！"

我听了为之怃然了好久，我至少是希望他们的生活美满的。当时，还以为只有萧军蓄有离意，今天听见萧红诉述她的屈辱，才知道她也跟萧军一样，临汾之别，大概彼此都明白是永久的了。

我们在马路上来回地走，随意地谈。她说得多，我说得少。最后，她说：

"我有一件事要拜托你！"

随即举起手里的小竹棍儿给我看，"这，你以为好玩么？"那是一根二尺多长，二十几节的软棍儿，只有小指头那么粗。她说过，是在杭州买的，带着已经一两年了。"今天，D. M. 要我送给他，我答应明天再讲。明天，我打算放在箱子里，却对他说是送给你了,如果他问起,你就承认有这回事,行么?"

我不假思索地答应了她。我知道她是讨厌 D. M. 的,她常说他是胆小鬼、势利鬼、马屁鬼,一天到晚在那里装腔作势的。可是马上想到,这几天,D. M. 似乎没有放松每一个接近她的机会,莫非他在向她进攻么?我想起萧军的嘱托。我说:

"飞吧,萧红!记得爱罗先珂童话里的几句话么:'不要往下看,下面是奴隶的死所……'"

她的答话,似乎没有完全懂得我的意思。当然,也许是我没有完全懂得她的意思。

在西安过的日子太久了,什么事都没有,完全是空白的日子!日寇占领了风陵渡,随时有过河的可能,又经常隔河用炮轰潼关,陇海路的交通断绝了,我们没有法子回武汉。这时候,丁玲约我同她到延安去打一转。反正闲着无聊,就到延安去看看吧。一连几天都和丁玲在一块接洽关于车子的事情,没有机会与萧红谈什么。

临行的前一天傍晚,在马路上碰见萧红。

"你吃过晚饭没有?"她问。

"没有,正想去吃。你呢?"

"我吃过了。但是我请你。"

"那又何必呢?"

"我要请你,今晚,我一定要请!"

进饭馆后,她替我要了两样菜,都是我爱吃的,并且要了酒。她不吃,也不喝,隔着桌子望着我。

"萧红,一同到延安去吧!"

"我不想去。"

"为什么？说不定会在那里碰见萧军。"

"不会的。他的性格不会去，我猜他到别的什么地方打游击去了。"

吃饭的时候，我没有说话，她也不说话，只默默地望着，目不转睛地望着，好像窥伺她的久别了的兄弟姊妹是不是还和旧时一样健全似的。在我的记忆里，这是她最后一次和我只有两人坐在馆子里，最后一次含情地望着我。我记得清清楚楚，好像她现在还那样望着我似的。我吃了满满的三碗饭。

"要是我有事情对不住你，你肯原谅我么？"出了馆子后，她说。

"你怎么会有事对不住我呢？"

"我是说你肯么？"

"没有你的事，我不肯原谅的。"

"那个小竹棍儿的事，D. M. 没有问你吧？"

"没有。"

"刚才，我已经送给他了。"

"怎么送给他了！"我感到一个不好的预兆，"你没有说已先送给我了么？"

"说过，他坏，他晓得我说谎。"

沉默了一会儿，我说：

"那小棍儿只是一根小棍儿，它不象征着旁的什么吧？"

"你想到哪里去了？"她把头望着别处，"早告诉过你，我怎样讨厌谁？"

"你说过，你有自我牺牲精神！"

"怎么谈得上呢？那是在谈萧军的时候。"

"萧军说你没有处事经验。"

"在要紧的事上，我有！"

但是那声音在发颤。

"萧红，你是《生死场》的作者，是《商市街》的作者，你要想到自己的文学上的地位，你要向上飞，飞得越高越远越好……"

第二天启行，在人丛中，我向萧红做着飞的姿势，又用手指天空，她会心地笑着点头。

半月后，我和丁玲从延安转来，当中多了一个萧军。他在到五台去的中途折到延安，我们碰着了。一到××中（我们的住处）的院子里，就有丁玲的团员喊："主任回来了！"萧红和D. M. 一同从丁玲的房里出来，一看见萧军，两人都愣了一下。D. M. 就赶来和萧军拥抱，但神色一望而知，含着畏惧、惭愧，"啊，这一下可糟了！"等复杂的意义。我刚走进我的房间，D. M. 连忙赶过来，拿起刷子给我刷衣服上的尘土。他低着头说："辛苦了！"我听见的却是，"如果闹什么事，你要帮帮忙！"我知道，比看见一切还要清楚地知道：那大鹏金翅鸟，被她的自我牺牲精神所累，从天空，一个筋斗，栽到"奴隶的死所"上了！

（原载于1946年11月22日重庆《新华日报》）

追忆萧红

许广平

自从日本人占领了东北,成立伪满洲国之后,许多东北作家都陆续逃亡到山海关里来了。在1934年的10月,萧红和刘军两先生(那时的称呼,即萧军)到了人地生疏的上海,"就是还没有在这土里下根。"(见鲁迅给刘军信)非常之感觉寂寞和颓唐,开始和鲁迅先生通信。在一个多月之后的11月27日,由于他们的邀请,鲁迅先生和我们在北四川路的一间小小的咖啡店做第一次的会面了。

每当患难的时候遇到具有正义感的人,人是很容易一见如故的,况以鲁迅先生的丰富的热情和对文人遭遇压迫的不幸(之同情),更加速两者间的融洽。为了使旅人减低些哀愁,自然鲁迅先生应该尽最大的力量使有为的人不致颓唐无助。所以除了拨出许多时间来和萧红先生等通信之外,更多方设法给他们介绍出版,因此,萧红先生等的稿子不但给介绍到当时由陈望道先生主编的《太白》,也还介绍给郑振铎先生编的《文学》,有时还代转到良友公司的赵家璧先生那里去。总之是千方百计给这些新来者以温暖,而且还尽其可能给介绍到外国。那时,美国很多人欢迎中国新作家的作品,似乎史沫特莱女士也是热心帮助者,鲁迅先生特地介绍他们相见了。在日本方面,刚巧鹿地亘先生初到上海,他是东京帝大汉文学系毕业的,对中国文学颇为了解,同时也为了生活,通过内山先生的介绍,鲁迅先生帮助他把中国作家的东西译成日文,交给日本的改造社出版,因此萧红先生的作品,也曾经介绍过给鹿地先生的。从这里我们可以得知萧红先生的写作能力的确不错,而鲁迅先生的无分成名与否的对作家的一视同仁,也是使得许多青年和他起着共鸣作用的重要因素。

作为东北人民向征服者抗议的里程碑的作品,是如众所知的《八月的乡村》和《生死场》。这两部作品的出现,无疑地给上海文坛一个不小的新奇与惊动,因为是那么雄厚和坚定,是血淋淋的现实缩影。而手法的生动,《生死场》似乎比《八月的乡村》更觉得成熟些。每逢和朋友谈起,总听到鲁迅先生的推荐,认为在写作前途上看起来,萧红先生是更有希望的。

在多时的习惯,养成我们不爱追求别人生活过程的小小经历,除非他们自己报道出来,否则我们绝不会探讨的,就是连住处也从不打听一下。就这样,我们和萧红先生成了时常见面的朋友了,也还是不甚了然的。不过也并非绝无所知,片段的谈话,陆续连起来也可能得一个大致的轮廓。譬如说,谈得高兴的时候,萧红先生会告诉我们她曾经在北平女师大的附属中学读过书。并且也知道她还有父亲,母亲是死了,家里有一位后母，家境很过得去。也许，她喜欢像鱼一样自由自在的吧，新的思潮浸透了一个寻求解放旧礼教的女孩子的脑海，开始向人生突击，把旧有的束缚解脱了，一切显现出一个人性的自由，因此惹起后母的歧视，原不足怪的。可怜的是从此和家庭脱离了，效娜拉的出走，从父亲的怀抱走向新的天地，不少奇形怪状五花八门的形形色色的天地，使娜拉张皇失措，经济一点也没有。在旅邸上，"秦琼卖马"，舞台上曾经感动过不少观众，然而有马可卖还是幸运的，到连马也没得卖的时候，也就是萧红先生遭遇困厄最惨痛的时候，这时意外地遇到刘军先生，也是一位豪爽侠情的青年，可以想象得出，这就是他们新生活的开始。他们在患难中相遇，这一段变故是值得歌颂的，直至最后，她们虽然彼此分离，但两方都从没有一句不满的话，作为向对手翻脸的理由，据我所听到，是值得提起的。

当然不能否认，萧红先生文章上表现相当英武，而实际多少还富于女性的柔和，所以在处理一个问题时，也许感情胜过理智。有一个时期，烦闷、失望、哀愁笼罩了她整个的生命力，然而她还能振作一时，替刘军先生整理、抄写文稿。有时又诉说她头痛得厉害，身体也衰弱，面色苍白，一望而知是贫血的样子。这时（我们）过从很密，差不多（同时）鲁迅先生也时常生病，身体本来不大好的萧红先生无法摆脱她的伤感，每每整天地耽搁在我们寓里。为了减轻鲁迅先生整天陪客的辛劳，不得不由我独自和她在客室谈话，因而对鲁迅先生的照料就不能兼顾，往往弄得我不知所措。也是陪了萧红先生大半天之后走到楼上，那时是夏天，鲁迅先生告诉我刚睡醒，他是下半天有时会睡一下中觉的。这天全部窗子都没有关，风相当的大，而我在楼下又来不及知道他睡了而从旁照料，因此受凉了，发热，害了一场病。我们一直没敢把病由说出来，现在萧红先生人也死了，没什么关系，作为追忆而顺便提到，倒没什么要紧的了。只不过是从这里看到一个人生活的失调，直接马上会影响到周围朋友的生活也失了步骤，社会上的人就是如此关联着的。

她和刘军先生对我们都很客气。在我们搬到施高塔路大陆新村里住下之后，寓所里就时常有他俩的足迹。到的时候，有时是手里拿着一包黑面包及俄国香肠之类的东西。有一回挟着一包油腻腻的东西，打开一看，原来是一只烧鸭的骨头，大约是从菜馆里带来的。于是忙着配黄芽菜来烧汤，谈谈吃吃，也还有趣。萧红先生因为是东北人，做饺子有特别的技巧，又快又好，从不会煮起来漏穿肉馅。其他像吃烧鸭时配用的两层薄薄的饽饽（饼），她做得也很好。如果有一个安定的、相当合适的家庭，使萧红先生主持家政，我相信她会弄得很体贴的。听说在她旅居四川及香港的时候，就想过这样的一种日子，而且对于衣饰，后来听说也颇讲究了。过分压抑着使比较美好生活不能享受，也许是少数人或短时间所能忍受的罢，然而究竟怎样是比较美好的生活呢？物质的享受？精神领域的不断向上追求？有人偏重一方，把其他方面疏忽了，也许是聪明，却也有人看作是傻子。总之，生活的折磨，转而使她走到文化领域里大踱步起来，然而也是生活的折磨，摧残了她在文化领域的更广大的成就。这是无可补偿的损失！到现时为止，走出象牙之塔的写作,在女作家方面,像她的造诣,现在看来也还是不可多得的。如果不是在香港,在抗战炮火之下偷活的话,给她一个比较安定、舒适的生活,在写作上也许更成功,或竟丢弃写作自然也不是绝不可能,这不必我们来做假定。不过如果不是为了战争,她也许不会到香港去,也许不会在这匆匆的人世急忙忙地走完她的旅程,那是可以断定的。

除了脸色苍白之外,萧红先生在和我们初次见面的时候就看到她花白的头发了。时常听见她诉说头痛,这是我有时也会有的,通常吃几次阿司匹林就会好,但副作用是一定带来胃病。萧红先生告诉我有一种药名叫 Socoloff 的,在法国普世药房可以买到,价钱并不昂贵,服了不会引起胃病,试过之后果然不错,从此每逢头痛我就记起她的指导。可是到了战事紧张,日本人入租界之后,这药买不到了,现时不晓得恢复了没有。她同时还有一种宿疾,据说每个月经常有一次肚子痛,痛起来好几天不能起床,好像生大病一样,每次服"中将汤"也不见好。我告诉她一个故事,那是在"一·二八"上海作战的时候,我们全家逃难,和许多难民夹住在一起,因此海婴传染到疹子,病还没十分复原,我们就在战事一停之后搬回北四川路的寓所了。没有人煮饭,得力的女工跑了去做女招待,我自己不是买菜就是领小孩。病后的小孩,刚三岁半,一不小心,又转为赤痢了,医了一年总不肯好。小孩长期吃流质,营养不足,动不动就又感冒生病,因此又患着气喘。这一年当中,不但小孩病,鲁迅先生和我都病了。我疲劳之极,患了妇人常遇到的"白带",每天到医院治理,用药水洗子宫,据医生说是细菌在里面发炎，但是天天洗，洗了两个多月，一点也没有好。气起来了，自作聪明地偷偷买了几粒白凤丸，早晚吃半粒，开水送下。吃到第二天，医生忽然说进步非常之快，可以歇一下看看再说。我心想既然白凤丸有效，或者广东药店出售的白带丸更有效，也买了几粒服下，再服几粒白凤丸善后，从此白带病好了，永远没有复发。鲁迅先生是总不相信中医的，我开头不敢告诉他，后来医生叫我停止不用去疗治才向他说。再看到我继续服了几粒白凤丸居然把患了几个月的宿疾医好，鲁迅先生对于中国的经验药品也打破成见，而且拿我这回的经验告诉一些朋友，他们的太太如法炮制，身体也好起来了。像讲故事似的把前后经过告诉了萧红先生，而且我还武断地说，白凤丸对妇科不无效力，何妨试试？过了一些时候，她告诉我的确不错，肚子每个月都不痛了，后来应该痛的时候比平常不痛的日子还觉得身体康强，她快活得不得了。等到"八·一三"之后她撤退到内地，曾经收到她的来信，似埋怨似称谢的，说是依我的话服过药丸之后不但身体好起来，而且有孕了。战争时期生小孩是一种不容易的负担，是不是我害了她呢？后来果然听朋友说她生过一个孩子，不久又死去了。不晓得生孩子之后身体是否仍然康强，如果坏起来的话，那么，真是我害了她了。现在是人已经逝世了几年，我无从向她请求饶恕，我只是怀着一块病痂似的放在自己心上，作为精神的谴责，然而果真如此简单就算了吗？

生命的火在地下奔腾，

让它突出来吧，
毁却这贪婪的世界，
和杀人不见血的吃人者，
从灰烬里再生。
就是一株小草也好，
只要有你的精力潜在。

追忆萧红先生，我还亲眼看到她的一件侠义行为，那是为了鹿地亘先生方面的。据我们简单地知道：鹿地先生在日本的时候，确曾为了"左"倾嫌疑而被捕过，后来终于保释，是因为的确有消过毒的把握，否则绝不可能被日本军阀政府释放的。如同送到传染病医院去的人，倘使身体还在发热，是绝对不可能出院的，必然一切都没有问题了，这才放出，但是在日本政府的严密地、不放心地监视之下，就是释放了也还是不容易生活的罢，因此迫得鹿地先生随着剧团当一名杂役，四处走码头流浪到上海来。究竟以大学毕业生而当剧团的杂役是可惜的，被内山完造先生发现了，从剧团里拔出来，介绍他和鲁迅先生见面，由鲁迅先生代选些中国作家著作给他翻译，替他校正，再由内山先生给介绍到日本改造社出版，以此因缘，鹿地先生和萧红先生等认识了。及至鲁迅先生逝世，为了翻译《大鲁迅全集》日译本，在限定的短期间内出书，需要随时请人校正的方便起见，鹿地先生夫妇由北四川路搬到法租界来住，那时大约是1937年的春天。到了同年的8月，两国间的关系非常紧张的时候，在"八·一三"的前几天，鹿地先生夫妇又搬回到北四川路去了，这是应当的，因为他还是日本人，在四周全是中国人的地方太显突出了。但是意外地，过了两天他们又到法租界我的寓里来，诉说回去之后自国人都向他们戒严，当作间谍看待，那是有性命之忧的，因此迫得又走出了。然而茫茫租界，房子退了，战争爆发了，写稿换米既不可能，食宿两途都无法解决。这是为翻译鲁迅先生著作而无意中受到的苦难，没有法子，尽我的微力罢，因此请鹿氏夫妇留住下来。以两国人的立场，一同领略无情的炮火飞扬，而鹿地先生是同情我们的，但他却只能整天潜伏在楼上的一角。战争的严重性一天天在增重，两国人的界限也一天天更分明，谣言我寓里是容留二三十人的一个机关，迫使我不得不把鹿地先生送到旅舍。他们寸步不敢移动，周围全是监视的人们，没有一个中国的友人敢和他们见面。这时候，唯一敢于探视的就是萧红和刘军两先生，尤以萧先生是女性，出入更较方便，这样使得鹿地先生方便许多。也就是说，在患难生死临头之际，萧红先生是生死置之度外地为朋友奔走，超乎利害之外的正义感弥漫着她的心头，在这里我们看到她却并不软弱，而益见其坚忍不拔，是极端发扬中国固有道德，为朋友急难的弥足珍贵的精神。

（原载于《文艺复兴》1946年第1卷第6期）

记萧红女士

柳亚子

一日，访端木蕻良于所居，则女士已由医院归来矣。虽偃卧病榻，不能强起，而握手殷勤，有如夙昔相稔者。嗣后暇辄往诣，每娓娓清谈，不以为累。

——柳亚子

作家萧红女士，真姓名为张廼莹，龙江世家女也。愤东北沦陷，弃家内渡，初至上海，为鲁迅先生所器重。抗战军兴，曾北入秦晋，东巡汉皋，西窥巴渝，寻复南游香岛，止焉。以病肺入玛丽医院，久乃益剧，遂退院，养疴九龙之乐道。余初未识女士，但耳其名。一日，访端木蕻良于所居，则女士已由医院归来矣。虽偃卧病榻，不能强起，而握手殷勤，有如夙昔相稔者。嗣后暇辄往诣，每娓娓清谈，不以为累。尝倚枕为余题诗册子，喟然叹曰："安得病愈，偕观电影，更就酒楼小饮，则其乐靡穷矣。"今日与端木言之，未尝不有余悲也。太平洋战争爆发，女士嘱端木以笺招余，至则惊怖甚，谓："病体不支，闻飞机声心悸弗可止。"余强颜慰藉之，悄然别去。明晨，余渡海止西摩道，则闻女士已在思豪酒店矣。尝亲以电话邀余语，喋喋不休，余恐损病体，未敢多流连也。孰意即此为永诀，后遂不复能闻其馨欬耶！香岛既陷，余问关返故国，途次曲江，初闻女士病殁噩耗，犹弗忍置信。及抵桂林，重晤端木君，始知事有不可掩覆者。嗟夫，天地不仁，万物刍狗。以女士掀天之意气，盖世之才华，而疾病困之，忧患中之，致令奄然长往，一瞑不视，宁非人世之大哀欤！兴言及此，叹息弥殷已。

（选自《怀旧集》，柳亚子著，耕耘出版社，1947年）

萧红的小说 《呼兰河传》

茅 盾

一

今年四月,第三次到香港,我是带着几分感伤的心情的。从我在重庆决定了要绕这么一个圈子回上海的时候起,我的心怀总有点儿矛盾和抑郁——我决定了这么走,可又怕这么走,我怕香港会引起我的一些回忆,而这些回忆我是愿意忘却的,不过,在忘却之前,我又极愿意再温习一遍。

在广州先住了一个月,生活相当忙乱。因为忙乱,倒也压住了怀旧之感,然而,想要温习一遍然后忘却的意念却也始终不曾抛开,我打算到九龙太子道看一看我第一次寓居香港的房子,看一看我的女孩子那时喜欢约了女伴们去游玩的蝴蝶谷,找一找我的男孩子那时专心致意收集来的美国出版的连环图画,也想看一看香港坚尼地道我第二次寓居香港时的房子,"一二·八"香港战争爆发后,我们"避难"的那家"跳舞学校"(在轩尼诗道),而特别想看一看的,是萧红的坟墓——

在浅水湾。

我把这些愿望放在心里,略有空闲,这些心愿就来困扰我了,然而我始终提不起这份勇气,还这些未了的心愿,直到离开香港,九龙是没有去,浅水湾也没有去。我实在常常违反本心似的规避着,常常自己找些借口来拖延,虽然我没有说过我有这样的打算,也没有催促我快还这些心愿。

二十多年来,我也颇经历了一些人生的甜酸苦辣,如果有使我愤怒也不是,悲痛也不是,沉甸甸地老压在心上,因而愿意忘却,但又不忍轻易忘却的,莫过于太早的死和寂寞的死。为了追求真理而牺牲了童年的欢乐,为了要把自己造成一个对民族对社会有用的人而甘愿苦苦地学习,可是正当学习完成的时候却忽然死了,像一颗未出膛的枪弹,这比在战斗中倒下,给人以不知如何的感慨,似乎不是单纯的悲痛或惋惜所能形容的。这种太早的死,曾经成为我的感情上的一种沉重的负担,我愿意忘却,但又不能且不忍轻易忘却,因此我这次第三回到了香港想去再看一看蝴蝶谷这意念,也是无聊的,可资怀念的地方岂止这一处,即使去了,未必就能在那边埋葬了悲哀。

对于生活曾经寄以美好的希望但又屡次"幻灭"了的人,是寂寞的;对于自己的能力有自信,对于自己的工作也有远大的计划,但是生活的苦酒却又使她颇为悒悒不能振作,而又因此感到苦闷焦躁的人,当然会加倍的寂寞。这样精神上寂寞的人一旦发觉了自己的生命之灯快要熄灭,因而一切都无"补救"的时候,那她的寂寞的悲哀恐怕不是语言可以形容的。而这样的寂寞的死,也成为我的感情上的一种沉重的负担,我愿意忘却，而又不能且不忍轻易忘却，因此我想去浅水湾看看而终于违反本心地屡次规避掉了。

二

萧红的坟墓寂寞地孤立在香港的浅水湾。

在游泳的季节，年年的浅水湾该不少红男绿女罢，然而躺在那里的萧红是寂寞的。

在 1940 年 12 月——那正是萧红逝世的前年，那是她的健康还不怎样成问题的时候，她写成了她的最后著作——小说《呼兰河传》，然而即使在那时，萧红的心境已经是寂寞的了。

而且从《呼兰河传》，我们又看到了萧红的幼年也是何等的寂寞！读一下这部书的寥寥数语的"尾声"，就想得见萧红在回忆她那寂寞的幼年时，她的心境是怎样寂寞的：

> 呼兰河这小城里边，以前住着我的祖父，现在埋着我的祖父。
>
> 我生的时候，祖父已经六十多岁了，我长到四五岁，祖父就快七十了，我还没有长到二十岁，祖父就七八十岁了。祖父一过了八十，祖父就死了。
>
> 从前那后花园的主人，而今不见了。老主人死了，小主人逃荒去了。
>
> 那园里的蝴蝶、蚂蚱、蜻蜓，也许还是年年仍旧，也许现在完全荒凉了。
>
> 小黄瓜、大倭瓜，也许还是年年的种着，也许现

在根本没有了。

那早晨的露珠是不是还落在花盆架上,那午间的太阳是不是还照着那大向日葵,那黄昏时候的红霞是不是还会一会儿工夫会变出一匹马来,一会儿工夫变出一只狗来,那么变着。

这一些不能想象了。

听说有二伯死了。

老厨子就是活着,年纪也不小了。

东邻西舍也都不知怎样了。

至于那磨坊里的磨官,至今究竟如何,则完全不晓得了。

以上我所写的并没有什么优美的故事,只因他们充满我幼年的记忆,忘却不了,难以忘却,就记在这里了。

《呼兰河传》脱稿以后,翌年之四月,因为史沫特莱女士的劝说,萧红想到新加坡去。(史沫特莱自己正要回美国,路过香港,小住一月。萧红以太平洋局势问她,她说,日本人必然要攻香港及南洋,香港至多能守一月,而新加坡则坚不可破,即使破了,在新加坡也比在香港办法多些)萧红又鼓动我们夫妇俩也去。那时我因为工作关系不能也不想离开香港,我以为萧红怕陷落在香港(万一发生战争的话),我还多方为之解释,可是我不知道她之所以想离开香港是因为她在香港生活是寂寞的,心境是寂寞的,她是希望由于离开香港而解脱那可怕的寂寞。并且我也想不到她那时的心境会这样寂寞,那时正在皖南事变以后,国内文化人大批跑到香港,造成了香港文化界空前地活跃,在这样的环境中,而萧红会感到寂寞是难以索解的。等到我知道了而且也理解了这一切的时候,萧红埋在浅水湾已经快满一年了。

新加坡终于没有去成,萧红不久就病了,她进了玛丽医院。在医院里她自然更甚寂寞了,然而她求生的意志非常强烈,她希望病好,她忍着寂寞住着医院。她的病相当复杂,而大夫也荒唐透顶,等到诊断明白是肺病的时候就宣告已经无可救药,可是萧红自信能活。甚至在香港战争爆发以后,夹在死于炮火和死于病二者之间的她,还是更怕前者,不过,心境的寂寞,仍然是对于她的最大的威胁。

经过了最后一次的手术,她终于不治。这时香港已经沦陷,她咽最后一口气时,许多朋友都不在她面前,她就这样带着寂寞离开了这人间。

三

《呼兰河传》给我们看到萧红的童年是寂寞的。

一位解事颇早的小女孩子每天的生活多么单调呵!年年种着小黄瓜、大倭瓜,年年春秋佳日有些蝴蝶、蚂蚱、蜻蜓的后花园,堆满了破旧东西,黑暗而尘封的后房,是她消遣的地方,慈祥而犹有童心的老祖父是她唯一的伴侣。清早在床上学舌似的念老祖父口授的唐诗,白天鬻着老祖父讲那些实在已经听厌了的故事,或者看看那左邻右舍的千年如一日的刻板生活

——如果这样死水似的生活中有什么突然冒起来的浪花,那也无非是老胡家的小团圆媳妇病了,老胡家又在跳神了,小团圆媳妇终于死了;那也无非是磨官冯歪嘴忽然有了老婆,有了孩子,而后来,老婆又忽然死了,剩下刚出世的第二个孩子。

呼兰河这小城的生活也是刻板单调的。

一年之中,他们很有规律地过活着;一年之中,必定有跳大神,唱秧歌,放河灯,演台子戏,四月十八日娘娘庙大会……这些热闹隆重的节日,而这些节日也和他们的日常生活一样多么单调而呆板。

呼兰河这小城的生活可又不是没有音响和色彩的。

大街小巷,每一茅舍内,每一篱笆后边,充满了唠叨,争吵,哭笑,乃至梦呓。一年四季,依着那些走马灯似的挨次到来的隆重热闹的节日,在灰暗的日常生活的背景前,呈现了粗线条的大红大绿的带有原始性的色彩。

呼兰河的人民当然多是良善的。

他们照着几千年传下来的习惯而思索,而生活。他们有时也许显得麻木,但实在他们也颇敏感而琐细,芝麻大的事情他们会议论或者争吵三天三夜而不休;他们有时也许显得愚昧而蛮横,但实在他们并没有害人或自害的意思,他们是按照他们认为最合理的方法,"该怎么办就怎么办"。

我们对于老胡家的小团圆媳妇的不幸的遭遇,当然很同情,我们怜惜她,我们为她叫屈,同时我们也憎恨——但憎恨的对象不是小团圆媳妇的婆婆,我们只觉得这婆婆也可怜,她同样是"照着几千年传下来的习惯而思索而生活"的一个牺牲者。她的"立场",她的叫人觉得可恨而又可怜的地方,在她"心安理得地花了五十吊"请那骗子——云游道人给小团圆媳妇治病的时候,就由她自己来说得明明白白的:

> 她来到我家,我没给她气受,哪家的团圆媳妇不受气,一天打八顿,骂三场,可是我也打过她,那是我给她一个下马威,我只打了她一个多月,虽然说我打得狠了一点,可是不狠哪能够规矩出一个好人来。我也是不愿意狠打她的,打得连喊带叫的,我是为她着想,不打得狠一点,她是不能够中用的。

这老胡家的婆婆为什么坚信她的小团圆媳妇必得狠狠地"管教"呢?小团圆媳妇有些什么地方叫她老人家看着不顺眼呢?因为那小团圆媳妇第一天来到老胡家就由街坊公论判定她是"太大方了","一点也不知道羞,头一天来到婆家,吃饭就吃三碗",而且"十四岁就长得那么高"也是不合规律——因为街坊公论说,这小团圆媳妇不像个小团圆媳妇,所以更使她的婆婆坚信非严加管教不可,而且更因为"只想给她一个下马威"的时候,这"太大方"的小团圆媳妇居然不服管教——连哭带喊,说要回"家"去——所以不得不狠狠地打了她一个月。

街坊们当然也都是和那个小团圆媳妇无冤无仇,都是为了要她好——要她像一个团圆媳妇。所以当这小团圆媳妇被"管教"成病的时候,不但她的婆婆肯舍大把的钱为她治病

(跳神,各种偏方),而且众街坊也热心地给她出主意。

而结果呢?结果是把一个"黑乎乎的,笑呵呵的"名为十四岁其实不过十二,可实在长得比普通十四岁的女孩了又高大又结实的小团圆媳妇活生生"送回老家去"!

呼兰河这小城的生活是充满了各种各样的声响和色彩的,可又是刻板单调。

呼兰河小城的生活是寂寞的。

萧红的童年生活就是在这样的寂寞环境中过去的。这在她心灵上留的烙印有多深,自然不言而喻。

无意识地违背了"几千年传下来的习惯而思索而生活"的老胡家的小团圆媳妇终于死了,有意识地反抗着"几千年传下来的习惯而思索而生活"的萧红则以含泪的微笑回忆这寂寞的小城,怀着寂寞的心情,生活在悲壮的斗争的大时代。

四

也许有人会觉得《呼兰河传》不是一部小说。

他们也许会这样说:没有贯穿全书的线索,故事和人物都是零零碎碎,都是片段的,不是整个的有机体。

也许又有人觉得《呼兰河传》好像是自传,却又不完全像自传。

但是,我却觉得正因其不完全像自传,所以更好,更有意义。

而且我们不也可以说:要点不在《呼兰河传》不像是一部严格意义的小说,而在它于这"不像"之外,还有些别的东西——一些比"像"一部小说更为"诱人"的东西：它是一篇叙事诗，一幅多彩的风土画，一串凄婉的歌谣。

有讽刺，也有幽默。开始读时有轻松之感，然而愈读下去心头就会一点一点沉重起来。可是，仍然有美，即使这美有点病态，也仍然不能不使你眩惑。

也许你要说《呼兰河传》没有一个人物是积极性的，都是些甘愿做传统思想的奴隶而又自怨自艾的可怜虫。而作者对于他们的态度也不是单纯的，她不留情地鞭笞他们，可是她又同情他们。她给我们看，这些屈服于传统的人多么愚蠢而顽固——有的甚至于残忍，然而他们的本质是良善的，他们不欺诈，不虚伪，他们也不好吃懒做，他们极容易满足，有二伯、老厨子，老胡家的一家子，漏粉的那一群，都是这样的人物。他们都像最低级的植物似的，只要极少的水分、土壤、阳光——甚至没有阳光，就能够生存了，磨官冯歪嘴子是他们中间生命力最强的一个——强得使人不禁想赞美他。然而在冯歪嘴子身上也找不出什么特别的东西，除了生命力特别顽强，而这是原始性的顽强。

如果让我们在《呼兰河传》中找作者思想的弱点，那么，问题恐怕不在于作者所写的人物都缺乏积极性，而在于作者写这些人物的梦魇似的生活时给人们以这样一个印象：除了因为愚昧保守而自食其果，这些人物的生活原也悠然自得其乐。在这里，我们看不见封建的剥削和压迫，也看不见日本帝国主义那种血腥的侵略。而这两重的枷锁，在呼兰河人民生活的比重上，该也不会轻于他们自身的愚昧保守罢？

五

萧红写《呼兰河传》的时候,心境是寂寞的。

她那时在香港几乎可以说是过着"蛰居"的生活,在1940年前后这样的大时代中,像萧红这样对于人生有理想,对于黑暗势力做过斗争的人,会悄然"蛰居"多少有点不可解。她的一位女友曾经分析她的"消极"和苦闷的根由,以为"感情"上的一再受伤,使得这位感情富于理智的女诗人,被自己狭小的私生活的圈子所束缚(而这圈子尽管是她诅咒的,却又拘于惰性,不能毅然决然自拔),和广阔的进行着生死搏斗的大天地完全隔绝了。这结果是,一方面陈义太高,不满于她这阶层的知识分子们的各种活动,觉得那全是扯淡,是无聊;另一方面却又不能投身到农工劳苦大众的群中,把生活彻底改变一下。这又如何能不感到苦闷而寂寞?而这一心情投射在《呼兰河传》上的暗影不但见之于全书的情调,也见之于思想部分,这是可以惋惜的,正像我们对于萧红的早死深致其惋惜一样。

一九四六年八月,于上海

(原载于《东北民报》1946年12月6日第11期、1946年12月11日第12期)

雪夜忆萧红

高 兰

外面正下着雪,这是个寒冷的、塞外的风雪交加的冬夜呀,而我忽然想起了萧红。

唉!此时,此地,想起了死去的萧红,真是使人多么伤感,多么悲痛啊。

在贫困、饥饿、寒冷、悲苦的流亡队伍中,一直有她,而第一个以沦陷了的东北为题材,向全世界有良心有正义的人们控诉,震惊了千万人的心的,最成功的作品,无疑的也是他们夫妇的《生死场》和《八月的乡村》。那真是一抹彩虹一般的作品哪!不知使多少人激动,多少人流泪,多少人爱恋起东北,多少人怀念那失去了的土地和人民。但在敌人败亡和她的故土光复的今日,她却寂寞地长眠在遥远的南方的地下,静听海波的呜咽低语,和潮水夜夜打孤城,浅水湾坟头的青青草,几度黄了又绿,绿了又衰黄了。

而她的家乡,今夜,正在雪花飘落,行人罕迹,严寒鞭挞着睡去了的城市和荒凉的旷野,贫瘠的小村子,北风拼命地撞击着窗扉。

萧红，你的家乡正在落着雪呢！而你多么寂寞呀！你寂寞得多么使人难过呀！

想起我和她第一次见，那还是抗战那年在汉口的时候。虽然在那以前我已经读过了她每一篇作品，并且知道她就是哈尔滨女一中的张廼莹，可是一直没有见过，还是战争才使我们相遇了。那是在一个盛大的文艺座谈会上，包括了自上海、香港、南京、北平，齐集在汉口的作家们。那天到会的女作家记得有白薇、子岗、安娥、彭慧、波儿、冰莹等，但其中要以萧红最为惹人注意了。可是在那个会上，她温柔恬静地坐着，并没有说什么话。高高的个子，长长睫毛下两个大而充满了智慧的眼睛，为抗战的热情所燃烧，闪烁着美丽的光辉。只是脸色十分的苍白而又显得有些忧郁，怕不是那时候就已经在感情上受了伤害呢？

后来由于写作上的关系，我们就时常地会面了，有时她过汉口来，也许我到武昌去，她似乎是住在凤凰台巷子内，离罗烽、白朗处很近，谈哈尔滨，谈上海，谈文艺写作，谈鲁迅先生，有时也谈到她那低垂的两条辫子和衣饰，有一次武汉的一个小报上，登了一篇《谈女作家高兰和萧红》，把她和白朗笑得半天都喘不过气来，而我竟尴尬之至，啼笑皆非。

她原是不常写诗的，但她对于诗有极深长的爱好，特别是关于朗诵问题，她更有着极大的兴趣，自从王莹在鲁迅先生周年祭上，第一次试验着朗诵了我的一首《我们的祭礼》以后，她提出了许多宝贵的问题，而且很想公开地朗诵一次，可惜在我到许昌前线去的时候,她们在汉口的一个电影院,举行了一个公开的诗歌朗诵会,那次朗诵的人有穆木天、锡金,还有萧红,而我却没有听见。在中国公开集会朗诵诗歌,那还是第一次呢!

第二年的冬天,就是武汉失守那年的冬天。我由武汉向湖南,由湖南向广西,又由柳州到了重庆,再乘船到宜宾去。第一天夜晚宿在江津,由于时间尚早,我特地上岸,去访罗烽、白朗,想不到萧红也正一个人住在罗烽家里。

看到她那更为憔悴了的面容,不禁在心中就低低地叹息了一声。然而又不免为她那深红色镶着大宽边的绸质旗袍一惊,好漂亮的衣服啊!在她还是第一次吧!

四川的冬天,仍是十分寒冷的呀,特别是靠近江边的高处,寒风直吹进骨子里,那种凉意又非北方的寒冻可比,就好像是把一个穿着衣服的人,整个的浸进冬天的冷水缸里,然后再把他提出来一样湿淋淋的冷。但我们几个人围坐在那四面透风的支离破碎的木板房子里,在心里却感觉着异常的温暖,因为一年以来,自从武汉失守,抗战的首都迁到了重庆,大家在紧张中风流云散,而抗战形势亦非复初期可比,加以环境的日益沉闷,气压的日低一日,生活程度却偏又迅速地高潮,这对于思想消沉、生活贫穷的作家们,真是精神物质两受威胁,差不多从每一个人的脸上消失了笑意,在心上却重重地压上了一块石头。一旦异地相逢,真有万千他乡遇故知之感。

这两位热情的主人,特地取出多半瓶泸州大曲,还有一整瓶的江津橘精酒、三碟泡菜、一大盘腌肉。我们便谈笑风生地吃喝起来了，那天喝酒最猛而又最多的，就算萧红了。这使我非常惊讶，但渐渐地由谈话中，我知道这一年多，她的生活发生了极大的变化，尤其在感情上面她深深地受了伤害，同时又陷入了一个新的痛苦的境地被熬煎着。她是由武汉向临汾，从抗日民族革命大学来到重庆的。为了休息，为了暂时忘记点什么，才来江津小住，令人十分地伤感而又哀戚。

当微云润红了她的双颊时，她忽然站起来取出一本书说："为了欢迎寒夜远来的诗人，我朗诵一首诗吧。"我不记得是谁的诗，但那样的哀婉凄凉的诗，她还不曾读完，便用那书本把脸盖住了。

夜，是那样的寒冷，那样的静，我们四个人，默默无言地，在黑暗中摸索着下了高坡，默默无言地走向江边，望着那对岸山脚下的二三渔火时明时灭，有如寥落的寒星，而江上静止的轮船闪烁着一二夜灯，好像一个快要死去的老人，在默想着平生。

脸上被寒冷的江风吹着，脚底下是随时使人颠簸的鹅卵石，在黑暗与严寒之中，我们四个人，互相搀扶着走到了江边。接过来她们馈赠的一大包橘柑，我握一握手，上了划向江心的小划子。

"再见吧！红！烽！朗！回来时再来看你们！"

"不要回来啦！再走就是到咱们家乡去啦！你不想家吗？家乡这时候，已经下雪啦？该有多冷啊！"萧红说到这里顿了一顿，好像叹息似的轻喟了一声，"我是多么想那雪呀！"

我上了轮船，扶着船舷，看见她们三个人还站在黑暗的江边望着。我的鼻子好像被什么击打了一下一样，是一阵酸楚！

"再见吧！"我发觉我的声音有些颤抖。

"再见，"尖锐而凄厉的，好像呼喊着失散了的人似的，萧红的声音"咱们家乡见吧！"尾音被旷野的寒风吹跑了。

虽然在黑暗之中，我还隐约地看得见三个互相搀扶的背影，慢慢地爬上了高坡时，风正冷，夜正深沉。与萧红从此便成永别。

而今天，风也正冷，夜亦深沉，雪花飘落，严寒封锁了东北大地。我想到了你啊！萧红！

一九四六年十二月四日，沈阳雪夜
（原载于 1946 年 12 月 6 日《东北民报》）

在萧红墓前的五分钟讲演

郭沫若

年轻的朋友们:

讲演对于我倒不是件难事,然而要不多不少恰好"五分钟",却使我感到困难。而主席又只要我做"五分钟"的滩头演讲,让你们好早点跳下海去,做你们的青春之舞冰。

我想,本来我可以这么开始我的演讲:"各位先生,各位女士,请大家沉默五分钟!"于是当大家沉默到五分钟的时候,我便说:"沉默毕,我的讲演完了。"

大家假如要反诘我:"你向我们做五分钟的讲演,为什么叫我们沉默五分钟呢?"我可以理直气壮地回答:"朋友,人们不是说'沉默胜于雄辩'吗?"

本来我可以这么开始我的演讲的,但是我听了刚才×先生两分钟的演讲,太漂亮了!他说:"人民的作家萧红女士一生为人民解放事业奔走,到头来死在这南国的海边,伙伴们把她埋在这浅水湾上,今天,围绕在她周围的都是年轻人,今后的日子里,不知有多少年轻人来围绕着她。朋友们!我们是年轻人，我们没有悲伤，我们没有感慨，请大家向萧红女士鼓掌。"太好了，我的五分钟演讲只好改变计划了，让我把年轻人引申来说一下吧。

年轻人之所以为年轻人，并不是单靠着年纪轻，假如单靠年纪轻，我们倒看见有好些年纪轻轻的人，都已经成了老腐败，老顽固，甚至活的木乃伊——虽然还活着，但早已死了，而且死了几千年。

反过来我们在历史上也看见好些年纪老的人，精神并不老，甚至有的人死了几千年，而一直都还像活着的年轻人一样。所以一个人的年轻不年轻，并不是专靠着生理上的年龄，而主要的还是精神上的年龄，便是"年轻精神"充分的，虽老而不死；"年轻精神"丧失的，年虽轻而人已死了。

那么，什么是"年轻精神"的品质呢？

第一，是真理的追求者。他是一张白纸，毫无成见地去接受客观真实，他如饥似渴地请人指教，虚心坦怀地受人指教，他肯向一切学习，以养成他的智慧。这是"年轻精神"的第一特征。

第二，是博爱的实践者。他大公无私，好打抱不平，决不或很少为自己打算，切实地有着人饥己饥、人溺己溺的怀抱，而为他人服务。这是"年轻精神"的第二特征。

第三，是勇敢的战士。他不怕任何艰难困苦，他富有弹性，倒下去立刻跳起来，碰伤了舐干血迹，若无其事，他以牺牲自我的意志彻底一切。这是"年轻精神"的第三特征。

这三种"年轻精神"的特征，每一个年轻人都是有的，假如他把这些特征保持着,并扩大着,那他便永远年轻,就是死了还年轻;假如他把这些特征失掉,比如年纪轻,便做狗腿子的事,那他不仅不年轻,而且老早就是一个死鬼了。

就在这样的认识之下,我们向"年轻精神"饱满的青年朋友们学习,使自己年轻,使中国年轻!

(本文为郭沫若于1948年在香港浅水湾萧红墓前对香港南方学院艺术系老师所作的一次即兴讲演)

悼萧红

靳 以

哀萧红

满 红

对于死,

这战争的年代,

我是不常悲哀或感动的;

但如你那青春的夭折,

我欲要向苍天怨诉了!

如果能把悲哀留在人间,也还算是活在人的心上(就是极少的人也算数的)。可是有的人也曾在这世上忙碌了30年,至终,死了,连生前以为是最亲近的人也未必记得,把活着的记忆完全擦拭得干净了,那才是人间的大悲哀!

我记得萧红从香港是这样写来的:"谢谢你的关切,我,我没有什么大病。就是身体衰弱,贫血,走在路上有时会晕倒。这都不算什么,只要我的生活能好一些,这些小病就不算事了……"

可是就我所知道的,她的生活就一直也没有好过,想起她来,我的面前就浮起那张失去血色的、高颧骨的、无欢的脸,而且我还记得几次她和我相对的时节,说到一点过去和未来,她的大眼睛就蕴满了泪,一转一转的,几乎就要滴落出来了。

有一个时节她和那个叫作 D（指端木蕻良——编者按）的人同住在一间小房子里,窗口都用纸糊住了,那个叫作 D 的人,全是艺术家的风度,拖着长头发,入晚便睡,早晨十二点钟起床,吃过饭,还要睡一大觉。在炎阳下跑东跑西的是她,在那不平的山城中走上走下拜访朋友的也是她,烧饭做衣裳是她,早晨因为他没有起来,拖着饿肚子等候的也是她。还有一次,他把一个四川泼辣的女佣人打了一拳,惹出是非来,去调解接洽的也是她。我记得那时她曾气愤地跑到楼上来说:"你看,他惹了祸要我来收拾,自己关起门躲起来了,怎么办呢？不依不饶在大街上闹,这可怎么办呢……"

又要到镇公所回话,又要到医院验伤,结果是赔些钱了事。可是这些又琐碎又麻烦的事都是她一个人奔走,D 一直把门关得紧紧的,正如同她所说的那样"好像打人的是我不是他！"

可是他自有他的事情,我极少到他们的房里去,去的时候总看到他蜷缩在床上睡着。萧红也许在看书,或是写些什么。有一次我记得我走进去她才放下笔,为了不惊醒那睡着的人,我低低地问她:

"你在写什么文章？"

她一面脸红地把原稿纸掩上，一面也低低地回答我：

"我在写回忆鲁迅先生的文章。"

这轻微的声音却引起那个睡着的人的好奇，他一面揉着眼睛一面咕噜起来，一面略带一点轻蔑的语气说：

"你又写这样的文章，我看看，我看看……"

他果真看了一点，便又鄙夷地笑起来：

"这也值得写，这有什么好写……"

他不顾别人难堪，便发出那奸狡的笑来。萧红的脸更红了，带了一点气愤地说：

"你管我做什么，你写得好你去写你的。我也碍不着你的事，你何必这样笑呢？"

他并没有再说什么，可是他的笑没有停止。我也觉得不平，便默默地走了。后来那篇文章我读到了，是琐碎些，可是他不该说，尤其在另一个人的面前，而且也不是那写什么花絮之类的人所配说的。

当她和 D 同居的时候，在人生的路上，怕已经走得很疲乏了，她需要休息，需要一点安宁的生活，没有想到她会遇见这样一个自私的人。他自视甚高，抹去一切人的存在，虽在文章中也还显得有茫昧的理想，可是完全过着为自己打算的生活。而萧红从他那里所得到的呢，是精神上的折磨。他看不起她，他好像更把女子看成男子的附庸，她怎么能安宁呢？怎么能使疾病脱离她的身体呢？而从前那个叫作 S（指萧军——编者按）的人，是不断地给她身体上的折磨，像那些没有知识的人一样，要捶打妻子的。

有一次我记得，大家都看到萧红眼睛的青肿，她就掩饰地说：

"我自己不加小心，昨日跌伤了！"

"什么跌伤的，别不要脸了！"这时坐在她一旁的 S 就得意地说，"我昨天喝了点酒，借点酒气我就打她一拳，就把她的眼睛打青了！"

他说着还挥着他那紧握的拳头作势，我们都不说话，觉得这耻辱该由我们男子分担的，幸好他并没有说出"女人原要打的，不打怎么可以呀"的话来，只是她的眼睛里立刻就蕴满盈盈的泪水了。

在我所知道的她的生涯中，就这样填满了苦痛。如今她把苦痛留在人间，自己悄悄地走了，这苦痛应该更多地留在那两个男人的身上。可是他们，谁能为她而真心而哭呢？我想更深地记得她的还该是那些在生活上和她有相当距离的人。

所以她的死，引起满红的眼泪。满红自己也想不到，不久他也和她走上一条路，把悲哀留给我们这些生存的人，我们并不只做无谓的哀伤，因为我们也了解生命不必吝惜，但是生命的虚掷是可惜的。他们的宝贵的、青春的生命，却是默默地虚掷了。

（节选自《悼萧红与满红》，原载于《靳以散文小说集》，平明出版社，1953 年）

回忆我和萧红的一次谈话

聂绀弩

萧红逝世已快四十年了,死时只三十一二岁,如果活到现在,也差不多七十了。人生如此匆促,萧红的一生更如此短促!

我和萧红见面比较频数的只是很短的一段时间。1938年初,同萧军、端木蕻良、田间及她,都在临汾的实际上是薄一波同志做主的山西民族革命大学,而且住在一个院子里。这时候,丁玲领导的西北战地服务团听说我们到了临汾,她们也从什么地方赶到临汾来了。她们一来就演戏,演过一两次(即一两日)戏,敌人(日军)就从晋北南下来了,民大就搬家,缩小,我们这几个尚未上课的手无寸铁的所谓教授之类,就随西北战地服务团渡河,去到了西安。到西安后,我还同丁玲到延安去打了一转,回西安后不久,我就单独回武汉去了,后来在武汉还见过萧红一次,未想到那次就永别了。这是说我和萧红会见较多的时间,前前后后,不过一个月光景。因此,对于她,其实是知道得很少的。

在临汾或西安时只一次和萧红谈话。

我说："萧红，你是才女，如果去应武则天皇上的考试，究竟能考好高，很难说，总之，当在唐闺臣（本为首名，武则天不喜她的名字，把她移后十名）前后，决不会和毕全贞（末名）靠近的。"

她笑说："你完全错了。我是《红楼梦》里的人，不是《镜花缘》里的人。"

这确是我没想到的。我说："我不懂，你是《红楼梦》里的谁？"我一面说，一面想，想不起她像谁。

"《红楼梦》里有个痴丫头，你都不记得了？"

"不对，你是傻大姐？"

"你对《红楼梦》真不熟悉，里面的痴丫头就是傻大姐？痴与傻是同样的意思？曹雪芹花了很多笔墨写了一个与他的书毫无关系的人。为什么，到现在还不理解。但对我说，却很有意思，因为我觉得写的就是我。你说我是才女，也有人说我是天才的，似乎要我自己也相信我是天才之类。而所谓天才，跟外国人所说的不一样。外国人所说的天才是就成就说的，成就达到极点，谓之天才。例如恩格斯说马克思是天才，而自己只是能手，是指政治经济学这门学说的。中国的所谓天才，是说天生有些聪明、才气，俗话谓之天分、天资、天赋，不问将来成就如何。我不是说我毫无天赋，但以为我对什么不学而能，写文章提笔就挥，那却大错。我是像《红楼梦》里的香菱学诗，在梦里也作诗一样，也是在梦里写文章来的，不过没有向人说过，人家也不知道罢了。"

我们也谈到鲁迅。对于鲁迅，她有很独到而精辟的看法，出乎我的意料。话是这样谈起的。

我说："萧红，你会成为一个了不起的散文家，鲁迅说过，你比谁都更有前途。"

她笑了一声说："又来了！你是个散文家，但你的小说却不行！"

"我说过这话么？"

"说不说都一样，我已听腻了。有一种小说学，小说有一定的写法，一定要具备某几种东西，一定要写得像巴尔扎克或契诃夫的作品那样。我不相信这一套，有各式各样的作者，就有各式各样的小说。若说一定要怎样才算小说，鲁迅的小说有些就不是小说，如《头发的故事》《一件小事》《鸭的喜剧》等等。"

"我不反对你的意见。但这与说你将成为一个了不起的散文家有什么矛盾呢？你又为什么这样看重小说，看轻散文呢？"

"我并不这样。不过人家，包括你在内，说我这样那样，意思是说我不会写小说，我气不忿，以后偏要写！"

"写《头发的故事》《一件小事》之类么？"

"写《阿Q正传》《孔乙己》之类！而且至少在长度上超过它们！"

我笑说："今天你可把鲁迅贬够了。可是你知道，他多喜欢你呀！"

她笑说:"是你引起来的呀!说点正经的吧,鲁迅的小说的调子是很低沉的。那些人物,多是自在性的,甚至可说是动物性的,没有人的自觉,他们不自觉地在那里受罪,而鲁迅却自觉地和他们一齐受罪。如果鲁迅有过不想写小说的意思,里面恐怕就包括这一点理由。但如果不写小说,而写别的,主要的是杂文,他就立刻变了,从最初起,到最后止,他都是个战士、勇者,独立于天地之间,腰佩翻天印,手持打神鞭,呼风唤雨,撒豆成兵,出入千军万马之中,取上将首级如探囊取物!即使在说中国是人肉的筵席时,调子也不低沉。因为他指出这些,正是为反对这些,改革这些,和这些东西战斗。"

我笑说:"依你说,鲁迅竟是两个鲁迅。"

她也笑说:"两个鲁迅算什么呢?中国现在有一百个、两百个鲁迅也不算多。"

我笑说:"你这么能扯,我头一次知道。"

我们也谈《生死场》。

我说:"萧红,你说鲁迅的小说的调子是低沉的,那么,你的《生死场》呢?"

她说:"也是低沉的。"沉吟了一会儿,又说:"也不低沉!鲁迅以一个自觉的知识分子,从高处去悲悯他的人物。他的人物,有的也曾经是自觉的知识分子,但处境却压迫着他,使他变成听天由命,不知怎么好,也无论怎样都好的人了,这就比别的人更可悲。我开始也悲悯我的人物,他们都是自然奴隶,一切主子的奴隶。但写来写去,我的感觉变了。我觉得我不配悲悯他们，恐怕他们倒应该悲悯我咧！悲悯只能从上到下，不能从下到上，也不能施之于同辈之间。我的人物比我高，这似乎说明鲁迅真有高处，而我没有或有的也很少，一下就完了。这是我和鲁迅的不同处。"

"你说得好极了。可惜把关键问题避掉了，因之，结论也就不正确了。"

"关键在哪里呢？"

"你真没想到，你写的东西是鲁迅没有写过的，是他的作品所缺少的东西么？"

"那是什么呢？"

"那是群众，那是集体！对么？"

"你说吧！反正人人都喜欢听他所爱听的。"

"人人都爱拍，我可不是拍你。"

她笑说："你是算命的张铁嘴，你就照直说吧！"

"你所写的那些人物，当他们是个体时，正如你所说，都是自然的奴隶。但当他们一成为集体时，由于他们的处境同别的条件，他们由量变到质变，便成了一个集体英雄、人民英雄、民族英雄。用你的话说，就不是你所能悲悯的了。但他们由于个体的缺陷，也还只是初步的、自发的、带盲目性的集体英雄。这正是你写的，你所要写的，正为这才写的。你的人物，你的小说学，向你要求写成这样，而这是你最初所未想到的。它们把你带到一个你所未经历的境界，把作者、作品、人物都抬高了。"

"这听得真舒服！"

"你的作品,有集体的英雄,没有个体的英雄。《水浒传》相反,鲁智深、林冲、杨志、武松,都是个体英雄,但一走进集体,就被集体湮没,寂寂无闻了。《三国演义》里的英雄,有许多是终身英雄,在集体里也很出色,可是就在集体当中,他也是个体英雄,没有使集体变为英雄。其实《三国演义》里的英雄都不算英雄,不过是精通武艺的常人或精通兵法的智士。关键在他们与人民无关,与反统治无关,或反而是反人民的,统治人民的。他们所争的是对人民的统治权,不过把民国初期的军阀混战推上去千多年,而又被写得仪表非俗罢了。法捷耶夫的《毁灭》不同,基本上是个人也是英雄,集体也是英雄,毁灭了更是英雄。但它缺少不自觉的个体到英雄的集体这一从量到质的改变,比《生死场》还差一点儿。"

"你真说得动听。你还说你不拍!"

"且慢高兴,马上要说到缺点了。不是有人说,你的人物面目不清,个性不明么?我也有同感。但这是对小说、对作品应有的要求。如果对作者说,我又不完全同意。写作的第一条守则:写你最熟悉的东西。你对你的人物和他们的生活,究竟熟悉到什么程度呢?你写的是一件大事,这事大极了。中国的民族革命、民主革命的成功,不问可知,一定要经过无数的不自觉的个体到集体英雄的转变。集体英雄又反转来使那些不自觉的个体变为自觉的个体英雄。不用说,你写的是这大事中的一件小事(大事是由无数小事汇集而成的)。但是你这作者是什么人?不过一个学生式的二十二三岁的小姑娘!什么面目不清,个性不明,以及还有别的,对于你说,都是十分自然的。"

她掩着耳朵说:"我不听了,听得晕头转向的。"一面说,一面就跑了。

写《萧红选集》序,像本文开头所述,我是不胜任的。现在病卧在床,无力把《萧红选集》通读一遍,更深的研究,更谈不上。就把这与萧红同志的三次谈话回忆出来,聊以充数。这些谈话,一面虽是言犹在耳,景犹在目;一面究竟也相去四十多年,不免有些记不完全了,但有些地方,由于现在加了一些补充,或者反而比当时更完全了。

第一段,说明萧红虽然是我们大家公认的才女,她的著作,全是二十几岁时候写的。但要以为她是不学而能,未曾下过苦功,却是错的。这种错误看法,很容易阻碍青年学习写作,"我没有萧红那种天生的才能,学习写作就学不好。"这样一想就万事都休了。

第二段,可以看出萧红是怎样推崇鲁迅,尤其是鲁迅的杂文。她用了旧小说上的某些陈词滥调,简直像开玩笑似的。但那些陈词滥调经她一用,都产生了新意,而且十分贴切真实,而又未经人道。由此可以看出萧红对鲁迅,对文学艺术,乃至对历史社会,乃至对其他的人和自己的一些作品的看法来。

第三段,是我对萧红的作品的看法。之所以只谈到《生死场》,那是因为我当时只看过她的两本书:《生死场》和《商市街》。以后虽然也看过别的,也不毫无所见,但那是以后的事,不好把它混到这里来。好在《生死场》是她的最具特色之作,当时的影响也最大,也就是成名作、代表作。

这究竟算是《萧红选集》序呢？还是算对一个文友的逝世快四十年的纪念文呢？

一九八〇年八月十五日作于北京邮电医院

（原载于《新文学史料》1981年第1期）

"改造民族灵魂"的文学

——纪念鲁迅诞辰一百周年与萧红诞辰七十周年

钱理群

> 我们这里一说起就是导师,不称周先生,也不称鲁迅先生,你或者还没有机会听到,这声音是到处响着的,好像街上的车轮,好像檐前的滴水……
>
> ——萧红《致许广平书》
>
> (1939年3月14日)
>
> 每逢和朋友谈起,总听到鲁迅先生推荐,认为在写作前途上,萧红先生是更有希望的。
>
> ——许广平《追忆萧红》

他与她,是如此的不同,又这般的相近。

当萧红用她纤细的手,略带羞涩地扣着文学大门的时候,鲁迅已经是现代文学的一代宗师了。

1934年11月,他们两人"历史性地"相见了。有人说,这是"左翼文化界一方面的主帅"和"游击战士的会师",毋宁说这是中国现代文学史上"父"与"女"两代人的会合

——他们之间整整相距了三十年,但却有着最亲密的文学的血缘关系。

这是会见时许广平(一定程度上也是鲁迅)眼中的萧红:一个刚刚冲出封建家庭,在"五花八门的形形色色的天地里"有些像"张皇失措"的"娜拉"。这观察是准确而深刻的,萧红正是鲁迅所十分关注的"走后怎样"的中国的现代"娜拉"。萧红的悲剧命运至今仍然牵动着国内外许多人的心,其原因大概也在于此(萧红的悲剧命运牵涉中国现代妇女解放及家庭、婚姻等一系列微妙而深刻的问题,不在本文论述范围之内,故仅在这里略说一句,不再展开)。

鲁迅同时也看出了在萧红的"柔弱""稚气"的外表下有一个"不安定"的灵魂。"命薄于纸"却"心高于天",正像茅盾后来所说,萧红在文学上是有"远大的计划",并且充满"自信"的。

请看,就是这位爱穿红衣服、扎着两根辫子的东北姑娘,竟是这样的出语惊人:要"写《阿Q正传》《孔乙己》之类!而且至少在长度上超过他!"这是真正的"萧红式"的语言:倔强,有气魄,又有几分无邪的天真,以至女儿的娇态,但却真实地道出了她与鲁迅之间在思想、艺术追求上的相通。丁玲曾经感叹,在中国现代文学史上,"能够耐苦的,不依赖于别的力量,有才智有气节而从事写作的女友,是如此寥寥"。在"寥若晨星"的女作家中,和现代文学的宗师鲁迅最为相知的,竟是最年轻的萧红。

一

请看这一番议论:"有一种小说学,小说有一定的写法,一定要具备某几种东西,一定要写得像巴尔扎克或契诃夫的作品那样。我不相信这一套,就有各式各样的作者,有各式各样的小说!"这思想,这魄力,简直就是鲁迅的。它使我们想起了鲁迅那历史性的召唤:"没有冲破一切传统思想和手法的闯将,中国是不会有真的新文艺的。"——然而,说这话的却是萧红。

不言而喻,鲁迅与萧红有他们自己的"小说学"。这是鲁迅的"自白":"在我自己,总仿佛觉得我们人人之间各有一道高墙,将各个分离,使大家的心无从相印","不再会感到别人的精神上的痛苦"。而"难到可怕"的汉字、"古训所筑成的高墙",更使中国的百姓"像压在大石底下的草一样",沉默"已经有四千年!""在将来,围在高墙里面的一切大众,该会自己觉醒,走出,都来开口的罢,而现在还少见,所以我也只得依了自己的觉察","画出这样沉默的国民的魂灵"⋯⋯

这是一个面对世界新潮流的冲击,而"未经革新的古国"的觉醒了的战士灵魂深处发出的伟大叹息!这里有着最深沉的,对祖国,对人民的爱;有着对阻碍民族觉醒的几千年旧传统不可抑制的憎恨;有着因民族的可怕沉默、麻木而产生的巨大民族危机感;更有着对民族未来不可推卸的历史责任感。自此,产生了鲁迅式的文学观、小说观:以自己的笔当人民的"代言人","画出沉默的国民的灵魂";以小说做桥梁,沟通人们互相隔绝的魂灵；以小说作号角，唤醒麻木的魂灵，促进民族的自我反省与批判。一旦民族屈辱的时代结束，新的"民族魄"形成，沉默的人民自己开口，这样的文学就完成了自己的历史使命，将"和光阴偕逝，逐渐消亡。"

这文学观、小说观显然不属于鲁迅个人，它是列宁所高度赞扬的二十世纪"亚洲的觉醒"的伟大历史潮流的产物。当然，在西方帝国主义国家是不会出现这种文学观的，它与世界无产阶级文学观息息相通，对中国和东方传统文学观更是一个伟大的革命，它代表了中国以至东方文学的一个新的时代。

在中国，鲁迅的这种"改造民族灵魂"的文学观（小说观）及文学，影响了整整几代作家。鲁迅在评价萧红的《生死场》时，一再赞扬萧红的作品沟通了"住在不同世界"的人们，写出了"北方人民的对于生的坚强，对于死的挣扎"，预言它将扰乱"奴隶的心"。

鲁迅正是从"改造民族灵魂"的文学这个角度充分肯定了萧红创作的思想和文学价值。当然，这是真正的"知人"之论。

二

文学观的变化必然带来题材的选取、人物形象的设置及塑造方法等一系列的深刻变化。作家着眼于整个民族的灵魂的改造，他们所关注、研究的中心，就不再是跳出社会常规的个别的、奇特的、偶然的事件与人物，而是民族大多数人的最普遍的生活，是最一般的思想，是整个社会的风俗。鲁迅与萧红的作品中的社会风俗画的描写,是一般读者都能注意到的,但人们往往把这看作是增加作品色彩的一种手段,而不能从作家对于生活的独特认识和作家文学观的全局去认识它的意义。人们也往往把这种风俗画的描写局限于富有地方色彩的风光习俗,而忽视了巴尔扎克所说的更"基础"的东西:民族的生活方式,"人的心的历史","社会关系的历史",这正是鲁迅、萧红笔下的社会风俗画的主要着力点。鲁迅把这种描写散落于全部情节之中,而萧红在《呼兰河传》等作品里,则不惜将情节的发展中断,进行集中地描绘。这确实有些破格,并且因此受到责难。萧红却置之不顾,她有着自己的追求,也许正是这一点,构成了萧红创作的主要特色。

萧红用她那忧郁的大眼睛,凝视着她的故乡人民"卑琐平凡的实际生活",用她那敏感的心灵捕捉着,捕捉着……然而,她看见,她捕捉到什么了?没有,什么也没有。"没有花,没有诗,没有光,没有热,没有艺术,而且没有趣味,而且甚至于没有好奇心"(这全是鲁迅的话,他们对生活的感受竟是这样相近)。没有过去——"凡过去的,都算是忘记了";没有未来——谁又去想它呢,生活失去了目标,"活着"——就是一切。"天黑了就睡觉"(连做梦也"并不梦到什么悲哀的或是欣喜的景况"),"天亮了就起来工作","冬天来了就穿棉衣裳,夏天来了就穿单衣裳","生,就任其自然的长去;长大就长大,长不大也就算了",老了就老了,"眼花了,就不看;耳聋了,就不听",死了,哭一场,"埋了之后,活着的仍旧得回家照旧地过着日子:该吃饭,吃饭。该睡觉,睡觉"——这就是我们古老中国普通人民的生活方式。死寂到了失去一切生命的活力,冷漠到了忘记一切生活的欲望,一个人,一个民族到了这种地步,距离"死期"不就不远了么?于是,作者,以及我们读者都感到了一种"死的恐怖"。从日常平凡的生活中感受到,捕捉到如此惊心动魄的东西,这不仅是艺术的才能,更是思想的才能,而这一切的原动力又是与民族命运生死与共的,是刻骨铭心的爱国之情!

在死水一般的生活里,唯一起着作用的是历史的惰性力量。呼兰城的子民们正是无怨无忧地在祖先给他们准备好的"成规中生活着"。稍有"反常",就不能为人接受,就连那小城里的牙科医生广告牌子上的"牙齿太大",就使得人们"害怕"而不敢问津了。对统治古老中国的历史的惰性力量,鲁迅做了广阔地探索与开掘,萧红却只集中于一点,"不把人当作人"。一生受尽坎坷欺辱、创伤累累的萧红,对于"人"的尊严,有着一种近乎神经质的敏感,哪怕是最微小的无心的贬抑和伤害,都会引起她心灵的战栗,无尽的哀怨。她不无恐怖地发现,在中国普通百姓中,"人"不是"人",已经成了生活的常态、常规、常理,而"人"要成为"人"却十分的自然地(用不着谁下命令!)被视为大逆不道,这已经成为一种病态的社会心理与习惯,如鲁迅所说的那样,构成了"无主名无意识的杀人团","古来不晓得死了多少人物!"你看《生死场》里那些"受罪的女人"被打、被折磨、被蹂躏,犹如"老马走进屠场","在乡村,人和动物一样忙着生,忙着死",有谁皱过眉,说声"不"字么?然而,《呼兰河传》里的小团

阅读萧红 | 199

圆媳妇，因为"笑呵呵"的，因为"两个眼睛骨碌骨碌地转"，因为"坐到那儿坐得笔直"，因为"走起路来，走得风快"——多少有点"人"的模样儿，就被认为"不像个团圆媳妇"了！人们就有权骂她、打她，有权用烙铁烙她，把她放到热水锅里去烫去煮，一直到"伸腿""完事"！而且这还是"为她着想"，出于一片"善心"。不要以为这里有半点虚伪做作，这一切确确实实充满了善良和真诚。然而，这掺杂着善良的残忍，不是更令人发指么？在萧红的作品里，甚至像赵太爷、鲁四老爷这样的代表社会邪恶势力的反动人物都不曾出现，有的只是"柳妈"——"无主名无意识的杀人团"的善男信女们。正是这些善男信女和小团圆媳妇们的矛盾冲突，构成了萧红笔下的悲喜剧。这是更深刻的悲剧：吃人的统治阶级的思想已经渗透到民族意识与心理之中，成为"历史"的力量，"多数"的力量。这是更普遍的悲剧：古往今来，直接死于统治者屠刀下的人少，更多的却死于"无主名无意识的杀人团"的不见血的"谋杀"之中，这难道不是一个痛苦的、令人难以接受的铁的事实？站在历史的高度上看，这又何尝不是一出民族的愚昧、人性的扭曲的喜剧——然而，对于一个真正的爱国者，是怎么也笑不出来的啊！茅盾说，读萧红的作品，"开始读时有轻松之感，然而愈读下去心头就会一点一点沉重起来"。人们从萧红作品中得到的感受，与读鲁迅作品竟是这样的相似！

然而，人们仍然觉得，萧红作品缺乏鲁迅作品那样强烈的冲击力量、感奋力量，却多点忧郁与感伤，鲁迅的忧愤也比萧红的更为深广。萧红只是惊人真实地描绘出历史惰力的可怕力量,却未能揭示其原因,在历史的现象面前止了步。萧红具有鲁迅那样的艺术家的敏锐的感受力,也许在思想家的鲁迅所特具的深邃的思想力方面有所不足。萧红在找到党所领导的左翼文艺队伍之前,没有经历过鲁迅那样的曲折的过程,这是历史的幸运。但萧红却缺少了在上下求索中对中国社会与历史进行深刻研究与剖析这一课。我们也毋庸回避后期的萧红与时代的主人公工农火热的政治斗争所保持的距离对她的限制。"我羡慕你的伟大,我又怕你的惊险","世界那么广大,而我却把自己的天地布置得这般狭小",这是萧红思想与生活的悲剧,它严重地影响了萧红创作才能的发挥。时代对萧红是太残酷了,给她的时间竟这样的少,我们没有理由苛责她。但从萧红与鲁迅思想、艺术的差距中,后来者是应该而且可以得到许多教益的。

萧红在现代文学史上毕竟提供了鲁迅所不曾提供的东西。鲁迅曾经把中国的历史划为"暂时做稳了奴隶"与"想做奴隶而不得"的两个时代。在"暂时做稳了奴隶"的时代,人们按照历史的惰力麻木地动物式地生活——这正是在鲁迅和萧红的笔下深刻描绘过的。但在"想做奴隶而不得"的时代,人们可怜到连动物般生活都不可能,被逼到了生活的死角、绝境。但生活的辩证法正是如此,"必死之而后生"。随着日常生活的打破,人们心理上传统的信念终于缓慢地、被动地动摇了——这正是萧红所生活的日本帝国主义大举侵入中国的时代的特点。萧红用她那为鲁迅所称道的"女性作者的细致的观察"和感受，最早敏锐地抓住了社会心理与社会关系上的微妙变动，用她那"越轨的笔致"写下了"人的心的历史""社会关系的历史"上"新鲜"的一页。于是，我们终于看见了社会关系的最初解冻，那些互相隔绝的人们逐渐靠拢、汇集，"一起向苍天哭泣"，"共同宣誓"，"大群的人起来号啕"——在共同敌人的铁蹄威胁下，人们也许是第一次发现彼此间有了休戚相关的命运，产生了心心相印的感情！而且，我们听见了那使"蓝天欲坠"的呐喊："我是中国人！"——麻木的"动物般"的人们第一次感受到了人的尊严，民族的尊严！我们古老的民族毕竟是有生命力的，它终于获得了"猛壮"的、"铜一般凝结"的"心"！萧红以不可抑制的喜悦捕捉住，并写下这一切时，充满了一种历史感。她清醒地把这民族心理与社会关系的变化看作是历史发展过程中的一个环节，比之麻木、冷漠的过去，这无疑是巨大的历史的进步。然而，我们的民族与人民也没有在一个早晨就"突变"为英雄，它依然背着历史传统的重负，唯其如此，这个民族明天必然有更伟大的发展与前途。萧红所要完成的，正是鲁迅曾经提出过的历史任务，真实地、历史地写出我们的民族、人民从"个人主义"到"集团主义"期间的桥梁。萧红的历史贡献也在这里。

三

鲁迅与萧红在艺术上都具有一种不受羁绊的自由创造的特质。他们不为成规所拘，总是努力地寻求与创造适合于自己的形式，这构成了他们的"小说学"的一个重要方面。萧红曾经理直气壮地引出鲁迅来为自己的小说辩护："若说一定要怎样才算小说，鲁迅的小说有些就不是小说，如《头发的故事》《一件小事》《鸭的喜剧》，等等"。这辩护是有力的，人们确实不难发现，鲁迅与萧红就是在创造介乎传统小说与散文诗之间的新的小说形式上，也是相通的。

没有谁比鲁迅与萧红更重视感情在创作中的作用了。鲁迅说："创作总根于爱"，萧红以为"一个题材必须要跟作者的情感熟悉起来，或者跟作者起着一种思想的情绪"。他们从不以旁观、冷漠的态度进行创作，总是把自己的全部感情倾注于描写对象之中。在塑造"民族魂"的同时，他们真诚地显示着自己的灵魂，在人物客观形象背后，分明闪现着主人公的主观形象，有时候两者甚至合二为一——正是在这一点上，鲁迅与萧红的小说最接近诗。

萧红"明丽"的文笔最为鲁迅所赞赏。读萧红的小说，有谁能够忘记那在阴暗的画面中时时闪现的亮色：

> 太阳在园子里是特大的，天空是特别高的，太阳的光芒四射，亮得使人睁不开眼睛，亮得蚯蚓不敢钻出地面来，蝙蝠不敢从什么黑暗的地方飞出来。是凡在太阳下的，都是健康的、漂亮的，拍一拍连大树都会发响的，叫一叫就是站在对面的土墙都会回答似的。花开了，就像花睡醒了似的；鸟飞了，就像鸟上天似的；虫子叫了，就像虫子在说话似的。一切都活

了，都有无限的本领，要做什么，就做什么，要怎么样，就怎么样，都是自由的。

《呼兰河传》

这是诗，真正的诗，从心灵深处流淌出来的诗。然而，这是萧红的诗么？她不是早就说"我的心就像被浸在毒汁里那么黑暗，浸得久了，或者我的心会被淹死的"么？而且，在人们的印象里，她的音乐诗的主调正是那"抒情的，哀伤的，使人感到无可奈何的，无法抗拒的，细得如一根发丝那样的小夜曲"呵。但是……且听一听萧红心的低诉吧：我向着"这'温暖'和'爱'的方面，怀着永久的憧憬和追求"，"我们的灵魂难道不需要有这样一个美丽所在吗？"，"我要飞……"。呵，这可怜的女人！生活在"原始的""本能的""野蛮"的人世间，灵魂却在那"合理的、幽美的、宁静的，正路的"所在。丁玲说得多好："她或许比我适于幽美平静"——她是比我们每一个人都更"适于幽美平静"呵，可她的生活又比我们每一个人都更阴沉更不幸！她"不甘"于在不幸中沉没，挣扎着，用带血的声音呼唤阳光、鲜花、自由与美。流溢在她作品中的"明丽"色彩，与其说来自生活的实感，不如说出自她生命的呼唤——于是，萧红的小说成了真正意义上的诗。

就是这"明丽"的色彩也让我们想起鲁迅，想到他的《好的故事》。人们往往忽视了鲁迅作品中这色彩明丽的"诗魂"。鲁迅也有一颗柔和的、富于幻想的心，"辗转而生活于风沙中",在他的灵魂上留下了"荒凉和粗糙"的"瘢痕",披上了坚强的硬甲——这正是萧红所缺少的。如果说鲁迅的"明丽"之中更有一种深沉的力量,那么萧红的"明丽"里就有更多的天真。丁玲说,见到萧红,总能"唤起许多回忆",她的"纯洁和幻想"都让人想到自己无邪的童年。也许正是这一点,使鲁迅对萧红有一种特殊的亲切感,鲁迅自己就终生不失"赤子之心"。

然而,萧红也有粗犷。当《生死场》发表时,胡风就在注意到她的"女性的纤细的感觉"的同时,看到了她的"非女性的雄迈的胸襟"。许广平曾对此有所辩驳,她说,萧红"文章表现相当英武,而实际多少还赋予女性的柔和"。事实上,流露于萧红文字中的"英武"之气,正表现了萧红灵魂的另一面,萧军说她具有"不管天,不管地","藐视一切,傲视一切"的"流浪汉式的性格"。萧红毕竟是大海般宽阔的东北大地孕育的女儿,东北人民特有的豪勇也浸入了她的灵魂。

诗人问:"何人绘得萧红影,望断青天一缕霞?"真实地绘下了这坚强而软弱,向往着美却又在丑恶中呻吟的、寂寞的"诗魂"的萧红自己……

朱自清说过:"诗的特性似乎就在回环复沓,所谓兜圈子。说来说去,只说那一点儿。复沓不是为了要说得少,是为了要说得少而强烈些。"萧红正是通过这种"回环复沓"赋予她的"诗魂"以诗的形式。请看《桥》,在人物的视觉、意念里,一再地重复着"桥"的形象。"颤抖的桥栏""红色的桥栏""这桥，这桥，就隔着一座桥""桥好像把黄良子的生命缩短了""这穷小鬼，你的命上该有一道桥呵""这桥！不都是这桥吗？"呵，"若没有过桥……"像钉子似的强烈地打入读者的记忆里，逼得你不能不深思：这"桥"——难道仅仅是"桥"么？难道在那可诅咒的旧时代里，不是处处都"隔着"这"一道桥"：贫富的悬殊，心灵的隔绝。而这种悬殊、隔绝是另架一座新"桥"就是能沟通的么？黄良子一家不是因为有了新桥就造成了更大的不幸么？黄良子的孩子最后"连呼吸也没有了"，难道你不会因此而联想到我们的同样被各式各样的"桥"窒息着生命的民族？当小说的结尾，再一次出现那"颤抖的桥栏""红色的桥栏"的形象，难道你不觉得一阵冰凉的战栗猛地爬过你的全身？黄良子"这次，她真的哭了"，而你呢……这是高度的艺术的"凝聚"：通过作者复沓回环的艺术手法，凝聚到一个形象焦点上；这同时是高度的艺术的"扩散"：通过读者的联想，扩散到无限丰富的时间与空间——这正是"诗的艺术"。

心理活动的一再重现，更能强烈地揭示人物的内心世界。在《桥》里，一种"幻觉"恶魔似的追逐着黄良子，无论走到哪里，无论什么时候，她总是觉得女主人在喊她。清晨，"在初醒的蒙胧中"，她"清清楚楚"地"听到"女主人呼唤的声音，跌跌撞撞赶去，结果是一场虚惊，她害怕起来，"怎么！鬼喊我来了吗？"白天，她推着小车去看自己的孩子，却又"像"听见"女主人在她的后面喊起来"，她"吓得出了汗，心脏快要跑到喉咙边来"。小说没有写到女主人的任何凶言恶色，甚至女主人根本没有出场，然而，她所处的"主人"地位本身，就给这位善良的普通农妇以无所不在的、无形的、巨大的心理压力，足以使她终日生活在恐怖之中了。这样的心理刻画所具有的内在的深刻性与强烈性，使人想起了鲁迅的《离婚》。

诗人们常常借助于复沓回旋来加重诗的感情的浓度与强度，创造诗的氛围。在《桥》里，自始至终回旋着一种呼喊声，执拗，凄厉的——在"雨夜"，在"刮风的早晨"，在"静穆里"，在孩子的哭声中，"受着桥下的水的共鸣"，"借助于风声"，"送进远处的人家去"，也送进读者的心坎里，给人以难以言状的重压，使人感到生活的残酷，生命的无助与悲凉。但诗人并不满足于简单的字句、感情的重复，她注意重复中的变调，追求着思想与感情在回旋中上升。从小说开始，主人"黄良子，黄良子"的"歌声般"的喊声，到小说中间黄良子的"黄良！黄良……把孩子叫回去……"的焦急痛苦的喊声，到小说结尾小良子"妈妈，妈妈"挣扎的喊声和哭声，小说主人公的悲剧命运一步步发展，作品的控诉力量也逐渐上升到了顶点，应该说，这是一种更高的诗的境界。

读着鲁迅、萧红的作品，像是捧着诗人的博大的心。时间已经过去这么久，却还那样滚烫——烫得灼人。鲁迅早就期望他的以及同类的"改造民族灵魂"的文学，随着民族的新生，"和光阴偕逝"，然而，直到今天，却依然如此"新鲜"。这是怎样的一种历史现象与文学现象？是我们民族与文学的幸与不幸？那由鲁迅、萧红及其同辈作家开了头的民族"人的心的历史""社会关系的历史",该怎样续写下去……

人们,应当思索呵!

一九八一年十月写毕

(原载于《十月》1982 年第 1 期)

论萧红小说兼及中国现代小说的散文特征

赵　园

再说结构与叙述

即使"散文特征"是个包孕较广的概念，它也不足以容纳文学史上的萧红。我们仍然得谈萧红本身，谈这个艺术个性的内在丰富性，比如她所选择的结构形式。在本文第一部分中，我已由"文字组织"而及于结构，但"结构"毕竟包括了更多的方面。

到萧红创作小说的这一时期，新文学经十数年的积累，创作者的"结构意识"已经极大地丰富了。你由三十年代作品中，不但可以看到各种叙事角度的试用，看到小说与散文，小说与速写、报告文学"杂交"繁衍出的新的结构样式，也可以看到小说家不同的时空意识，这种意识的多种多样的结构表现。萧红对于历史文化的理解集中寄寓在她作品的时空结构里，时序的概念对于理解萧红作品的结构有时全无用处。那些作品的各构成部分之间，往往不是依时序，而是由一种共同的文化氛围焊接（更确切地说，是"熔冶"）在一起的。萧红更注意的，是历史生活中那种看似凝固的方面，历史文化坚厚的沉积层及其重压下的普遍而久远的悲剧，她是用宽得多——比之当时的许多作品——的时间尺度度量这种悲剧的。《生死场》写了四时的流转，却没有借时间"推动"情节，占据画面的，是信手展示的一个个场景。如上文说到过的，她常常把看似孤立的情景（是空间单位而非时间单元）组接在一起，并不是为了表现过程的连续，而是为了传达"情调"。到《呼兰河传》的前半部分，她更索性使时间带有更大的假定性：是今天，也是昨天或者前天，是这一个冬天同时也是另一个冬天，是一天也是百年、千年。这里的时间感、时间意识从属于作者的主旨，强调历史生活中的共时性方面，强调文化现象、生活情景的重复性，由这种历久不变的生活现象、人性表现中发掘民族命运的悲剧性。由《生死场》到《呼兰河传》，时间由模糊、重叠、富于弹性到假设性、非规定性，因而也愈益增添了"非小说性"。凭借这样的"时间"来构造通常意义上的"情节"，小说特性在这里也被冲淡了。

　　时间的假定性势必造成叙述的假定性，人物动作的假定性，以至整个情节架构的假定性。出现在《呼兰河传》开头的，无论是"年老的人"，还是"赶车的车夫"，以至"卖豆腐""卖馒头"的，都非特定的个人。上述称谓不是特指而是泛指——一些世世代代生活在呼兰河边的人们，以"赶车""卖豆腐""卖馒头"等等为业的人们。因而，即使"个人命运"在这里，也较之在作者的其他作品里，更带有"共同命运"的意味。在技术上却并非由于依"典型化"的原则对特征进行了"集中",而是由于作者的那一种叙述方式,和包含其中的时间意识、历史意识,也因而《呼兰河传》才更像这部书的总题。那种叙述内容,坐实了,就没有了"呼兰河"的"传"。时间的假定性,使特定的空间范围(呼兰河)在人们的感觉中延展了,是"呼兰河"的"传",又不仅仅是呼兰河的。空间的特定性本是"风俗画"的必要条件,时间的非特定性则合于表现一种文化形态的目的。看似自身矛盾的时空结构,却在映现一种文化形态的"风俗画"中被作者统一了。

很难说这种时间意识是属于散文的,但至少它是足以弱化情节、弱化"小说性"的,也因而有可能助成某种"散文特征"。

叙述内容的假定性,如前所说,目的在于表现过程的重复性,生活的循环性。这不是具体的哪一天,因而才是无论哪一天,才是无穷无尽的呼兰河边的日子。萧红要她的作品情境在虚实之间,在具体与非具体、特定与非特定之间,在历史与现实之间,在写实与寓言之间。《阿Q正传》的"序"至关重要,那里使用的也是近于假设的表述法,不是某一位可以考定的阿贵或阿桂,而是介乎虚实之间、具体与非具体之间的"阿Q",这才更见出鲁迅悲剧感的广漠无垠。这种体现于"结构"中的历史认识,使作品于极其具体中多了一味"抽象"。《呼兰河传》首章中关于大泥坑的故事,不就既是"呼兰河生活方式"的象征,"意味"又更在呼兰河外——不妨同时看作关于中国历史、民族命运的象征或者寓言,那是包含着深远的忧思和无尽的感慨的,但你并不感到"哲理"对于你的强加。化入了"形式"的思想，本身即有可能成为审美对象，而叙述方式、时空结构又何尝只是"形式"呢？它们同时是内容。

沈从文也惯用这种方式叙述，强调现象的重复性。他的《腐烂》写上海闸北贫民区，也如《呼兰河传》那样，世相是他的"人物"，所写的是无论哪一个灰暗的萧索的日子。依着时间写下去，时间本身却是非特定的。世相因人生而不同，笔墨则随处流转，凭着经验和想象，就着一点时间和空间，他把想象纵横地铺开去。想象在任何一点上都可以生发，一切可能的场景、过程一一叙到，使情形诸色都呈现其上，因而"过程"不但破碎而且不重要。这里是散点透视，没有贯穿线，却一端引出一端，环环相扣，节节呼应，"自由"中仍然见出"组织"。欲以一篇文章穷尽一类世相，这种不见结构的结构，倒是出于巧慧呢。沈从文的小说，除《腐烂》外，《夜的空间》《节日》《黄昏》（《晚晴》）等，都使人感到了人生的扰攘。叙述者分明地告诉你他不但在看，而且在设想，在以这种方式组织他的生活印象，他把关于"结构"的"设计"，也一并呈现给你了。

富于魅力的更有萧红的讲述。无论用怎样的人称，那都是她的讲述——一派萧红的口吻，因而本质上都是第一人称的。视角的单一则由叙事人性情的生动显现作为补偿。《呼兰河传》的第一章没有出现"我"，你的意识中有"我"在，待到第二章"我"的字面直接呈现，你也不觉得突兀，在已经由叙述造成的整体氛围中，一切自然。

但作者、叙事者、作品中的"我"之间的间隙，你仍然由叙述中感觉到了。既然不是现场摹写，而是由印象、记忆中抄出，那"时差"中就有心理距离。那里有反讽，以及沉重的、严峻的、悲悯的、无可奈何的，诸种混作一团的情绪。保有儿童的感觉方式的作者，寄寓着作者形象的叙事者，毕竟不等同于作为作品主人公的那个孩子，因而，是"童心世界"又不是"童心世界"。其实，自传体（或带自传性质）的文学中的"童心世界"无不是在这种"时差"上构筑的。在这一点上，艺术"级差"往往正系于叙事者与作为儿童的人物间"间隙"的控制。

在萧红的作品中，《生死场》的结构过分自由（即使有"四时的流转"），带着一种稚拙的放任，几乎无所谓"结构艺术"。然而《呼兰河传》中萧红创造的结构形式，其雏形正在《生死场》中。我不打算掩饰我对于《呼兰河传》，对于《牛车上》《后花园》《小城三月》这类作品的偏爱。《桥》和《手》自然是好的，但是太有组织，"结构"像 X 光下的骨骼一样呈露着，令人想到张天翼——张天翼的小说结构正是呈露在外的，像骨节峥嵘、筋脉凸起的手。那种结构形态也许适于张天翼的才情，却会斫伤萧红作品自然流溢的生机。因此我宁取《呼兰河传》《牛车上》等作品的浑成，以其更有"天趣"。这样说，等于承认了我个人对于传统散文美学境界的偏嗜。在我看来，像《牛车上》这样的作品，才真令人感到有灵气灌注，借用了创造社诗人的话说，这种文章不是"做出来"的，而是"写出来"的。

"内容—形式"统一的深层依据：悲剧感

浅水湾黄土下的萧红有理由感到幸运，即使只为了茅盾那篇《〈呼兰河传〉序》。有几人能得这样深的理解呢？因而寂寞者也究竟并不寂寞。尽管如此，茅盾的有些批评仍然显得苛刻，而且不可避免地带有那个时期普遍的认识印记。"愚昧保守"而"悠然自得其乐"，难道不正是这样一种文化形态下生活的普遍悲剧吗？老舍笔下的旧北平人，沈从文小说中的湘西山民水民，都使人看到了这种悲剧。只不过沈从文往往把他的人物生活诗化了。而萧红人物的"悠然自得其乐"，却能使你有超乎一般"悲哀"的悲哀，它不刻骨铭心，却茫漠无际。这自然不是同一时期的作品中常常可感的那种由灾难性的生活变异带来的尖锐的痛苦，而是因年深月久而"日常生活化"了的痛苦。很难说哪一种痛苦在悲剧美学的天平上更有分量，这是体现着不同的悲剧意识的悲剧，给人以不同的悲剧美感。

鲁迅在论及涂女士的创作时，曾经引述过匈牙利诗人裴多菲的诗："听说你使你的男人很幸福。我希望不至于此，因为他是苦恼的夜莺，而今沉默在幸福里了。苛待他罢，使他因此常常唱出甜美的歌来。"引用这样的诗句不免要招致误解的吧，因而鲁迅又有如下的解释："我并不是说，苦恼是艺术的渊源，为了艺术，应该使作家们永久陷在苦恼里。不过在裴多菲的时候，这话是有些真实的；在十年前的中国，这话也是有些真实的。"即使在引用了鲁迅所引的诗，又引用了鲁迅为防误解的解释之后，我仍然担心着误解。因为如前所说，人们对萧红生平的兴趣（包括追究她的悲剧的责任者）似乎始终超过了对作品的审美兴趣。我以为一切既成的历史都不妨作为理性剖析的对象，作者的个人悲剧在这里可以被作为风格、艺术个性的成因之一而获得较为积极的解释。萧红的悲剧对于她个人固然显得残酷，我们却仍然不妨说，萧红的透骨的"寂寞"，在某种意义上也"成全"了她，使她的浸着个人身世之感的悲剧感，能与生活中弥漫着、浮荡着的悲剧气氛相通，那种个人的身世之感也经由更广阔的悲剧感受而达于深远。你能说庐隐是狭窄的，却不能这样说萧红，即使她在"1940年前后这样的大时代"里"蛰居"着。她没有更多地表现惨烈的斗争，也许可以算作某种损失吧，但作为小说家，她却由对于自己来说最有利的角度切入了生活。每个作家都注定了要在主客两面的限制中从事创造，你很难责备、苛求作为"小说家"的这个萧红。就她所提供的作品看，那也许正是她所能有的最好的选择。

萧红的悲剧感也自有其尖锐性，更不必说深刻性。她把自己对于生活的悲剧感受，集中在人类生活中如此普遍而"尖锐"的"生"与"死"的大主题上。她尤其一再地写死亡，写轻易的、无价值的、麻木的死，和生者对于死的麻木。

> 在乡村，人和动物一起忙着生，忙着死……
> 《生死场》
> 与死神对过面的王婆，忙着为这个为那个女人接生，"等王婆回来时，窗外墙根下，不知谁家的猪也

正在生小猪。"

《生死场》

也许应当说,这才是当她写《生死场》,并这样奇特地为她的书题名时,最尖锐地刺痛了她的东西。在萧红看来,最痛心最是惊心动魄的"蒙昧",是生命价值的低廉,是生命的浪费。

生、老、病、死,都没有什么表示。生了就任其自然的长去;长大就长大,长不大也就算了。
……

《呼兰河传》

假若有人问他们,人生是为了什么?他们并不会茫然无所对答的,他们会直截了当地不假思索地说了出来:"人活着是为吃饭穿衣。"

再问他,人死了呢?他们会说:"人死了就完了。"

《呼兰河传》

恬静到麻木、残酷到麻木的,是这乡间的生活。这"麻木"在萧红看来,是较之"死"本身更可悲的。由《生死场》到《呼兰河传》,如果说有流贯萧红创作始终的激情的话,那就是关于这一种悲剧现象的激情吧。

染缸房里,一个学徒把另一个按进染缸里淹死了,这死人的事"不声不响地"就成了古事,不但染缸房仍然在原址,

"甚或连那淹死人的大缸也许至今还在那使用着。从那染缸房发卖出来的布匹,仍旧是远近的乡镇都流通着。蓝色的布匹男人们做起棉裤棉袄,冬天穿它来抵御严寒。红色的布匹,则做成大红袍子,给十八九岁的姑娘穿上,让她去做新娘子。"至于造纸的纸房里边饿死了一个私生子,则"因为他是一个初生的孩子,算不了什么,也就不说他了。"

在作者看来,这里有真实的黑暗,深不见底的中世纪的黑暗。这黑暗也是具体的,现实中国的,这大片的土地还沉落在文明史前的暗夜里。尤其痛心的是,"不唯所谓幸福者终生胡闹,便是不幸者们,也在另一方面各糟蹋他们自己的生涯",这不也正是使"五四"时期的启蒙思想家为之战栗的悲剧现实?这里的"五四启蒙思想"不是柏格森的"生命哲学",而是关于改造中国社会的思想。对生命价值的思考和改造民族生活方式的热望,构成了萧红小说有关"生""死"的描写的主要心理背景。

由燃烧着的东北大地走出,萧红不曾淡忘过"时代痛苦"。因而沈从文写化外之民,萧红在《呼兰河传》中所写,却是尘世中的"阴界""地狱",尽管也在僻远的地区,远离"都市文化"的地方。沈从文写"化外"的文化,所谓"中原文化"的"规范"以外的文化;萧红却在同样荒僻的地方,写中国最世俗的文化,中国绝大多数人呼吸其中,构成了他们的生存方式的文化。沈从文发现了那一种文化的浪漫性质与审美价值,萧红却披露着这一种文化之下的无涯际的黑暗。沈从义写人性的自由,写一任自然的人生形态;萧红却写人性的被

阅读萧红 | 217

戕贼，写人在历史文化的重压下被麻木了的痛苦。萧红也以审美态度写习俗，最美者如放河灯。但即使美，也美得凄清，浸透了悲凉感，从而与全书的情调相谐。萧红的作品，其基本特征属于当时的左翼文学，社会批评、文明批评的自觉意识，始终制约着她的创作活动。而沈从文，如我在这本书的另一篇文章中写到的，有着不同于萧红的追求。

但透入萧红作品之中的心理内容却要复杂得多——不仅有如上所说的相当一批现代作家共同的"心理背景"，而且有作者个人独有的心理根据。仅仅"叙事内容"并不足以使她与别人区别开来，而"叙事内容"如果不与"叙事方式"同时把握，你不大可能真正走近这个作者。

萧红用异乎寻常的态度、语调叙述死亡——轻淡甚至略带调侃的语调，我在下文中还要写到，不止"轻淡"，她还有意以生命的喧闹作为映衬。当这种时候，她不只在对象中写入了她对于人生悲剧的理解，而且写入了她个人的人生感受——那种俨若得自宿命的寂寞感。她的关于"死"的叙述方式，曲折而深切地透露了这种心态。有神秘主义倾向的人们，也许会由此感到这个人的命运的吧，这个性格的确自身包含着深刻的悲剧性。

王阿嫂死了，她的养女小环"坐在树根下睡了。林间的月光细碎地飘落在小环的脸上"，这是萧红的初作。

"外边凉亭四角的铃子还在咯棱咯棱地响着。因为今天起了一点小风。说不定一会工夫还要下清雪的。"

这小说写在她去世的当年。

人生的荒凉也许无过于此吧。萧红的词字中却更有她本人关于人生的荒凉之感，那是笼盖于她短促生命的精神暗影。萧红笔下的"死"也有这内容——心理层面的繁复性。因此，即使"社会批评者"的萧红，也与另一批评者不同。

萧红不只透过自己的"荒凉感"看荒凉人间演出着的"生"与"死"，也把这荒凉感写进了人物深刻的人生迷惘里。

骆宾基写他那篇《红玻璃的故事》时，在后记中声明小说的构思是萧红的。小说的主人公——一个乐天的乡下老大妈，也像《后花园》里的磨倌冯二成子那样，偶然地生出了对于自己整个人生的怀疑，这的确是"萧红式的构思"。萧红一再地写这种顿悟式的人生思考，也一再描写精神上的枯萎和死灭——甚至在《马伯乐》这样的长篇里，你在这些文字中同样发现着作者的敏感心灵中的荒凉。

《马伯乐》中的一个车夫，家破人亡，病上加忧，把他变成了"痴人"。

> 每当黄昏、半夜，他一想到他的此后的生活没有乐趣。便大喊一声：
>
> "思想起往事来。好不倍感人也！"
>
> 若是夜里，他就破门而走，走到大亮再回来睡觉。
>
> 他，人是苍白的，一看就知道他是生过大病。他吃完了饭，坐在台阶上用筷子敲着饭碗，半天半天地敲。若有几个人围着看他，或劝他说：
>
> "你必要打破了它。"

阅读萧红 | 219

他就真的用一点劲把它打破了。他租了一架洋车，在街上拉着，一天到晚拉不到几个钱。他多半休息着，不拉，他说他拉不动。有人跳上他的车让他拉的时候，他说：

"拉不动。"

这真是奇怪的事情，拉车而拉不动。人家看了看他，又从他的车子上下来了。

在《后花园》里，她更精彩地——也许唯她的文字才能这样"精彩"——写了生趣全无的人生。无论王婆（《生死场》）、冯二成子（《后花园》），还是《马伯乐》中的这个车夫、《红玻璃的故事》中的乡下女人，都像是厌倦了生命，令你感到"生"的枯萎。人物像是由极远极远的世代活了过来，因而累极了，倦极了。你由这些作品或描写中，恍然感到了萧红作品中潜藏最深的悲观，关于生命的悲观。

但愿"悲观"这种说法不至于吓退了神经脆弱的读者。我在下文中还将谈到萧红作品中表现得那样热烈（却也热烈得凄凉）的关于生命的乐观。在我看来，有这两面才使萧红更成其为萧红。

如果说《红玻璃的故事》前半的轻喜剧是骆宾基写来"本色当行"的话，那么这小说的后半，非由萧红本人动笔才会更有味道。正如骆宾基的才能不适于如此沉重的题材，尤其不适于这样一种扑朔迷离的悲剧。萧红的才能也不适于轻喜剧、通俗喜剧。我不能因为对萧红作品以及她本人的倾心，就一并称赞了她的《马伯乐》，我以为那个构思倒是很可以让给骆宾基的。

在现代作家中，沉醉于"残酷"的，是路翎吧。路翎渲染残酷，有时让人感到是在不无恶意地试验人的心理承受力。比较之下，萧红显得过于柔和了。她习于平静、平淡地讲述悲剧，以至用一种暖暖的调子。她甚而至于不放过浅浅一笑的机会，当面对真正惨痛的人生时也不免会有这浅浅的一笑吧，只不过因"一笑"而令人倍觉悲凉罢了。这是秋的笑意，浸透了秋意的笑。对于这年轻的生命，这又是早到的秋，正像早慧的儿童的忧郁。

"节制"也像结构、文字组织一样，是无意而得之的。节制主要来自她特有的心态，作为她的心理标记的那种"忧郁""寂寞"。这种"忧郁""寂寞"，是淡化了的痛苦，理性化了的悲哀，助成了她的作品特有的悲剧美感：那种早秋氛围、衰飒气象，那种并不尖锐、痛切，却因而更见茫漠无际的悲凉感。"忧郁""寂寞"自然不属于"激情状态"，却很可能是有利于某种悲剧创作的情感状态。它尤其是便于传达萧红式的历史生活感受的情感状态，"激情"的对象往往是具体的，而萧红所感受到的悲剧却极广泛。因而在萧红的作品里，那"寂寞"只如漠漠的雾或寂寂的霜，若有若无，无处不在，而又不具形色。它正是萧红所特有的文字组织、叙述方式，也无法由字句间，由叙述的口吻中剥出。

萧红使自己与别人相区别的，正是她特有的悲剧感，融合了内容与形式的人生的荒凉之感。这种悲剧感，统一于主、客，具体又不具体，切近而又茫远，属于特定时地又不属于特定时地，是她的人物的更是她本人的。即使具体的生活情境别人也可以写出，但那沉入作品底里的更广漠的悲哀，却只能是萧红的。这是一个过于早熟的负载着沉重思想的"儿童"。她并没有切肤的痛苦，没有不堪承受的苦难，却像是背负着久远的历史文化，以至给压得困顿不堪了。

在中国现代作家中，也许萧红比之别人更逼近"哲学"，由她反复描写着的"生"和"死"中，本来不难引出富于哲学意味的思想，但萧红却在感觉、直觉的层面停住了。她不习惯于由抽象的方面把握生活，也因此，萧红是中国现代作家，她的思维特征是属于这个文学时期的。对于"生""死"，她关心的始终是其现实的方面，而不是超越现实的哲学意义。中国现代作家普遍缺乏从哲学方面把握世界的能力，缺乏关于生活整体的哲学思考。有自己的哲学的作家永远是令人羡慕的，但也有过这种情况：过分清晰的哲学、过分强大的理性反而阻碍了审美创造。萧红的优势仍然在于她浑然一体的对于生活的把握，在于那寄寓在"浑然"中因而能有力地诉诸审美感情的生活思考。令我倾心的，正是这个萧红。

萧红写"生"与"死"，写生命的被漠视，同时写生命的顽强。萧红是寂寞的，却也正是这寂寞的心，最能由人类生活，也由大自然中领略生命感呢！一片天真地表达对于生命，对于生存的欣悦——其中也寓有作者本人对于"生"的无限眷恋——正是那个善写"人生荒凉感"的萧红。而由两面的结合中，才更见出萧红的深刻。

  三月的原野已经绿了,像地衣那样绿,透出在这里、那里。郊原上的草,是必须转折了好几个弯儿才能钻出地面的,草儿头上还顶着那胀破了种粒的壳,发出一寸多高的芽子,欣幸地钻出了土皮。放牛的孩子在掀起了墙脚下面的瓦片时,找到了一片草芽了,孩子们到家里告诉妈妈,说:"今天草芽出土了!"妈妈惊喜地说:"那一定是向阳的地方!"……天气一天暖似一天,日子一寸一寸的都有意思……

            《小城三月》

  有谁写出过这样融和的春意,而又写得如此亲切、体贴?她不像她"东北作家群"中某些同伴那样,努力去呼唤原始的生命力,大自然的野性的生命。她把"生命感"灌注入她笔下那些极寻常的事物,使笔下随处有生命在勃发、涌动。攀上后花园窗棂上的黄瓜,"在朝露里,那样嫩弱的须蔓的梢头,好像淡绿色的玻璃抽成的,不敢去触,一触非断不可的样子。"而玉蜀黍的缨子则"干净得过分了","或者说它是刚刚用水洗过,或者说它是用膏油涂过。但是又都不像,那简直是干净得连手都没有上过"。并非有意地"拟人化",却一切都像有着自己的生命意识,活得蓬蓬勃勃,活得生气充溢。萧红并不大声呼唤生命,生命却流淌在她的文字里。

  天真无邪的生活情趣与饱经沧桑后的人生智慧,充满欢欣的生命感、生命意识与广漠的悲凉感——不只不同的人生体验，而且智慧发展的不同层次，都在这里碰面了。也因而才有萧红的有厚味的淡雅，有深度的稚气，富于智慧的单纯，与生命快乐同在的悲剧感。你也仍然见不出"矛盾"间的"组织"，它们和谐地浑然不可分地存在于萧红的作品里，你却感觉到了"功能"：生命欢乐节制了她关于生命的悲哀，而悲剧感的节制又使关于生命的不流于盲目——两个方面都不至达于极端，既不悲痛欲绝，也不喜不自胜。

对人生有深切悲哀的人，对生命如此深情地爱着。也许有了这"悲哀"才会有那深情的吧。如上文所说，这里也有萧红的深刻处，她仍然不是哲人，没有过自己的"生命哲学"，但她的感情深刻。

萧红特有的生命意识，自然地进入了风格层面，直到结构形态。悲剧、喜剧意识，以至更为细腻的悲悯、嘲讽意识交相融汇，没有"纯粹形态"。一个中掺入了另一个，因交叉重叠的情感"结构化"，才能有上文所说的"意境的浑融"，使"单纯""稚气"同时见出深厚。至于《看风筝》《小城三月》《北中国》诸篇异乎寻常的结尾形式，也无关乎"亮色"。给阴郁如严冬的故事一个明丽如春的收束，以两种人生形态、情感状态大胆组接，那色调氛围的反差谁说不正是在诉说着人生的荒凉、人与人之间哀乐的不能相通？"亲戚或余悲，他人亦已歌。"这种以朴素的生活理解为依据的悲喜剧意识的交融，令人更陷入了对人生普遍悲剧的沉思之中。

（原载于《论小说十家》，赵园著，浙江文艺出版社，1987年）

萧红：大智勇者的探寻

孟　悦　戴锦华

命运

父亲的家与祖父的家

"1911年，在一个小城里边，我生在一个小地主家里。父亲常常因贪婪而失掉人性，他对待仆人、对待自己的儿女，以及对待我的祖父都是同样的吝啬和疏远，甚至于无情……"

"呼兰河这小城里住着我的祖父"，"每逢我挨了父亲的打，便来到祖父屋里……祖父时时把两手放在我肩上，而后又放在我头上，我的耳边便响着这样的声音：'快快长吧，长大了就好了！'"，"从祖父那里，知道人生除掉了冰冷和憎恶而外，还有温暖和爱。"

《呼兰河传》

根据萧红和研究者们的回顾,似乎萧红自出世起便置身于两重世界:以父亲为象征的冰冷的家庭和以祖父为象征的温暖的世界。父亲和生母仅仅因为萧红是女儿便轻视和无视之,"女儿"作为一种原罪标志注定了萧红在父母之家的命运,她非但没有得到双亲的温情,反而尽尝了冷漠乃至打骂。封建双亲的冷酷是致命的,给本能地需要双亲呵护的幼女心灵上留下了亲情缺憾的烙印。也许萧红本人并未意识到,她稍后那些近乎恶作剧的行为(偷馒头,和穷孩子们躲起来烧鸡蛋,等)究竟是为了反抗家长的压迫,还是为了引起家长的注意(见《家族以外的人》),但换来的叱骂与毒打却一次重似一次地敲击、加深着那个烙印,缺憾成为伤害和创伤性记忆。然而,在这注定遭惩罚的父母世界之外还有另一世界,那便是祖父的世界。这个孤独老人与孙女之间溺爱加娇憨的关系在某种意义上替代着亲子之情。那祖孙共同劳作玩耍的后花园,那无限而丰富的天、地、草木,那无忧无虑的笑语和千家诗的吟咏,创造着萧红童年的快乐——没有恶意、伤害、粗暴和屈辱,但却有纯挚、温暖、信任和自由的世界。

祖父的家与父亲的家犹如地球的两极,犹如伊甸之门与地狱之门,并立于萧红的幼年岁月,并立于萧红从婴儿成长为主体路途上的第一阶段。生存于其间的萧红不仅本能地寻求温情而规避冷酷,而且随着年事的增长,冰冷的亲子关系和温暖无拘的祖孙关系之两极对比,也成为萧红认识并解释人生、自我与他人的第一把钥匙、第一种格局、第一对概念。从萧红那些记述童年的散文名篇《家族以外的人》《永远的憧憬与追求》

《呼兰河传》的有关章节，以及骆宾基的《萧红小传》中，我们得知，萧红正是通过这一格局或这一对概念来感受并建立自我与他人的基本关系的。她习惯于两种结交方式，一是祖孙那种真挚、无拘的关系式的扩大，如她与穷伙伴们的玩耍以及对有二伯的潜在认同；一是亲子冷漠关系式的延长，譬如她与后母及祖母的隔膜、异己感。她也习惯于两种与人心灵相处的方式。在冰冷、无视、伤害、屈辱面前，她会披挂一身冷傲自尊的铠甲，以孤独自守、封闭内心、缄口不言来护卫自己；但若遇到善良、真挚、无害的世界，她又可以敞开心扉，纯真坦率，自由豪爽。萧红那被爱与被憎、温暖与冰冷的幼年岁月不仅造就了日后一位才华横溢的女作家的艺术敏感，而且也造就了萧红作为一名个体最显著的心态特征。虽说人人都有着举足轻重的幼年和亲子关系，但萧红的幼年似乎并未随着她的成人而黯淡或退隐。相反，她成年至临终的生命故事似乎是对幼年的某种重演，她与友人、与爱人的关系最终给她带来的无非是温暖与冰冷两项对立的变形或延续：被爱、被珍视，抑或，被憎、被无视、被抛弃。她似乎没机会也没力量在现实中超越这一与生俱来的框限，尽管在艺术世界恰巧相反。

如果萧红活到今天，那么，她也许会发现，她的幼年有更多的东西可写，那里埋藏着我们这个民族"精神奴役创伤"的一个重要根源，也埋藏着人类生存所无法回避的主题——关于人与人的关系，关于专制，关于自由，关于爱与孤独。

青春时代

在祖父支持下，萧红终于冲破父亲、继母以及包办未婚夫家庭的阻挡，离开偏远的呼兰县来到哈尔滨的区立第一女中读书。从中学生活始，经历了祖父去世、逼婚逃婚、受骗怀孕直至陷于哈市某旅馆顶楼面临被卖的绝境。萧红度过了一个特殊的少女时期，一个初次接触家庭之外的天地——社会文化的阶段，一个心理上并未成熟为女人但身心均已遭受女人屈辱的时代。

进入中学，意味着萧红从家庭的亲属——血缘关联域踏入社会的文化——意识形态关联域，这使她幼年特有的心态结构得到进一步扩展。中学的新文化空气、艺术写生的天地和学生间相对自由的聚合往来，使萧红对父亲之家的本能反叛情绪找到了某种社会性的精神归属或精神庇护。而且，文艺，特别是绘画，无异于萧红的又一个"后花园"。她仿佛在这片艺术的天空下重获幼年与自然相处时的那份任情、放松、自由和欢欣。因此，中学连同它的所有文化信息都自然连接着祖父的世界，它成了萧红从一个后花园中的快乐儿童向日后一个社会化而自由理想的艺术世界的主人公的过渡。

然而，也正是在这稍后，随着祖父的去世，"父亲的家"的巨大阴影正对少女时代的萧红构成日益紧迫的威胁。继母的辱骂和囚禁、萧红的逃婚、汪姓未婚夫的欺骗与抛弃等一系列事件过后，萧红所面对的早已不是双亲对幼女的冷漠，而是社会对一个不甘就范的女性的排斥。上过第一女中的萧红受到父亲的家庭、继母的家庭、未婚夫的家庭及其社会势力的迫害绝非咄咄怪事，他们在她这个女学生身上看到的是一个强大的敌对阵营。而萧红，也就以一己之躯承受着周围社会对敌对阵营的整套敌意和防范。除了中学时代之外，萧红的少年时期还充满了这种扩大了的、泛化了的、能置人于死地的冷漠或敌视。她其至没有来得及对爱情做何憧憬，没有来得及对同居者做何选择，就陷入了被抛弃、身怀六甲且身无分文的生存绝境。

　　由温暖与冰冷构成的两极继幼年之后将萧红的青春时代一分为两半，与幼女时代不同的是，这两半的世界不再处于同一地平线，而是分别隶属于精神生活与肉体生存的两个层面，确切而言，分别标志了萧红的两重世界——想象世界与现实世界的特点。祖父的去世带走了温暖与爱的一方现实，萧红只能在艺术和文化的天地中去延续她那一半在祖父庇护下形成的快乐纯真的人格。而父亲、继母、未婚夫一家及社会的冷漠几乎是萧红青春时代的全部现实，这现实使一个敏感、自尊、深知自己是被憎恶的异己的少妇学会了隐忍。萧军描述的他在哈市某旅馆顶楼上第一次见到萧红时的景象几乎是一幅高度凝聚了的象征：在现实中，她被囚禁在封闭的陋室，举目无亲，遭受着怀孕和饥饿的痛苦；而在精神上，她仍拥有一个自由超然的国度，她作画、素描、写书法并渴望读书。在温暖无害的艺术——想象世界中，萧红怡然自处，任意驰骋；而在冰冷的、充满敌意的现实中，她又显得那样隐忍被动，任人囚禁，任人虐待。这样一个少女时代过后，萧红似乎不得不以两种方式、两重自我生存于两重对峙的世界——想象与现实当中。萧红由此获得了走向艺术生涯的第一个冲动——一种必不可少的内心需求。

爱情与写作

1932年，21岁的萧红在绝境中遇到萧军，他们相爱并同居，萧红的生活进入了新的一程。新的精神环境和新的家庭生活为伴随萧红二十几年春秋的两重世界带来新的生机。一方面，她在祖父、后花园、新文化熏陶下生成的那种热爱自由的、博大的精神萌芽勃然焕发，她那充满艺术气质的灵魂也找到了载体——文学。另一方面，冰冷的现实世界似乎正在改变，她爱，同时被爱，她有了自己新的家——一个由共同的志向与追求，由患难中的互相扶助，由同舟共济的经历构造的两个人的家庭，也有了可信赖的师长和友人，那"永远的憧憬与追求"正在得到现实的允诺。即便是动荡贫困的生活也没有破坏萧红在精神与现实之间新找到的和谐，她走进了自己注定隶属的那个文化阵营——那在中国大地上唯一一个反封建压迫的文化阵营。在与萧军共同生活的最初几年，萧红那冷傲敏感的自我与博大任意超然的自我正趋弥合，那向来被划分为两半的心灵世界正在合一。如果她足够幸运，那么她原本可能在现实与想象、爱情与文学中都同样感到放松、无羁、自由。

然而，萧红没这份幸运。随着生活逐渐安定，以及在阵营中位置的逐渐稳定，他们无须共同面对生存的危机，相反，倒是越来越面临着爱情——男性与女性的裂隙。与萧军由相爱到冲突乃至离异，乃是萧红生活中又一个巨大转折点。正是从这一转折中，我们看到原本已趋弥合的两个世界、两个自我骤然间迸裂开来，相距更加遥远。

关于"两萧"分手的真相，历来仁者见仁，智者见智，说法不一。但有些事实却是一致的，那就是"两萧"对爱情各有己见。萧红事后曾说："我不懂，你们男人为什么那么粗暴，拿妻子做出气包，对妻子不忠实。"而萧军则道："我爱的女人不是林黛玉、薛宝钗，而是王熙凤。"可以想见，有着那样一份幼女和少女经历的萧红在爱情中会怎样以一颗饱受伤害的心灵渴望对方的温柔，要求被尊重与被珍视，而容不下粗暴与冷漠。更可以想见，素来以"强者"和英雄主义人物做自我要求和自我形象的萧军会怎样鄙视、摒弃或不如说逃避任何一种细腻与缠绵。萧红可以以冷傲自守抵御冰冷社会的敌意，但当爱情消除了心理防范后，敏感之处及沉睡的创口势必暴露无遗，一旦受伤便是重创；萧军可以拼却一切而救萧红于水火之中——那与他自我形象一致，却不屑于为了爱情做一个保护、尊重妻子个性与心灵的体贴丈夫。这固然说明"两萧"分手是他们个性的必然，但同时也昭示了一种社会和历史的注定。在萧红的心态中可以看到几千年历史的重负——因为被虐待、被无视（或不如说，因为不甘被虐待、被无视）而极易受伤害的心理脆弱点。她无法战胜童年的也是历史的创伤性记忆和不满于被奴役又习惯于受奴役的女性集体无意识。而在萧军的信念中却可以看到社会主导意识形态的缩影：将英雄主义与个人价值视为对立，在贬斥小资产阶级温情的同时为大男子主义找到更堂而皇之的根据，以及其他种种萧军未必想承袭但却实际承袭下来的封建男性集体记忆。显然，在两萧之间，萧军占有更多的意识形态优势和社会优势。在 20 世纪 30 年代，知识分子先是崇尚大众,继而是淹没、妥协于大众,后又服从抗战的紧迫需要,整个意识形态充斥了血与火的革命、刀枪相见的斗争、大众的苦难与暴动,以及消灭软弱、坚强无畏。相比之下,个人的痛苦荣辱、个性的解放以及与这个曾向封建势力发出战斗的"个人"概念相关的一切,包括温柔与爱,即使不是已沦为贬义字眼,至少也显得不值一顾,被弃置在时代边缘。从这样一种意识形态中已不难看到萧军身上那种"强者"或"拟强者"因素除去他个人气质之外的来源和内涵。由于这一意识形态的祖护,萧军可以不必愧对自己内在的个性和男性弱点。与萧军相反,萧红对温情与爱的需求是不受意识形态庇护的,在一个只提"被压迫的劳苦妇女"而不提知识女性的时代,萧红的内心呼唤在整个意识形态中找不到一个微小的支点,甚至,只能占一席被贬抑之地。

在社会生活方面,"两萧"各自的处境也有明显的性别役使色彩。尽管萧军一再申明他不要求萧红有多少妻性,但萧红仍是作为妻子出现在他与朋友的关系中,而且,萧红是常常为萧军抄稿的。这或许不出于自愿,但萧军却处之泰然,并未见有任何形式的还报。问题不在于萧军是否要求了"妻性",而在于萧红过于清楚,自己每天家庭主妇一样的操劳,而他却到了吃饭的时候一坐,有时还悠然喝两杯酒,在背后,还和朋友们联结一起"鄙薄我"。与萧军结合六年之后,萧红竟重新感受到某种娜拉式的孤独和痛苦,除了依附萧军,她自己是孤立无援的,她甚至没有自己的朋友。但她却不能像娜拉一样一走了之,她会被(萧军的)朋友们找回来,而那个最初接收了她的画院主持人也反悔说："你丈夫不允许，我们是不收的。"确实，对许多人而言，如果承认"两萧"的家庭与玩偶之家有相似之处，势必会打乱意识形态内在的宁静，因为娜拉所受的性别压迫，在新的、左翼文化阵营中，按理说是不应存在的，人们甚至甘愿对这一压迫视而不见。

在这一意义上，萧红与萧军的冲突不全是情感冲突，而倒是某种"情"所无法左右的冲突，即女性与主导意识形态及至与整个社会的冲突。萧红所欲离异的不是一个萧军，而是萧军所代表的"大男子主义"加"拟英雄"的小型男性社会，以及它带给一个新女性精神上的屈辱与伤害及被无视的实际处境。"冰冷的世界"以一种和缓但不容置疑的形式复活了，与少女和幼女时代不同，这复活的冰冷来自同一阵营内部。对于这冰冷的伤害，萧红既不能够躲入祖父的小屋，又不再能够像中学时代那样，向一个遥远的精神之乡寻得安慰、解脱与庇护。此刻，不论萧红是否情愿，她已踏上了一条无可挽回的悲剧之路。一方面，她那无可弥合的两重世界愈发相去天壤。作为作家，她日益成熟，日益自由，正在像大鹏金翅鸟一样飞翔着；而作为女人，她却日益痛苦，日益隐忍，日益不堪社会和朋友们规定的角色的囚禁。另一方面，萧红的全部人生理想和追求，恰恰是当时历史的匮乏，正如骆宾基在《萧红小传》中所分析的，一个想在社会关系上获得自己独立性的女子，在这世界上很难找到支持者，"现在，社会已公认了这一历史的缺陷。那早已开始了这梦想的人，却只有希望于将来"。

女性的抉择

正由于这种历史的缺陷,萧红的悲剧沿着她生活的每一转折、每一抉择而走向深入。如今她已不仅是一个进步阵营中的作家,还是一个未被阵营承认的女人,一个未被时代和历史承认的性别的代表。她的前景是分岔的,"我好像是两个人……不错,只要飞,但同时觉得,我会掉下来。"广阔的、进行着生死搏斗的抗日战争的大天地固然宽阔,但女性的天空却是狭窄的。战场、前线、西北战地服务团,都并不是容得萧红舔伤口的理想之地,那里有萧军,那儿护卫作为进步作家的萧军,也护卫作为进步作家的萧红,但不护卫女性。于是,抗战爆发后不久,萧红发现自己陷身于民族、爱情、女性的三重危机之中,并且必须在主导文化阵营与女性自我之间做出紧迫抉择。选择前者是众之所愿,那里安全、稳妥,注定不会被历史抛弃,只需要稍稍顺从角色;选择后者则意味着孤军奋战,冒险而未知。萧红选择了后者。

在今天看来,这是一个天真的选择,又是一个大智勇者的选择。就天真而言,萧红放弃萧军而跟从端木,放弃粗暴者而选择怯懦者,或许是不无幻想的。但另一方面,萧红借端木而离开主导文化阵营,不啻也是一种对女性自由可能性的探索。显然,她是在拒绝于新阵营内继续扮演与旧时代女性无二的角色,她也是在否决那在民族危难关头代表历史方向的文化群内部的封建性,及其对一个求解放的女性的冷漠与排斥。她通过这一选择向历史和社会要求着女性,以及中国人那曾经被允诺，但并未存在过的人的价值和人的自由。她以一个决然的姿态表明，新文化以来那些在主导意识形态内部潜含着、延续着的旧的历史残余，并不由于民族战争就该得到忘却和宽恕，实际上，对于女性这样一个被压抑的性别群体，它永远是压抑者的同谋。这里有的是一份敢于怀疑多数人的决定，敢于怀疑权威意识形态，敢于坚持自己选择的智勇。

萧红没有去西安，也没有去延安，而是随端木南下了。然而，也正是因为这一选择，萧红以生命为代价穷尽了历史给女性留下的最后一份可能性。当然，就个人而言，她这一次又遇人不淑。她不但又开始给端木抄文稿，又开始忍受他对她写作的讥讽（这回是当面讥讽），而且，每遇风险，她总是端木的第一个放弃物。她曾孤身一人被抛在炮火威逼下的武汉，身怀九个月身孕绊倒在船坞，无人搀扶。但更重要的是，就女性而言，她发现自己仍然没有摆脱从属和附属的身份，她再一次被当作朋友们和端木共同的"他者"。作为一个女性，她注定是被无视、被抹杀的，尽管她身边的男人相对孱弱，尽管她肩头常负着那些端木自己不愿承担的重荷。想象一下萧红临终时的情景，沦陷中的香港，炮火和日本兵践踏下的城市的一所医院，萧红的气管被切开，口不能言，在她生命的最后几小时中，身旁无一人守护。这难道不是一幅关于在民族的巨大灾难中绝对孤独、绝对喑哑的女性命运的终极象喻么？

今天，我们已无从得知萧红本人对她与端木关系的完整看法了。她生命后几年的命运或许不全像聂绀弩所说，是"被她的自我牺牲精神所累，一头栽倒在奴隶的死所"。她和端木

阅读萧红 | 235

的日子使我们想到逃婚后的萧红,她彼时顺从了素来厌恶的汪家少爷,此刻则顺从了明知不能患难与共的端木,似有几分相像。也许萧红曾爱过端木,但经过武汉的遭际,爱情显然已不再是使萧红留在端木身边的理由。从女性的角度看,更有可能的动机倒是一种心灵上的平静、坦然或成熟。因为萧红此刻已经穷尽了另一种可能,已经承认并接受了这铁板一块的社会中女性必然面对的现实,即绝对孤独;更重要的是,已经决定在这种孤独中活下去,并且写作。在这种平静或成熟中,与谁在一起,离不离开端木,确实已是无所谓的事情。顺从不是爱情,也不是麻木,更不是屈服依赖,正如她相信萧军若在会接她出院并不意味着反悔,而是一种居高临下的了悟。

萧红向历史和社会的反抗注定是一场孤军奋战。当然,假若她到了延安解放区,或许就不至于死得如此寂寞,但她那女性解放的思想和追求在乡土世界和当时当地的作家阵营中同样不会有更好的出路,除非她首先屈服——牺牲这份追求。萧红在这场孤军奋战中触动了历史那凝固未动的深层和女性的命运,只有在这个意义上萧红才是自我牺牲。她以个人的孤独承受并昭示了整个女性群体那亘古的孤独,她以自我一己的牺牲宣告了我们民族在历史前进中的重大牺牲——反封建力量的,人的牺牲;她以自己短促的痛苦的生命烛照着我们社会和文化的结构性缺损。她掉下来,一头栽倒在奴隶的死所后,才有人抬头望见,整个社会并没有一片可供女性飞翔的天空。萧红的确是"一只大鹏金翅鸟",但她的羽翼无法将一副女性之躯载过历史的槛栏。萧红的两重世界就这样被历史割裂开来,她只能在文化、文学和想象的精神世界飞翔，而在现实生活中却被钉牢在"奴隶的死所"。萧红的两重世界也就这样切开了历史，她女性的躯体埋没在历史数千年的积垢中，而她的灵魂却书写在今天与未来的天空。

女性的历史洞察力

大鹏金翅鸟陨落了，留在天空的数百万计的字迹，记录着这个大智勇者灵魂的翱翔和作为一个个人、一个女性对历史的诘问。一般认为，萧红的创作以1938年为界分为前后两期，前期作品包括与萧军合著的《跋涉》以及《生死场》《手》《牛车上》《商市街》《桥》《家族以外的人》等小说和散文，后期作品有《黄河》《民族魂》《鲁迅先生生活散记》《山下》《旷野的呼喊》《小城三月》《马伯乐》和著名长篇《呼兰河传》。

在以悄吟为笔名发表《王阿嫂的死》《夜风》《看风筝》等显然还十分粗糙的小说后仅仅一年许，萧红完成了她前期的力作《生死场》。1935年底出版后震动了当时的上海文坛，当时的萧红还是一个在萧军及友人们鼓励下执笔写作不久的、作为萧军妻子兼手稿抄正人的、在某种意义上曾由萧军养活的女人，她的创作及社会生活皆以萧军为中介，因此，在社会联络上和思想上都无形中处于中国20世纪30年代意识形态边缘。也许恰恰是由于这种边缘处境，她的想象力未曾框限于生活在都市环境中知识界的几种共趋的叙事模式。也许应提一句，除去"革命+恋爱"以外，20世纪30年代小说中流行的模式还是很不少的。知识分子加深与大众的关系是一种模式,或从隔膜到钦佩,或从固守小我到摆脱自我,或放弃自己原有的环境投身革命洪流,等等。农民在苦难中获得阶级觉悟和阶级反抗也是一种模式,或从安分守己转而抗争,或从愚昧顽固转而觉醒,或从盲目反抗走向自觉革命、投奔队伍,等等。还有的模式是以阶级的、社会分析的观点写农村的破产、天灾人祸、经济崩溃、民不聊生……这些模式显然是以马克思主义理论为指导主题的,概念清晰可见。就作品本身而言,它们现实感很强,但就历史而言,却是一种神话式的现实感,在令农民大众作为一个阶级而醒悟的描写背后,潜藏着的是我们历史主人公的匮乏。这些小说多少都带有社会学理论的材料特点,它们仿佛只是说明了理论,却不曾提供现成理论之外的东西。

萧红来自这神话之外,也生存于这神话之外。《生死场》作为一个边缘女性写作的边缘作品出现在我们面前,与那一望而知,以理论为主题的作品相比,它是那么本真、原始、粗粝,它是主导意识形态神话性叙事模式之外的粗野的叙事,这粗野的叙事提供了与主流模式不甚相同的东西。

自然—生产生活方式—无所不在的主人公

首先,《生死场》着重写出了 20 世纪 30 年代人们已不太注意的历史惰性。全书没有以人物为中心的情节,甚至也没有面目清晰的人物,这一直被认为是艺术缺陷的构思,反倒暗喻了一个非人的隐秘的主人公:它隐藏在芸芸乡土众生的生命现象之下。在这片人和动物一样忙着生、忙着死的乡村土地上,死和生育同样地频繁,显示了生命——群体生命目的匮乏与群体生育频繁繁衍的对立。人们的生命力是强大的,尽管有"自然的和两脚的暴君",有贫穷的压折脊背的繁重劳作,有灭绝性的传染病,有刑罚、死亡和自尽,但人还是生存着。人们的生育力也是旺盛的,福发的媳妇、金枝、李二婶、麻面婆以及无数随着夏季到来变成产妇的人们,以及那出生后或活或死的小生命。但这生存和生育没有任何目的,生存并不是乐趣,感受生命并热爱生命,或有所希冀,生命只是存在。生育并不是为了"广子孙"的天伦之乐或生产劳动力的现实之需,生育甚至不是为了种族延续——后代们可以被随意摔死。生命——不是一两个人的生命而是这片乡村中的群体生命——失去了任何意义,即使是其最初的、最原始的目的,也已然失落或退化。它们成了一种机械、习惯、毫无内容的自然——肉体程序,它们不再是生命,而是以生命现象显示的停顿。

这种停顿是历史的停顿。第十节到第十一节那短短的片断中的时空意象透露了这一群体生命的隐秘主宰:与自然轮回联系在一起的乡土的历史——生产方式,这也是《生死场》隐秘而无所不在的主人公。十年过去了,历史的年盘并未因时间的流逝有所改变,生活的内容并未改变,靠天吃饭的农业生产生活方式连同那旧童谣都并未改变。在雪地上飘起从未见过的旗子之前十年、百年、千年,这封闭的乡土的世界演出着同一幕巨型戏剧,一枯一荣的大地,麦田、果圃、一季一换衣的山坡,夏季的生育与冬季的棉衣,春季的播种与夏季的麦收,人成了这幅无始无终的巨型戏剧的一个功能、一个角色。这幕戏剧在人的辛苦劳作与人的勉强的温饱之间玩弄着危险的平衡，以造成自身永不停止的轮回。群体生命和繁衍的目的就这样在辛苦劳作和勉强的温饱之间被埋没，被消弭，成为自然—生产方式轮回中的傀儡。乡土世界废弃了时间，成为永恒的轮回，而人在这轮回中旋生旋灭，自生自灭，这是怎样的一种历史写照！旋生旋灭的人众中没有一个英雄，也不可能有英雄，群体生命不能脱离这种乡土生活方式而生存，而只要群体还圈限在这一生产方式中，改变历史轮回的可能便微乎其微。在这种恶性循环中，你已分不清究竟是动物般旋生旋灭的人众造就了沉滞的生产方式，还是沉滞的生产方式造就了动物般的人众。而这种循环正是我们民族中最古老、最沉重的一部分，是我们历史的惰性深层。

  这一历史的轮回是在侵略者的践踏下戛然而止的。随着日本人吐着黑烟的汽车驶进静穆的小村，一切的一切都面目全非。麦田在炮火下荒芜，瓜园长满蒿草，鸡犬要死净，家庭生离死别，女人甚至孕妇们遭到奸污，婴儿遭到杀戮。没有了一年一度的春种秋收，没有了五月节，没有了繁忙的生育，甚至没有了坟地的野狗。在侵略者的铁蹄下，演出了几千年的自然轮回的生产方式巨型戏剧宣告结束。"年盘转动了"——这首先意味着那无所不在的隐秘主人公——乡土的历史的失败和走向死亡。乡土历史之死是悲壮的，而且，正是这将死的历史赋予蚊子一样的愚夫愚妇们一种崇高，他们那惊天撼地的盟誓，那刺向天空的大群的号响，不也是对巨型戏剧幕落的宣布么？

  无怪乎聂绀弩说，《生死场》写的是"一件大事，这事大极了"，大得超越了阶级意识，超越了农民的觉醒与反抗，超越了20世纪30年代农村小说的表现视阈。她写的是历史，是我们民族历史的性格和命运，是我们民族大多数人几千年来赖以生存的自然——生产方式和生活方式的惨败与悲剧，这一悲剧来自一个外来民族入侵带来的世界性的视阈。

在苦难中倔强的王婆固然觉醒了，好良心的赵三也觉醒了，就连在世上只看得见自己一只山羊的二里半也站起来了，但在这乡土大众的觉醒背后，已暗含着萧红对历史的甚至可以说对农业文明的一种估计，一种质疑。她至少没有回避这样一个矛盾，即乡土大众——中国最广大最贫穷的人众如何生存是一个问题，而乡土生活是中国最普遍最落后的历史惰力，这又是一个问题。相比之下，20世纪30年代大批反映农村经济凋敝、社会矛盾、阶级对立、农民反抗的小说，似乎都没有达到或都回避着这一乡土历史的、农业生产方式的、文明的悲剧和矛盾。那些小说通常以农民阶级意识的觉醒、反抗作为中国历史前进的出路，这其中包含的历史估计，无形中掩饰着在现实中不可调解的矛盾。在这个意义上，《生死场》提出的是20世纪30年代主导意识形态所忽略的问题。

另一种乡土大众

与对历史的估计相应，《生死场》另一个引人注目之点在于继鲁迅之后延续了对国民心态的开掘。不过在《生死场》中，国民灵魂的探讨对象已不是个人，而是以乡土大众的形象出现的群体心态。自然，唯其是群体，才与惰性的乡土生活方式完全相应，这里也显示了萧红对农民大众的一种估计。

在《生死场》中，大体可以归纳出与乡土生活状态相应的三种群体心态。一是与乡土自然生产方式相应的动物性心态，这种动物心态与在自然轮回中生命目的的泯灭俱来。他们的欢乐是动物性的，除肉体的欲望外没有愿望；他们的痛苦是动物性的，只有肉体的苦难而没有心灵的悲哀；他们的命运是动物性的，月英的病体成为小虫们的饷宴，而孩子们的病体成为野狗的美餐；他们的行为、思维、形态也近于动物。他们像老马般囿于习惯而不思不想，秋天追逐，夏天生育，病来待毙。这动物性的人众有头脑而没有思想，有欲望而没有希望或绝望，有疼痛而没有悲伤，有记忆而没有回忆，有家庭而没有亲情，有形体而无灵魂。第二种，是与乡土社会生活相应的非政治、非文化心态，不妨称非主体心态。《生死场》描写了一群生存于一个隔绝于政治、文化层面之外的社会圈，隔绝于政治、"胡子"、革命党和以五寸长的玻璃针、橡皮管、药水为工具的西洋医病法的大众。文明信息的匮乏使人们丧失认识力和主体感：没有判断，不需要判断；没有选择，无必要选择；没有好恶，无可好恶。二里半在世界只看得见自己的山羊；赵三只看见了加租的恶祸，但终究因了好良心，恶祸也不可恶了。因为没有判断、选择、好恶，《生死场》描写的乡土社会生活是没有主体的生活，大多数人没有像主体一样的行动。相反，他们是被行动的，不仅被自然、被欲望，而且被历史、被传统、被因袭的观念、被他人——行动，他们只能反应。固然，在这动物般的、奴隶式的心态层面之外，也有苦难中的倔强,有对生命的体认、选择和拒绝(譬如王婆),有属于人的心态。不过,在乡土大众中,"人"一般的直立者是十分罕见的,直到在侵略者的铁蹄下死亡临头时,麻木大众的耻感和悲愤感才第一次觉醒,才如"人"一样站起来,尽管是那么不健全。

《生死场》揭示的是我们民族最大的利益集团——乡土大众的群体心态弱点。与20世纪30年代作品流行的模式——农民从昏睡到觉醒不同,萧红笔下的人众之所以昏睡,不是由于他们没有政治思想和社会眼光及对自身所处的阶级的自觉,而是由于他们的生存样态尚未剥离动物阶段,他们的心理结构尚未进入主体阶段。而这一切,与历史轮回的自然环境和生产生活方式密不可分。昏睡的性质、层次不同,他们的醒觉也便与多多头、老通宝、奚大有……不同,后者的觉醒是在"丰收成灾"等社会变迁中抛弃了以往坚信的生活信念和习惯,走上了阶级觉醒的道路,他们的醒觉是政治意识或政治意义上的昏睡和醒觉。而《生死场》中的人们却必须首先经历从动物到人,从前主体非主体到主体的过程,他们需要从无信息到有信息,从无耻感到有耻感,从无悲无喜到有悲哀,从被选择到选择的过程。他们的醒觉是人的醒觉,主体的醒觉,这两种醒觉的区别是有原因的。固然作者所描写的地域有别,茅盾描写的农村是社会分化中的农村,而《生死场》的农村是被侵占的"乡土",但最主要的原因恐怕还在于写作的意图的差异。写谷贱伤农的反抗也罢,丰收成灾的反抗也罢,天逼人反也罢,都是旨在写农民作为一个被压迫阶级终将成为推动我们历史的主人公,即我们历史"正剧"的主人公;而萧红写群体心态、国民灵魂,悲悯也罢,不能悲悯也罢,所写的却是我们历史"悲剧"的主人公。换言之,萧红对乡土灵魂的估计是复杂的。乡土大众确实悲壮地觉醒了,但并不意味着径直走向了无产阶级大众革命的明天。不妨注意一下《生死场》对大众的处理与《水》《田家冲》《星》的不同。曾经以枪口对准心窝号啕盟誓的、已经组织起来的群体骤然集聚,又骤然松散了。群体本身并未继续走向自觉,甚至"群体"能否成立都是问题,因为王婆、金枝、金枝母亲的世界各自不同,赵老三与李青山、二里半、平儿对时代的感受也各个有异,吃爱国军饭者与投人民革命军者的选择又是那样偶然。在《水》中,历史只是一个顺延的转折,从压迫到反抗,从绝望到希望。而在《生死场》中,历史脱臼了。历史轮回的戛然而止,究竟是我们历史前进的希望,还是悲哀?要成为英雄,成为20世纪30年代流行的大众英雄和具有求解放阶级意识的英雄,那些脱臼出来的乡土大众还要拖着不健全的腿,从那结束的轮回、那结束后的空白向着无产阶级大众革命的大道走多么远!萧红确实无从悲悯她的人物,他们的苦难不是她悲悯得了的,但她也没有仰视他们。在她的视界里,他们与她同一地平线……他们与她都生存于神话边缘,并向着这一神话发问。

女性的眼睛

《生死场》对历史的思索,对国民灵魂的批判,竟发自一个年轻女性的手笔,这引起人们的震惊。然而,这也许倒是并非偶然的，在某种意义上，《生死场》那超越了主导意识形态模式的历史洞察力与她后来在女性生活道路上向历史和社会惰性的挑战是有内在联系的。写作《生死场》时刚刚二十二三岁的萧红固然在人事方面还很单纯，但由特定的经历形成的敏感与胆气却已不会轻易屈从于人所公认的信念，否则在后来生活道路选择上的大胆或许便很难理解了。当然，这里并非说《生死场》之所以对20世纪30年代小说模式有所突破是由于作者的女性身份，而是说，她那份思索、感受、表现历史和乡土大众的洞察力与她后来对"阵营内"女性处境的敏感来自同一个角度、同一种立场——主导意识形态阵营的边缘，甚至是主导意识形态的盲点。这种边缘化的角度并不就是女性角度，但在当时的情况下，它包含了女性角度。

那么，作者的女性身份给作品带来的特点是什么呢？萧红的创作似乎与20世纪30年代左翼阵营中的大部分女作家不同，她始终没有像白薇那样以女性为表现内容，但也并不像丁玲转变后那样彻底放弃女性自我。在她对历史的洞察中，并没有丧失女性的眼睛。事实上，正是女性的洞察力和由女性感受而形成的想象力带来了《生死场》特殊的艺术构思。

《生死场》的主题是通过生与死的一系列意象连缀成的，其中生育行为——妊娠、临盆——这些女性经验中独有的事件构成了群体生命现象的基本支架。在萧红笔下，这些事件是有特殊解释的。在《菜圃》《刑罚的日子》等节中，女性生育被描写成一种纯粹的肉体苦难。生育、做母亲并不会带来她们精神心理的富足，这份既不是她们所能选择又不是她们所能拒绝的痛苦是无偿的、无谓的、无意义、无目的的。这使我们想起萧红的第一篇小说《王阿嫂的死》，其中妊娠与生育也是一场无谓的苦难，甚至是死亡，这更使我们想起萧红本人亲历的事件。她的第一次妊娠和生育，那留给医院做抵押的第一个孩子的出世，不也是这样一种无偿无谓的纯肉体的苦难经历么？正是这种象喻意义上的、或许与作者女性经验有关的妊娠和生育成了作者透视整个乡土生命本质的起点，成了"生"与"死"一系列象喻网络中最基本的象喻。确实，没有比这种无偿、无奈、无谓、无意义、无目的的纯肉体的苦难，那死一般的生育更能体现乡土社会群体生命目的的匮乏了。

女性的经验成为萧红洞视乡土生活和乡土历史本质的起点，也构成了她想象的方式。当萧红把女性生育视为一场无谓的苦难时，她已经在运用一种同女性经验密切相关的想象——象喻、隐喻及明喻。这倒不是说隐喻明喻是女性独有的想象方式，而是指她自身经历而言。作为一个女性，萧红从女儿到女人的道路中有着太多不堪回忆而又不可磨灭的东西，它们作为一种不可弥合的创伤记忆大概只能以象征形式出现，也只能以象征、联想的方式去回忆、表现和宣泄。不用说，这种象征与联想是萧红最为熟悉最为亲切的一种符号方式，因为它与她女性的心理历程相关，甚至是维持心理平衡的一部分。这种象征与联想虽然不是女性的标志，但却成了萧红女性经验与群体经验相融合的一种方式，也是女性自我与世界相处的一种符号方式。《生死场》正是这种源自女性心理的符号手段的扩大化和社会化。因此，它最意味深长的意义是以象喻形式——动物性是一种象喻，历史轮回是一种象喻，不健全的腿是一种象喻表现的，而不是以社会公认的小说学、人物、情节、客观的细节描写来表现。没有这种象喻联想，萧红可能就无法表达她感受最深的东西，无法在这样一部描写民族群体经验的巨大故事中投入并确立她的作家自我。不妨认为，象喻联想，是萧红那已然掩盖起来的女性自我通往这一中性社会的一条信息通道，是可以穿过女性目光的一个窗口。或许正因此，这种小说写法与当时主流小说相比才显得处于边缘、不成熟或不入流。但也多亏有这样一种通道和窗口，有这种叙述描写方式，《生死场》的内蕴才如此力透纸背，我们才在《生死场》中看到发自女性的这样丰富的、尖锐的、深刻的历史诘问和审判，以及那对历史的及乡土大众的独特估计。

彻悟与悲悯

抗战爆发后，萧红的精神生活面临着双重危难，民族生存的危难和女性个人生存的危难，而且，这两重危难是交织互叠的。作为一个女性，她比同一阵营的男性友人们更直接地承受着封建历史那依然故我的滞重，因而也不像他们那样易于忘却这份依然故我的滞重。她的敌人不仅仅是日本侵略者和国内的统治阶级，而且还包括存在于人们头脑中和生活习性中的旧观念等历史沉积。那种作为男人从属物的屈辱的女性的处境使萧红对中国历史的过去、现在、未来有一份并不像男性友人们那样乐观的，因而也更清醒的判断。在外族入侵、全国掀起抗日热潮的大时代面前,历史的惰性从人们的眼睛中消失了,但并未在萧红的生活现实中消失。相反,愈是民族危亡时刻,它反而愈见沉重,它毕竟是古国文明在外族入侵下面临危机的内因。历史的惰性结构与外敌入侵摧毁力量的内外夹击,形成了一种民族的与女性共同的绝境。

但是这一份只有自由女性才会感受到的滞重的痛苦以及女性对历史的观察在这样的时代注定没有位置,尽管它有它的真实。生存危机中的群体需要的不是怀疑,甚至不是真理,而仅仅是信念和意志。在这悲壮的大时代,萧红的思想是孤独的,如她在爱情和生活上的孤独。于是,萧红便在这悲壮的大时代,以个人的身躯承受着历史的滞重,以个人的孤独承受着民族理性的孤独。

这个角度为理解萧红后半期的创作提供了一条线索。譬如,她必然会深切地怀念着已逝的不妥协的历史批判者鲁迅,必然会如此强调要发扬鲁迅精神。譬如,后半期的几部重要作品《山下》《旷野的呼喊》《小城三月》《马伯乐》何以会充满早期作品所不曾有的坚忍、含蓄、冷静和郁闷。正如不少学者已经发现的,苦难——这个贯穿萧红所有作品的主题已从肉体的、生态的外放疼痛转化为精神不可外放的苦闷。她在抗战高潮初起时写作了《民族魂》这种爱国主义和抗日主题的作品,但后来却不再选择这类题材,而把笔矛伸向抗日的时代激流表层下那凝滞迟缓的潜流。

当然,最能代表萧红思想发展的还是后期代表作《呼兰河传》。《呼兰河传》是继《生死场》后的又一部历史反思作品。看起来,《呼兰河传》似乎退到了《生死场》之前——作者童年的回忆,但在某种意义上,它却是《生死场》的续篇或重写。作为续篇,出没在《呼兰河传》中的历史形象已不再是《生死场》中那个自然生产方式的轮回,而是死水式的社会病态的文明的因袭;出现在《呼兰河传》中的国民灵魂也不再是动物性、非主体的乡土大众,而是无意识、无主名杀人团式的群体;出现在《呼兰河传》中的希望也不再是某一个危机引致的大众觉醒,而是某种未被这文明社会所淹没的生命力。《呼兰河传》是萧红在她生命最后几年里对毕生经历和思想的凝聚。

《呼兰河传》一开篇便是《生死场》主题的复现——由春夏秋冬的无尽变异与小城生活同一内容的周而复始所体现的轮回。当然,有着十字街、东西二道街、无数小胡同的呼兰小县城已然不是以土地天时为衣食的纯自然形态的乡土地域,但它却照样体现我们乡土文明的特点——人对土地自然的依附或土地对人的囚禁。如果说《生死场》还不过是写出了生产方式——农耕劳动中人对自然的人身、肉体、心理上的依附,那么在《呼兰河传》中,这种依附已然变本加厉地扩展为文明和文化,一种以人对自然的依附为前提,又以人对自然的依附为目的的,自觉的、自律的文化。可以说,正是从这并不与土地直接发生关系的小城生活中,你才可以看到中国古已有之的文明传统怎样源自人对土地的依附,又怎样维护着这份依附关系。请注意一下,东二道街上那令人难忘的大泥坑的象征意义:人们想出种种办法制服这个泥坑,克服这泥坑带来的不便,而每一种制服办法都不过是回避，根本没有人想到用土把它填平。甚至也自以为从这泥坑获得了许多好处乐趣，创造了许多故事谈资。这并非愚昧，也并非懒惰，而是臣服自然、依附自然的文明所特有的思维方式和想象力，所有的思考、反应、行为、结果，都不过是对天造的泥坑、对自然环境的顺应、臣服的方式。这在某种意义上，人臣服、顺应依附于天地，是乡土文化发生发展的动力。然而，这还算不得乡土文化的精髓，更重要的，这种以人对自然的依附为代价的文明一经建立，便立即扼杀着一切不肯依附的东西。人对自然、土地、环境的臣服、依附从文化的前提成了文明的准绳、律令和核心。呼兰河人那些精神的盛举（即对鬼神的各种祭祀）所包含的内容，无非是崇仰天地鬼神而贬抑人的自主性，这些仪式本身就是强化人对土地依附关系的仪式，自然，这一文化容不得任何对此依附性稍有不恭的东西，就连并非古已有之的大泥坑淹死人，也被视为自然之神对那些不恭者如学校、读书求学者的"报应"。这一文化也容不得臣服和依附者们怀有二心，譬如不容人们关注活人、热爱生命、同情不幸、尊重个性。不幸者们最好被划归异己，被视作傻子、疯子。这文明下的心灵是不育的，小镇的生活几千年如一日，单调无奇，时间似乎死去，生老病死，事件发生，事件终止，不会在心灵上留下任何痕迹。这文明下的社会铁板一块，不容分毫差异，小镇的社会永远靠着因袭的观念来维持一统，排斥异己。小团圆媳妇若不像个团圆媳妇，若不像十二岁，便无以生存，甚至死后的阴间也与阳世同一。最后，这文化也容不得任何戳穿其依附性本质的行为，吃瘟猪肉可以，说瘟猪肉便要挨打，直到打得不再言语。于是，人便永远只能是臣服者、依附者和"一切主子的奴隶"。

这样一种由中国特有的农耕生活养育起来的又养育着中国农耕生活的文化，是萧红找到的又一历史惰性之源。

与这一思索成果相关，萧红对国民灵魂的观察与《生死场》时期相比也有了相当的变化。同样是群体，《生死场》那麻木的一群似乎仅仅是历史的受害者，萧红注意的是这些麻木群体对历史的停滞应负的责任。他们确实是奴隶，是非主体，甚至也是动物性，也不怀恶意，但这些非主体一时被置于文化的主体位置上，置于社会生活的中心，便立即会成为"不怀恶意"的残忍暴君奴役者，小团圆媳妇不就是死于这些人无主名、无意识的群体谋杀么？确实，如果国民觉醒仅仅意味着在外来侵略者打破旧的生活轨道后，从动物走向人，从非主体变成主体，那就未免太简单而理想化了。《呼兰河传》表现出的国民灵魂的麻木还不仅仅由于"动物性"。人不仅仅是自然和一切主子的奴隶，作为奴隶，他首先是一切主子的效仿者，是一切主子信条的执行者，比一切主子有过之而无不及。在20世纪三四十年代探讨国民劣根性的作品中，在继鲁迅之后的现代文学史上，还很难找到像《呼兰河传》这样深刻地揭示国民群体无主名、无意识杀人团本质的作品。有这样的扼杀人的文化，有这样无主名、无意识杀人的群体，中国的历史便只能紧紧地、愈来愈紧紧地捆绑在轮回之轮上，坐以待毙，丝毫不可挪动半分。

这样一种以依附、臣服为宗旨的文明，加上这样一群无主名、无意识杀人的群体，补充、修改着《生死场》所描述的由自然生产方式带来的历史命运，这命运几乎是一种宿命：在日本侵略者的铁蹄下爆发的民族生存危机在几千年以前，在龙王爷、娘娘庙和礼教出现之日便已奠定；中国人在遭受日本侵略者杀害之前，便已然在文明内部被自然和一切主子及一切主子的奴隶们杀死了。正如钱理群指出，《呼兰河传》时期的萧红以自己年轻的女性之躯跋涉过漫长的道路，以自己女性的目光一次次透视历史，之后，终于同鲁迅站在了同一地平线，达到了同一种对历史、对文明、对国民灵魂的过去、现在、未来的大彻悟。如果说这一份思考使"五四"时代的鲁迅发出了清算历史的呐喊，那么在20世纪40年代，在民族战争炮火中颠沛流离的萧红则透过这一份彻悟获得了某种沉静。"个人算什么，死又算什么？"这正是彻悟之人对自身遭际的超然的从容。在历史的命运之前，无须呐喊，无从呐喊，呐喊了也无人倾听；无须感伤，无可感伤，代替呐喊和感伤而升起的是一种平静、坦然和一份巨大的悲悯，悲悯这样一种不可更改的历史中那些曾经挣扎、还在挣扎的人们；那"黑乎乎笑呵呵"的小团圆媳妇、那"响亮的"王大姑娘、那可笑的可怜的有二伯、值得尊敬的冯歪嘴；悲悯那慈祥、童心不泯的老祖父和填补他晚年寂寞的小孙女、那绚烂纯真的后花园的老主人和小主人、那一份难得珍贵的温暖和爱；悲悯距死亡仅仅两年的萧红自己。

这便是《呼兰河传》为什么有那样夺人心魄的美——那种如风土画、如诗如谣的叙事风格。在韵律和基调中，蕴含的正是与大彻悟相伴生的坦然、平静和巨大的悲悯。说到底，萧红这部像自传而又不仅是自传的作品，表现的不仅是一份怀旧的心绪。怀旧不过是一种彻悟后的悲悯形式。在20世纪40年代那个悲壮的时代，萧红确实带着含泪的微笑回忆寂寞的小城，但这却是由于她那时便已然能够站在历史的今天悲悯人，这恐怕是茅盾始料不及的。在这个意义上，萧红又一次证实了她作为大智勇的探索者的胸襟。

《呼兰河传》时期的萧红，女性思想已然成熟，但却没有像抗战时期其他女作家那样去写女性，写自己。女性的萧红自己依然留在一片沉默中，她女性的声音封锁于历史凝滞不动的深层。她这一时期的经历和感受成了后人之谜，成了女性生活记载上的一页缺憾。但在萧红，这也许是一种更大的选择的结果，而这一选择或许也与对历史的大彻悟有关。女性的命运乃是历史的命运，女性的结局在这一历史中是早已写出的。唯一未曾写出，而男性阵营们又无暇或无力去写的东西，乃是这淹没了女性——个人的生存的，注定了女性——个人的一切故事的历史本身。而这，正是萧红选择去写的东西，也是萧红与同时代女作家及男作家的根本不同。你不能不说，这是那个时代女性给历史提供的一份不可多得的贡献。

（原载于《浮出历史地表——现代妇女文学研究》，
孟悦、戴锦华著,）

论萧红创作的审美结构

秦林芳

萧红的创作不但具有一种动人的感性美、一种深刻的理性美,而且还具有一种超越于它们之上的无言之美。萧红创作的多种美感来源于并取决于其创作的完整的审美结构。这里所说的审美结构包括语言形式层、艺术形象层、历史内容层和哲学意味层。在这四层结构中,前者是后者的形式,而后者则是前者的内容。它们既互为依靠,又层层递进,从而使创作的意蕴达于深远。萧红的创作之所以能够经受住历史的严峻考验,在很大程度上依恃了她所创造的完整深刻的审美结构。

萧红的创作通过其语言形式层创造出了众多的艺术形象,几乎囊括了现代社会下层的各色人等。这里有革命者、政治犯、工人、学生、士兵、小绅士、赶车的、拉磨的……这说明萧红创作的视野是开阔的。但是,在这种开阔的艺术视野中,她的创作仍然是具有自己的聚焦点的,这就是农民形象。可以说,在萧红的整个创作中,没有哪一类形象像农民那样引起了她如此强烈而持久的兴趣、贯注了她如此丰富博杂的情感、并且使她取得了如此令人瞩目的成就!她张大了她那忧郁的眼睛,用她那女性所特有的细腻深情的笔触,为我们也为中国历史真实地描摹下了曾经在那里生活过的一个个恬然得过分麻木、平静得近乎昏死的生灵。

与现代文学中出现的反抗农民和翻身农民形象不同,萧红笔下的农民保留了更多的原始态性。这种原始态性突出地表现在他们对待生与死的惊人的漠视上面。"生,就任其自然地长去;长大就长大,长不大也就算了"。他们在平凡卑琐的实际生活的泥淖中打着滚,在大自然中像植物一样地自生自灭。对生命价值的极度漠视使他们身不由己而又心甘情愿地听任着自然与主子的摆布,因而从根本上丧失了人之所以为人的自主性与能动性。在这样的盲从和顺应中,他们糊里糊涂地"就这样一年一年地过去"。屈从自然的奴性必然引发和决定顺从主子的奴性,这是在轻视人生意义基础上的自然延伸。你看,当大"敌"当前,地主发给雇农每人一支枪让他们为自己卖命时,那些雇农对地主是那样地充满感激:"地主多么好啊!"这双重的奴性使他们除了顺应服从之外,几乎丧失了独立思考与行动的一切能力。对于生性平静的他们来说,独立思考也许显得过于麻烦、过于累人,因此,他们在梦中甚至也"并不梦到什么悲哀的或是欣喜的景况"。他们的行动听任的也只是自己求生的本能和主人的意志。只要还能活着,只要主人没有下令,他们是懒于动弹的,即使是对他们直接有益的事。

独立思考能力和行动能力的丧失,使他们表现出惊人的愚昧无知。他们习惯于在祖先恩赐的"成规中生活着",这种不用思索、不用选择的"成规"就是他们的知识，就是他们天然的价值标准。而一旦越出了祖宗的皇历，他们就立刻无法接受。传染病暴发，西洋人来打针时，多少人在竭力躲避，就连牙科医生广告上的"牙齿太大"，也使得那些祖先的忠实后代害怕得不敢光顾了。不要以为愚昧无知只是一种心理因素，它还会直接导致惨无人道的悲剧。为了"规矩出一个好人来"，他们竟用烙铁烙，用热水煮，终于把一个"黑乎乎，笑呵呵的"小团圆媳妇活活地折磨死了，"善良、真诚"的用心导致了这种悲惨的结局，这正是愚昧无知的杰作！

当然，说那些愚夫愚妇们麻木不仁、无动于衷，并不是说他们没有任何的精神享受。但是，他们追求的是一种怎样的精神满足呢？

> 有的看了冯歪嘴子的炕上有一段绳头，于是就传说着冯歪嘴子要上吊。这"上吊"的刺激，给人们的力量真是不小。女的戴上风帽，男的穿上毡鞋，要来这里参观的，或是准备着来参观的人不知多少。

《呼兰河传》中的这段描写说明他们享受的正是他人的痛苦，他们企望的就是他人的悲剧。在他们的这种精神追求中包含着自然经济状态中人们之间的冷淡、冷酷以至残酷的心理内容。

总之，萧红笔下的农民形象在20世纪三四十年代的创作中是比较独特的，他们与鲁迅笔下的农民倒有更多的相通之处。萧红正是继承了鲁迅的传统，深刻地揭露了与小生产方式相连的农民的原始惰性和落后面。但是，与鲁迅笔下的"老中国的儿女"相比，萧红笔下的农民毕竟也感受到了20世纪30年代的时代风云，日寇的侵略搅乱了他们的原始性的平静生活，他们被逼上了生活的绝路，连动物般的生存都已不能。在这种情况下，"蚁子似的为死而生的他们现在是巨人似的为主而死了"。

"为死而生"和"为生而死"是两种根本不同的生活方式。对于一向在历史的惰性中生活的农民们，这样的转变委实是一个了不起的进步。但是，我总认为，以往的评论对这一转变评价过高。有一种比较权威的说法就是：这些农民"当他们是个体时……都是自然的奴隶。但当他们一成为集体时……便成为一个集体英雄了"。这一说法当时就没有得到萧红的首肯。我认为，萧红所表现的这一转变的真正意义在于展示那些愚夫愚妇们的生活的本能和力量，即鲁迅所说的"北方人民的对于生的坚强，对于死的挣扎"。正如他们为了生而不得不工作一样，他们为了活也不能不反抗那些剥夺其生之权利的侵略者。"爱国军"从三家子经过，"人们有的跟着去了！他们不知道怎样爱国，爱国又有什么用处，只是他们没有饭吃啊！"可见，他们参军抗日的直接动因在于"有饭吃"。与他们先前的为死而生相比，他们这种为生而死的反抗也在于为生而冒险，其最终目的也在于平静地为死而生。因此，与鲁迅笔下的旧式农民相比，萧红只是正面展现了在新的时代中农民的不安、愤怒、骚动与反抗。如果说萧红比鲁迅提供了更多的东西，我想也仅在于此。

在萧红的笔下，为了进一步突现农民这个聚焦点，她还拉开了焦距，对他们的生活环境进行了透视。我们知道，任何人物都是在特定的社会风俗气候中生长起来的。对于那些习惯于在祖先制定的成规中循规蹈矩的人们来说，社会风俗对他们性格的形成更有举足轻重的影响。换言之，他们就是这种社会风俗习惯的产物，二者之间存在着亲密的血缘关系。在萧红的创作中，作为对这种血缘关系的深刻揭示的，是她对风俗的大量描写。

在她初期和中期的创作中，风俗描写常常分散在情节发展的过程中，并且常常与情节的进展胶着在一起。在《生死场》第七章中，萧红把"五月节"的岁时风俗场面穿插到了王婆服毒、小金枝惨死的情节事件中。而在后期的创作中，她常常中断了情节的发展，对社会风俗进行集中的描绘。被茅盾誉为"一幅多彩的风土画"的《呼兰河传》用了整整一章的篇幅描写了呼兰河的子民们在精神上的"盛举"：跳大神、放河灯、野台子戏、四月十八娘娘庙大会等。这些信仰风俗，正如作者所写，"都是为鬼而做的，并非为人而做的"。"这些信仰风俗展示了人对鬼神精神上的依附"。人们创造了鬼神，又反过来受鬼神的支配，这种现象正说明了他们精神的异化。

特定时代、特定区域的风俗习惯是一种相沿成习、积淀成俗的生活规范，所以它也是传统文化的一种表现形态。对自然的崇拜、对鬼神的敬畏，养成了人对外在于自身的物质和精神的顺从，这是奴性的又一种表现。因此，我们可以说，由世世代代的愚夫愚妇们所创造的风俗习惯正是他们自身形象的外化和写照，而对它们的恪守又恰恰表露了尊奉者自身的奴化特性。风俗习惯不但是人物精神特性的映衬物，而且也成了人物精神的引申。从这个意义上来说，它们也在一定程度上具备了形象的性质。

纵观萧红笔下的农民系列，存在着鲜明的"反英雄""非典型"的倾向。

萧红创作的农民形象就总体来看，在概括生活方面达到了相当的深度。但是，就个别形象来说，却并不典型。他们只是一些生活在平凡的生活中的平凡的百姓，其典型性都不能与阿Q、老通宝抑或李有才等相提并论。胡风在批评《生死场》时指出："每个人物的性格都不突出、不大普遍，不能够明确地跳跃在读者的面前。"胡风的这一批评是击中肯綮的，同样也适于她的其他一些农村题材作品。她的一些散文、短篇小说由于篇幅所限、审美情趣所在，都没有着力刻画人物性格。而后期的重头作品《呼兰河传》的"故事和人物都是零零碎碎，都是片断的"，更没创造出鲜明突出的典型来。我以为与其说这是她的毛病，倒不如说是她的特色——这一特色中蕴含着她的审美追求。

萧红所创造的农民形象本身既不高大，也不完美。从纯功利的现实标准来看，他们并不能使人感到愉悦。但是，从审美的角度来看，因为萧红是以诗意的眼光来观照他们、以浓郁的情感来评价他们的，所以，这些形象具有了美的特征。这种美是一种生动的感性美，它是直接指向表现的目的美的。

如前所述，由语言形式层传达出来的艺术形象层是一种有意味的形式，它具有一定的活力和指向性，它首先要指向一定的历史内容。这种"内容"是相对于艺术形象这一"形式"来说的，它是特定的时代、民族和阶级的现实生活的反映，是历史的折光，同时，它也不是社会生活和思想的简单积淀，而是经过作家审美情感过滤的诗意化的表现。萧红正是以其创造的艺术形象，对社会问题做出了一种诗意的回答，因而具有深厚的历史内容。

别林斯基说过："在真正诗的作品里，思想不是以教条方式表现出来的抽象概念，而是构成充溢在作品里面的作品灵魂，像光充溢在水晶体里一般。"充溢在萧红所创造的艺术形象之中的灵魂就是："改良我们的民族性，想使我们这个老大的民族转弱为强。"这是萧红的鲁迅观，也是萧红的文学观。

萧红是在鲁迅的影响下成长起来的。在出关之前，她就爱读鲁迅的作品。而到了上海以后，她更是亲耳聆听了鲁迅的教诲，直接接受了鲁迅的指导，她的文学观就是在鲁迅的影响下发展和成熟起来的。她痛苦地发现"中国人的灵魂在全世界中说起来，就是病态的灵魂"。为了尽快改造这种病态的灵魂，重塑民族性格，她自觉地接过了鲁迅的"改造民族灵魂"的大旗，以继承鲁迅未竟的事业为己任。随着阅历的增长，经验的丰富，她越来越意识到鲁迅"改造民族灵魂"思想的伟大和深刻，越来越清醒地认识到要改造中国社会，就必须持久深入地批判封建的思想意识形态。她的这一思想不但没有因时局的变化而中断，反而越来越自觉，越来越系统，也越来越深刻。它是五四启蒙主义思想在新的历史条件下的继续和深化。

萧红的改造民族性的思想在她的创作中得到了很好的贯彻和体现。它主要是通过对农民形象的塑造折射出来的。换言之，农民类艺术形象这一有意味的形式直接指向并且体现了改造民族性这一历史内容。数千年的封建专制统治给处在生活底层的广大农民造成了深重的灾难。它的"吃人"本质不仅表现在封建统治阶级在政治上压迫农民、在经济上剥削农民，而且表现在在思想上严重地毒害农民。在政治经济领域与封建统治阶级处于尖锐对立之中的农民阶级，在思想意识形态上却与前者表现出了更多的趋同性和一致性。在他们身上积聚着由小生产方式和统治阶级思想影响所造成的愚昧、麻木、冷漠、分散、目光短浅、毫无首创精神等特性，它们对社会的发展、历史的进步起着巨大的阻碍作用。因此，在中国现代思想史上，对封建思想的批判常常直接导致了对农民自身精神弱点的批判。这种批判蕴含着深刻的爱国主义热情，包含着追求社会进步的强烈渴望。鲁迅是这样，萧红也是这样。她从批判农民精神弱点的角度切入生存，再现生活，正反映出了这一丰富而又深刻的历史内容。这，造成了萧红创作的深刻性。

为论述的简捷和便利，请允许我完整地引用萧红在《民族魂鲁迅》中所引用的鲁迅论述国民性的一段名言：

> 可惜中国太难改变了，即使搬动一张桌子，改装一个火炉，几乎也要流血，而即使有了血，也未必一定能搬动，能改装。不是很大的鞭子打在背上，中国

阅读萧红 | 261

人自己是不肯动弹的。我想这鞭子总要来,好坏是另一问题,然而总要打到的。

我以为,倘要对萧红创作的历史内容做一个总结的话,那么,鲁迅的这一思想正是它的一个简明而又恰当的概括。这并不意味着萧红是在有了这样的观念以后才去创作的,她的创作就是这一思想的形象展开;而是说,人们面对相同的社会现实,运用不同的思维方式常常会得出相同或者相似的结论,这并不奇怪。

如前所述,在充满了奴性色彩的文化环境中生活着的农民们的愚昧、麻木、无知等精神特性,突出地表现在他们对待生与死的态度上。而所有这些特性纠结起来并构成了他们最富实践意义的品性——保守:他们墨守成规,盲目排外,反对任何程度上的社会变革;只要没有强大的外力压迫,他们自己是不想动弹的。对于这种民族劣根性的检讨,萧红是把它放在历史过程中进行动态考察的。

在《呼兰河传》等作品中,萧红首先从正面表现了"不是很大的鞭子打在背上,中国人自己是不肯动弹的"。这里没有异族力量的入侵和干扰,充满了宁静死寂的中世纪似的田园风光,社会生活犹如一潭死水,没有任何波澜,没有任何色彩。这是一个"暂时做稳了奴隶的时代。在这个时代中,人们已经习惯于沉寂地安逸地昏睡了。谁也不想动弹,谁也不肯动弹"。"房子都要搬场了,为什么睡在里边的人还不起来,他是不起来的,他翻了个身又睡了"。《呼兰河传》中这一惊心动魄的细节不就象征了他们的生活方式吗？只要房子还没有倒下，他们是永远"毫不加戒心"的。

正因为中国人不肯动弹，所以很大的鞭子打在背上也就不可避免了。《生死场》前十章侧重写了中国人的不肯动弹，后七章则写了鞭子是怎样打来的，这是一个必然的历史过程。你能说帝国主义的侵略与几千年封建统治所造成的国民不愿进取的劣根性并因此所致的民族的积贫积弱毫无关系吗？现在这鞭子未出所料的是打来了，而且也未出所料的是动弹了。这是一个"想做奴隶而不得的时代"。为了回到先前的时代，他们不得不动弹了。但是，被动地接受外敌的赐予，中国人自己未必就动弹得好。《生死场》后七章所展示的抗日斗争的盲目、混乱、松散正说明了这一点。只要中国人的保守性还存在，那么，即使异族侵略搅动了他们沉寂的生活，他们也未必动弹得好，动弹得成功。在这里，萧红从更深的层次上揭露了保守的严重危害。这是她批判国民劣根性的另一条途径。

萧红以个性主义、人道主义为思想武器，进行了深刻的文化批判和社会批判。她在对风俗习惯的刻画中，展示了中国人的"心的历史"和"社会关系的历史"，批判了养成国民劣根性的传统文化；而通过她所刻画的农民形象，表现了对国民病态灵魂的解剖。这种解剖并不是静态的显示，而是放到特定时代环境中，通过中国人从不肯动弹到挨鞭子的整个过程测试出了病态灵魂的病态程度和危害程度。外来的侵略加强了萧红对传统文化和民族劣根性的反思，并进而促成了对它们的深刻批判。可见，萧红改造病态灵魂的创作思想与她所塑造的艺术形象达到了内在的统一和默契。换言之，她所创造的艺术形象层与她所欲表现的历史内容层取得了协调的对位关系。她欲表达的历史内容是这些形象本身所固有的，而不是剪贴上去的。她正是以此对中国现代社会"生活的问题"做出了诗意的回答。

萧红的这一回答是深刻的。它抓住了现代中国社会的症结，避免了单纯排外的狭隘的民族主义情绪。周扬早在20世纪30年代就指出："封建势力和帝国主义在中国保有不可分离互相依附的关系，因此，反封建的文学常常包含了反帝的意义。"近现代社会的中国进入了世界文化体系之后的种种文化历史现象，决定了最富爱国热情的文学首先必须具有反封建启蒙主义的深邃内容。从这个意义上来说，萧红通过艺术形象层表现出来的改造病态灵魂的历史内容是包蕴了深厚的爱国主义热情的。她所表达的历史内容比那些单纯表现反帝题材的作品更为深刻，这一历史内容作为她创作的一个层面，具有深刻的理性美。

有人问："为什么萧红的作品具有超越时空的顽强生命力？"我认为其主要原因在于她的创作具有悠远深长的哲学意味。这种哲学意味是作者对生活的一种诗意的妙悟，是对描写对象本身的超越。如果没有这种超越，而仅止于通过艺术形象体现出一定的历史内容，那么，时过境迁，这类作品便会渐渐失去它们的价值，逐渐为人所淡忘。萧红作品永久的艺术魅力就来源于她对人生真谛的独特发现，这种发现超越了特定的现实和历史，对于人类具有普遍的意义和永久的价值。

但是，任何超越都离不开赖以超越的现实基础，萧红创作的超越感就是建立在它的艺术形象层和历史内容层之上的。换言之,她所创造的艺术形象层和历史内容层又终极地引向了审美结构的最高层次——哲学意味层,它们都内在地包蕴了她对人生问题的关切、对人类生存方式的哲理思考。

现实生活中的萧红对人类普遍的人生问题表现出了饱满的兴趣和执着的叩问精神。在她尚未步入文坛时就对人生问题充满了浓厚的兴趣,表现出了执着的探测精神。她急切地表示要试探人生之海、解开人生之谜,而作为试探人生结果的便是她的创作。

萧红对人生的探索更多地集中在对农民命运和生存方式的深切关注之中。她紧紧抓住农民对于生与死的态度,进行了突出地展现和深刻地剖析,从而表现了她独特的人生悲剧感。生与死——人的生命起点和终点,是人生道路上的两个重要环节,因此,对于生与死的态度常常最能反映出人们的生命价值观。

在《生死场》中,萧红大量描写了富于哲学意味的生生死死。"在乡村,人和动物一起忙着生,忙着死",与其说这只是对于生与死情景的真实描绘,倒不如说它是对农民生存方式的高度概括——这是一种动物般的生存方式和生存状态。作为对这一概况的具体的展现,首先是萧红对生育过程的描写。"暖和的季节,全村忙着生产"。猪狗在生产,人也在生产,这不仅是季节上的同时,也是性质上的同质。如果说这种同质只是一种出乎本能的结果的话,那么,王婆用钩子、刀子"把孩子从娘肚里硬搅出来"这一壮举则充分表现了生育过程的野蛮性。生育的季节竟成了妇女们受"刑罚的日子",这是一种无价值的生,一种痛苦的生。除了描写这种动物式的生以外,萧红还大量描述了生命的无意义的毁灭和无人道的残杀。你看,王婆三岁的女儿活活地跌死在铁犁上,王婆"一滴眼泪都没淌下",因为"孩子死,不算一回事";月英患病卧床,丈夫理也不理,"宛如一个人和一个鬼安放在一起,彼此不相关联",最后,她躺在棺材里被抬上了荒山。要是说王婆女儿之死还出于意外、月英之死还因患病的话,那么,小团圆媳妇之死则完全是出于人类的互相残害。残害者自然不会懂得他人生命的宝贵,而那些乐陶陶的旁观者实际上也充任了无主杀人团的成员——他们也是视他人生命为儿戏,视他人受害为欢娱的。人们对生与死的冷漠,不过是他们对生命价值极度轻视的集中表现而已。

在萧红的作品中,我们可以看到无数两足动物碌碌无为,出乎本能地活着,虚掷着自己的青春,浪费着自己的生命。这是萧红创作所展示的艺术形象。在对这些形象的刻画中,作者表达了改造国民病态灵魂的历史内容。但是,在这里,对病态灵魂的批判已经不是泛泛的呈现和揭露,而是有所引申,直接引向了"人应该如何活着"的哲理层次。人不能动物般地生活,人应该有人性,有同情,有所希冀,有所追求。我们说萧红创作在负向的揭露中传达出了这种积极的生命意识,其实并不穿凿,人生问题始终是她所关注的终极性问题。人应该有感情、有理想、有人性、有热血,这是萧红在思考人生与社会的关系时所得出的积极结论。

但另一方面，萧红在有关生命本体的思考中，又通过她创造的形象表现出了相当浓厚的虚无意识。她的这种虚无意识有时通过形象和情节表现出来，如林姑娘的失业、冯二成子的失望、陈公公之疯、翠姨之死；有时她又直接借作品中的人物之口做出某种感性式、顿悟式的人生议论："我的衣襟被风拍着作响，我冷了，我孤孤独独的好像站在无人的山顶。"这是"我"在经受了人生的折磨之后由具体情景而发的对深潜在生命深处的孤独感的体验，在这种体验中充满了深刻的人生悲剧感和迷惘感。同时，萧红在她的作品中体现出来的人生哲学又是充满矛盾的：一方面它们表现出了生命的抗争意识，另一方面又传达出了生命的悲剧意识。生命的意义在于抗争、追求，但这种抗争、追求有时却又是虚无的、悲观的、阴差阳错的。但即便如此，也还要积极地抗争和追求——这就是萧红创作所表现出来的独具张力的人生哲学。

萧红创作对描写对象本身的超越主要不是来源于对现实的象征结构，而是来源于对非特定时代的泛化考虑和非典型化的表现方法。如前所述，萧红在创作中非常重视对风俗画的描绘，这突出地反映了她追求作品时代非规定性的意向。一幅幅乡土风俗画面，展示的可能是遥远的过去，也可能是现在和将来。正因为它们的时间不确定，所以它们所指的似乎就是一切的时代了。因而，对风俗画的着意描绘，既实现了对传统文化的总体反思，又使作品超越了特定时代的限制而使它们的意蕴达于悠远，使它们有可能达到对人类生存方式的一种普遍性的概括。与对风俗画的描摹相关，她创作中的时间大多是不确定的,《生死场》后七章因为写了日本的侵略才能够估定它的时间。但在前十章中时间是模糊的,因为乡村生活一如既往,"什么都和十年前一样",所以在萧红也许就没有交代的必要了。而《呼兰河传》中的时间更是无法确定的,"由于萧红的作品没有时间性,所以她的作品也就产生了'持久力'和'亲切感'"。这种"持久力"的取得其原因在于:时间的不确定,给她的创作带来了高度概括的可能性,使她有可能对所有乡村的日子、对所有乡民的生活进行泛化的思索和哲理的升华。

前面说过,萧红在塑造农民类形象时具有非典型化的倾向。她应该有刻画典型的才能,这在《马伯乐》中有所表现。但她似乎没有刻画农民类典型的愿望,这是与她所欲建构的总体审美结构密切相关的。我们知道,形象的典型性与意念的指向性之间有着逻辑上的因果对应关系。它本身并不能自我测定,而是相对于特定的意念指向而言的。在典型化的过程中,为了提高意念的指向性必然要剔除许多与意念指向无关的符号和信息。从艺术概括的过程来看,一定的选择和剔除是必要的。但如果将它推向极端,就容易导致削艺术形象之足以适意念指向之履,因而就容易造成意蕴的相对匮乏和贫瘠。从这个意义上来说,艺术形象越典型,意念的指向性也就越鲜明、越有限定。萧红非典型化的表现方法固然在一定程度上削弱了她的创作对某种特定意念指向的传达效率,但也因此使她的创作摆脱了某种特定意念指向的束缚,提高了她创作的意蕴量。与典型化方法首先强调个别和特殊不同,萧红所关心的不是越出社会常规的个别的、偶然的人物和事件,而是整个社会生活中最一般的人物、最普遍的事件。而社会生活中最一般的事件和人物因为是由同一个社会模子所铸成,因而常常是相似的或者相同的,"什么都和十年前一样"。这样,从改造整个民族的病态这一创作思想出发,严格地忠于现实,忠于生活,就使得她的创作呈现出一种独特的混沌状态。从典型化的角度来看,就是"人物面目不清,个性不明"。但是,也许正是因此而导致了她对大多数人的整体生活方式的成功把握,并进而从这种生活方式的把握中表达了她对人类生存方式的哲理思考,体现了她独特的人生哲学。

有人说:"在中国现代作家中,也许萧红比之别人更逼近'哲学'。"确实如此!她通过对艺术形象的越出常规的塑造,通过由此体现的历史内容的传达,实现了对人生的富有哲理的观照和升华。这种对描写对象本身的超越,使她的创作获得了永恒的艺术魅力。它们传达出来的是人们只可意会、不可言传的东西,是永远能够启迪人们性灵的理外之理、味外之味。"大美无言",她的创作所体现出的哲学意味就是一种无言的大美。

综上所述,萧红的创作表现出了完整的审美结构。在这个结构中,通过语言形式层所创造的艺术形象层,描画了中国乡土社会的图画,表现了中国社会大多数人的生活,具有生动的感性美;由艺术形象层所体现出来的历史内容层,展示了作者改造民族病态的思想,洋溢着启蒙主义的思想光辉,具有深刻的理性美;而蕴含在这两层之中并且超越其上的哲学意味层则体现了作者对超越特定时代、特定社会的人生奥秘的思索,表现了作者对人生真谛的诗意妙悟,具有警醒的无言之美。这几层之间不断深入、不断递进,既表现了作者现实的参与意识,又表现了作者悠远的超越意识。年轻的萧红在无情的文学竞争中取得了成功,这是重要的原因之一。

(原载于《江苏社会科学》1994年第2期)

女性的洞察

——论萧红的《马伯乐》

艾晓明

萧红的作品,广为人知的是《生死场》和《呼兰河传》,不仅一般人不知道《马伯乐》,就连某些近期出版的工具书和专业研究著作,也是语焉不详。如由中国现代文学馆编的《中国现代作家大辞典》,在萧红这一条目中列举的著作书目只是《马伯乐》的上篇,即1941年重庆大时代书局的版本,却没有列入包括《马伯乐》第二部共九章内容的版本,即由北方文艺出版社出版的《马伯乐》足本。而在孟悦、戴锦华她们那本开拓性的女性文学研究《浮出历史地表》一书中,著者为萧红列了专章,却对《马伯乐》这个长篇存而不论。该书对萧红作为"女性的历史洞察力"做了出色的分析,从而重新解读了《生死场》和《呼兰河传》,但忽略了《马伯乐》却是令人遗憾的,因为这部作品正是这种女性洞察的又一独特例证。

发现《马伯乐》的续稿,即第二部的文字,当归功于香港的作家学者。卢玮銮在《香港文纵——内地作家南来及其文化活动》中有《十里山花寂寞红——萧红在香港》一文，文章最后提到萧红在健康很差的情况下，仍在拼力创作，《马伯乐》的第二部，在1941年2月出版的《时代批评》62期开始连载。更早的时候，则有刘以鬯先生的《萧红的〈马伯乐〉续稿》一文，专门指出美国学者葛浩文的《萧红评传》书目中遗漏了一部重要作品，就是《马伯乐》的第二部。文章在1977年发表，我们在国内则是通过刘以鬯的文学评论集《短绠集》看到。葛浩文看来是接受了批评，因为在他的《萧红新传》中谈到了《马伯乐》第二部，并且他从美国复印了《时代批评》上的连载，寄给国内学者王观泉，促成了足本《马伯乐》的出版。全书约18万字，原件最后有注："第九章完，全文未完。"可以肯定的是，续稿连载至1941年11月，这是萧红生前发表的最后的作品。

在萧红研究中，一方面存在对《马伯乐》忽略不计或论之不全的问题，另一方面有些观点很值得商榷。例如，有论者认为萧红在《马伯乐》中的幽默和讽刺才能是她以前作品中"从未表现过"的。此外，葛浩文的观点也颇有影响，他对《马伯乐》有褒有贬，既认为这"书中的幽默与讽刺笔调，刻画出战时的中国的形形色色，在当时可说是非常难得的"，又指出"有时却流于低级的闹剧而变得令人讨厌"。他赞成第二部略有进步，也是他说"萧红在老舍改变文路后，试着继续他那讽刺的传统"。王剑丛回应他的这个观点说，马伯乐"是萧红学习老舍的讽刺艺术塑造出来的一个知识分子形象"，"但总的看来，稍嫌烦琐，对人物灰色的灵魂还挖得不深"。

对上述观点的辨析，需要很长的篇幅，不必说，我是不赞成简单论之的。其实，在《马伯乐》之前的《生死场》和《呼兰河传》中，讽刺的笔墨亦比比皆是。当萧红写到女人的生产时，并置的画面是："房后的草堆上，狗在那里生产"；女人横在血光中时，"窗外墙根下，不知谁家的猪也正在生小猪"。《生死场》中作者对乡村生活最具穿透性的洞察是把这里的一切描写为动物性的、为了本能的生存，"在乡村，人和动物一起忙着生，忙着死……""在乡村永久不晓得，永久体验不到灵魂"。《生死场》就是这充满原始的冲动和野蛮的生死场所。这野蛮尤其见之于女性所受的虐待，不分阶级、民族，来自共同的另一性的虐待。因此那个挣扎在都市生死线上的女子金枝说："从前恨男人，现在恨小日本。"有关《生死场》，近来有海外学者刘禾从女性主义的立场解读，从而发现和强调了作品中意义的分裂，即从历来的男性批评家划定的民族国家的大意义下，分裂出来的一个场所：女性的身体，以及这个身体产生出来的意义与民族国家的空间之间的冲突。

《呼兰河传》也是一样，与其说它是一部抒情的自传性的作品，不如说它是一部讽刺性的乡土传奇。在这个作品中，没有中心的主人公，如果要说有的话，主人公就是呼兰河这个地方，是这个地方的生存方式，是叙事者对于这一切的记忆。以这个特殊的地方，萧红为一种国民性的真相作传，有文字为证的不是萧红对老舍的继承，而是对鲁迅的继承。有一个很有趣的材料，不妨在这里引述，聂绀弩为《萧红选集》作序时谈到在西安他与萧红关于鲁迅的谈话，聂绀弩说萧红会成为一个了不起的散文家，萧红却大不以为然。我想是她听这种评语听多了，所以一下子就道出其中的潜台词说："又来了！你是个散文家，但你的小说却不行！"萧红说："我已听腻了。""有一种小说学，小说有一定的写法，一定要具备某几种东西，一定写得像巴尔扎克或契诃夫的作品那样，我不相信这一套。"萧红说别人说她不会写小说，她气不忿，以后偏要写，并且要写鲁迅的代表作《阿Q正传》《孔乙己》之类"而且至少在长度上超过他！"《呼兰河传》从精神上可以归于《阿Q正传》式的揭露国民性弱点这一启蒙主题，在长度上超过鲁迅的作品，与鲁迅的作品不同的在于著者的女性意识，这里蕴含着萧红乡土作品的特殊洞见。

例如，《呼兰河传》中讲了许多此地的奇闻轶事，包括女子的"望门妨"（婆家破落了，怪当年指腹为婚的女子"妨"碍），女子不服，跑去上吊跳井。小说借题发挥道：

> 古语说，"女子上不了战场。"
>
> 其实不对的，这井多么深，平白地你问一个男子，问他这井敢跳不敢跳，怕他也不敢的。而一个年轻的女子竟敢了，上战场不一定死，也许回来弄个一官半职的。可是跳井就很难不死，一跳就多半跳死了。
>
> 那么节妇坊上为什么没写着赞美女子跳井跳得勇敢的赞词？那是修节妇坊的人故意给删去的。因为修节妇坊的，多半是男人。他家里也有一个女人。他怕

是写上了,将来他打他女人的时候,他的女人也去跳井。女人也跳下井,留下一大群孩子可怎么办?于是一律不写。只写,温文尔雅,孝顺公婆……

《呼兰河传》中讲的小团圆媳妇被活活整死的故事,冯歪嘴子的女人——王大姑娘的故事,都是写乡村的愚昧,这愚昧把健康的女人置于死地。由前面的轶事引起的反讽性议论,为后面两章的故事做了铺垫。在某一处,讲到娘娘庙里的塑像时,也有一段妙论:

> 塑泥像的人是男人,他把女人塑得很温顺,似乎对女人很尊敬。他把男人塑得很凶猛,似乎男性很不好。其实不对的,世界上的男人,无论多凶猛,眼睛冒火的似乎还未曾见过。就说西洋人吧,虽然与中国人的眼睛不同,但也不过是蓝瓦瓦的有点类似猫头的眼睛而已,居然间冒了火的也没有。眼睛会冒火的民族,目前的世界还未实现。那么塑泥像的人为什么把他塑成那个样子呢?那就是让你一见生畏,不但磕头,而且要心服。就是磕完了头站起来再看看,也绝不会后悔,不会后悔这头是向一个平庸无奇的人白白磕了。至于塑像的人塑起女子来为什么要那么温顺,那就告诉人,温顺的就是老实的,老实的就是好欺侮的,告诉人快来欺侮她们吧。
>
> ……

阅读萧红 | 275

所以男人打老婆的时候便说:

"娘娘还得怕老爷打呢？何况你一个长舌妇！"

可见男人打女人是天理应该，神鬼齐一。怪不得那娘娘庙里的娘娘特别温顺，原来是常常挨打的缘故。可见温顺也不是怎么优良的天性，而是被打的结果。甚或是招打的理由。

由此我并不是想说，萧红由于她的性别经验，所以对女性不是天生的，而是社会造成的这一女性主义的性别定义有天然的了解。这一点男性也可以认识到，关键是在，萧红深晓父权社会对女性身份、行为的界定。这并不只是愚昧男性接受着，也是整个乡村、扩而言之整个社会包括有识人士的认识。这里，女人也不同情女人（小团圆媳妇是被婆婆主持收拾的），穷人也不同情穷人（王大姑娘生了孩子，全院子的人都变成了窥视狂，给她"做论的做论，做传的做传，还有给她做日记的"）。更进一步来说，我们还可以看到，对女性身体痛苦的描述，是最大的一个分野。这也是性之不同于两性的意义，在男性将身体升华的地方，萧红停留并详加质疑。女性的身体在性与爱中通常都成为牺牲，而且对女性来说，身体的痛苦无可摆脱，经历身体的毁损而无法自救，比祥林嫂之类死后有没有灵魂的精神问题，是更普遍的困惑。从这一角度，我们也许可以解释，为什么两本同样描写边城的作品是如此不同。沈从文怀着异常的感动和爱写他的家乡，他把边城描写成具有古朴的风俗美、人情美的地方，借以表现他的理想，如他所说:

"我要表现的本是一种'人生的形式',一种优美、健康、自然,而又不悖乎人生的'人性形式'。"同样是在都市回望故乡,萧红却是不留情地揭露乡村的荒诞黑昧,她的沉痛和悲愤寓于嬉笑反讽之中。在中国现代作家中,以如此的沉痛、如此的嘲笑给予家乡以理性分析,打破了怀乡作品的描写惯例和优美境界的,萧红是最突出的一个。沈从文与萧红的差异想必要由他们不同的性别来考虑。作为女性,对女性的社会地位和实际处境体会深切。当萧红在《呼兰河传》里一遍又一遍地重复说:"我家是荒凉的,"她也是在言说女性的无家可寻。正如刘禾也曾引用过的一段话:在《失眠之夜》这篇散文中,萧红写到,萧军是如何渴望如何迫切地怀想着家乡、沉浸于亲人相逢的热烈场面,而她自己想的是:"你们家对于外来的所谓'媳妇'也一样吗?"

她想到的是"坐在驴子上,所去的仍是生疏的地方,我停着的仍然是别人的家乡"。她说:"家乡这个观念,在我本不甚切,但当别人说起来的时候,我也就心慌了!虽然那块土地在没有成为日本的之前,'家'在我就等于没有了。"

也正是从性别意识入手,有利于我们重读《马伯乐》。

《马伯乐》是一部让人惊异的作品,一般在第一次读到它的时候都会觉得奇怪。第一,它不像萧红惯常的风格,不是写沦陷的东北乡村,不是《呼兰河传》式的童话叙述(童年视角和情境);第二,它也不像一般女性作家的作品,不是写女性经验,不以女人为主人公。这些令人不解之处都吸引我。我想,如果这部作品打破了我们习惯的对女性作品的期待视野,那么，我们的视野是不是有问题？问题何在？我们的盲点是不是正妨碍了我们去理解萧红特别想表达的东西？在这样一部不循常规的作品中，是否也包含了女性特有的立场和观念？足本《马伯乐》共分两部，从空间来说，第一部写的是马伯乐从家乡青岛到上海。抗战开始后，他的太太和三个孩子也逃难来到上海，马伯乐决定带全家人离开上海去汉口。第二部前四章都是写马伯乐全家是如何狼狈挣扎在旅途，如何由上海经南京，车船辗转到了汉口。后面第五章至第九章写马伯乐在汉口的一场恋爱和失恋，结束时这家人看来是决定再逃难到重庆。刘以鬯先生推测，萧红"还计划在下篇（即第三部）里写马伯乐一家人从汉口逃到重庆的情形。重庆是战时中国的首都，写战时重庆的情形，必会将情节推向高潮"。这个推论是有道理的，就萧红已经完成的部分来看，作品中的人物已然成型，马伯乐，应该说是中国现代文学中还从来没有被描绘过的人物。他出身于青岛的一个有钱并且信洋教的家庭里，家里读《圣经》，守圣礼，讲夹生半熟的外国话，"伯乐"就是圣徒"保罗"的意思。这家的老太爷绝对地崇洋，但那点一知半解的洋道理全都用在了解释他的自私虚伪的合理性上。例如他辞了身强力壮的车夫，用一个又穷又病的车夫，给饭吃不给工钱。这车跑得慢，主人就自我安慰说："若是跑得快，他能够不要钱吗？主耶稣说过，一个人不能太贪便宜。"在这一点上，马伯乐完全继承了其父的品质，他又自私又没本事，什么事也干不出来，也干不好，可是他总能为自己的自私和失败找到各种可以原谅的理由。他又特别善于夸大自己的痛苦和不幸，在被这种自伤自怜和自我激愤的情绪压倒时,马伯乐像阿 Q 一样,可以随意发泄到弱者头上,亦可以飞快地转化为一种自轻自贱的情绪。

但是和阿 Q 还不同。众所周知,阿 Q 最重要的特征是精神胜利法,这是阿 Q 赖以活命的精神支柱。马伯乐的特征可以说是相反,我觉得可以说是精神失败法。遇到什么困境,马伯乐的办法就是逃跑,"未发生的事情,他能预料到它要发生,坏的他能够越想越坏,悲观的事情让他一想,能够想到不可收拾。"

但他在逃跑的时候最重要的是为自己做充分打算,萧红就在这个以自私为中心的逃生之旅中展示了其性格的可笑。当他为了追女人逃到上海去时,临走前他把太太的小东西都搜刮一空,尤其是拿走太太俭省没舍得用的花手帕时,他得意地在心里说:"这守财奴呵,你不用你给谁省着?"他又想到这可以送给那个"她",心里就更甜蜜了。这种逃跑的戏剧在马伯乐率全家上火车的过程中达到一个悲喜剧的高潮。在那紧要关头,他只顾自己上,同时还算计着太太装着财物的箱子。他给孩子们设计的逃难装备一点不能应付局面,弄得小女孩掉到江里,他自己也落花流水地败下阵来。

马伯乐从来没有冲锋陷阵、为国献身的勇气,但为了表现自己,却可以把一个卖麻花的老人揍倒。

马伯乐又是得过且过的,容易满足的,随时随地可以回圈着过日子,酱油瓶子倒了都不扶的,几个包子就能安慰了失恋的痛苦的。

萧红写的是战时的生活，在她笔下，马伯乐这种自私自利，就是战时民众的一种真相。这种只求自保的精神状态，在逃难民众的日常生活中制造着自相残杀的惨剧。她用冷峻的反讽描写人们冲过淞江桥的情形："那哭声和喊声是震天震地的，似乎那些人们都来到了生死关头。能抢的抢，不能抢的落后。强壮如疯牛疯马者，天生就应该跑在前边。老弱妇女，自然就应该挤掉江去。""他们这些弱者，自己走得太慢那倒没有关系，而最主要的是横住了那些健康的，使优秀的不能如风似箭向前进，怎么办？""于是强壮的男人如风似箭地挤过去了；老弱的或者是孩子，毫无抵抗之力，被稀里哗啦地挤掉江里去了。"

萧红描写战时民众的这种真相，其实也向主流文学叙事中高扬的民族士气表示了她的质疑。她写的是在当时的作品中备受排斥的，几乎被遗忘的国民性病态，难民们像阿Q一样自私又不知耻，无赖还振振有词，自欺欺人和健忘。在那条开往汉口的破船上，船老板明明是发国难财，却口口声声为国家民族。萧红把代表民族正气的意义符号《义勇军进行曲》用在这种场合，血肉长城的意旨就改变了。它在难船、滔天的白浪烘托下显得可笑。况且，刚才还在风险中飘摇的人们，到了码头就一哄而散，"没有一个人在岸上住一住脚，或者回过头来望一望，这小船以后将出什么危险！"血肉长城在哪里呢？

上面讲到《马伯乐》的故事，至此，仍觉得作品中还有些特别的东西我们没有触及。

一个就是，萧红对人物的选择。她选择了一个市民阶层的人物，一个好像亦文亦商，又不文不商的无业游民作为国民性病态的代表，这是一个特别的选择。这个游民，和骆驼祥子那种苦力出身的游民不同，他们在某种程度上是可以作为知识分子来看待的（马伯乐念翻译小说、写文章和诗，还开了一会书店），以这种人物做讽刺对象的作品，在中国现代文学中是很少有的。另一个就是萧红选择了一个男性人物代表这种病态性格，她的描写方式、她对人物关系的安排和她的叙述角度都很别致。

从前面一点来看，在现代，当我们说到现代性、现代思想、现代人的时候，通常会联想到现代作家，比如鲁迅、郭沫若、曹禺、巴金，以及他们笔下象征新思想的人物。这些人物走出传统的家庭，由乡村进入都市，接受新知识，为新思想呐喊。

而在《马伯乐》这部书里，我们看到，一些象征新思想、现代性的意符，几乎都是被反讽地运用着，转变成另一种含义，就像《义勇军进行曲》一样。

例如，当马伯乐偷了太太的体己物，准备逃到上海去讲恋爱时，萧红这样表述他的内心逻辑：

> 这个家庭，他是厌恶之极，平庸、沉寂、无生气……
> 青年人久住在这样的家里是要弄坏了的，是要腐烂了的，是要满身生起青苔来的，会和梅雨天似的使一个活泼的现代青年满身生起绒毛来，就和那些海底

的植物一般，洗海水浴的时候，脚踏在那些海草上边，那种滑滑的粘腻感觉，是多么使人不舒服！慢慢，青年在这个家庭里，会变成那个样子，会和海底的植物一样。总之，这个家庭是待不得的，是要昏庸老朽了的。

这里第一次出现了"现代"这个词，这一套现代观点，轻而易举地被人物挪用，为他的私欲做了辩护。

接下来，在马伯乐嘴里更多地出现的是民族和国家一语，带着激愤和悲悯的感情。在萧红笔下，马伯乐并不是民族压迫下一个被动的不得已的受害者，而是带着一种无可理喻的热情，几乎是盼望着日本人的战火到来，一个类似心理学上受虐狂性格的人物。

当他看到市面上一切如常，一点逃难的样子也没有的时候，"他想中国人是一点民族国家的思想也没有的呀！一点也不知道做个准备呀！"他的悲悯里边带着怒骂："真他妈的中国人，你们太太平平地过活吧！小日本就要打来了。我看你们到那时候可怎么办！你们将要手足无措，你们将要破马张飞地乱逃，你们这些糊涂人……"

日本人入侵和马伯乐的私利有着奇怪的关联，连接着太太的逃难和太太可能带来的钱。盘算着这一点，马伯乐的感情在悲哀的高潮和仇恨的深渊里大起大落。萧红揭示出这样一种空洞和虚伪的心理，她把都市市民层里那种生存的被动性、与对民族国家利益的主动追求区分开来。于是，我们就可以看到，马伯乐这类特殊市民，姑且把他称之为文化游民（有一定文化程度的游民），他们的精神状态有一种特征就是随时随地地挪用各种时髦的语言概念，亦即是说他们特别善于操纵语言，这一点是萧红对现代中国人的性格缺陷的一个深刻发现。语言是他们的工具，也是他们的安慰，这全是基于语言是可以随意挪用的。

这样，通过这种方式，萧红也就对语言本身所能代表的意义表达了很深的怀疑。因此我还认为，萧红对中国现代知识分子所具有的现代性看来也十分怀疑。

例如，像马伯乐这样的人就是激烈地主张暴露黑暗的，更是拥护抗战文学的，他照着一本外国书写作，"总之他把外国人都改成中国人之后，又加上自己最中心之主题'打日本'"。作者一语双雕地写道"现在这年头，你不写'打日本'，能有销路吗？再说你若想当一个作家，你不在前边领导着，那能被人承认吗？"

双雕，即这种功利的想法既是马伯乐的，也是作者所讽刺的。而马伯乐在现实中的任何挫败，都可以在精神领域；具体地说，在新旧诗词、格言、有关人生哲理的常言中找到解释。他的一切行动，他的受虐和转眼就向弱者施虐的行为，这些都具有了合理性。

马伯乐的这些性格特征不知能不能解释几十年后中国知识分子在一场又一场的政治运动中受虐及其同样向同仁施虐的行径。我的意思是，被称为中国知识分子的那一层人，并不都是鲁迅式的清醒者，其中大量是脱胎于都市的无业游民、文化游民式的人物。现代思想、观念于他们是容易脱换的衣装，随时升降的大旗。在关键时刻，既不是思想要紧，也不是人格要紧，而是饭碗要紧和保命要紧，这种无以自立的生存处境产生马伯乐性格，是这个性格喜剧中令人不安和需要深思的悲剧因素。

说到喜剧，还可以说，马伯乐的喜剧是琐屑的喜剧。萧红写到的喜剧情境大量是在家庭内部，在居所，在日常的家庭关系里发生。这种情境包括马伯乐怎样给孩子喂吃的，怎样在房子里开伙，怎样给自己炒蛋饭，什么时候吃几个蛋，他怎样一切生活用具不去洗，而是刮，怎样买了油又糊涂计较着，怎样和孩子演习卖包子。还有他是如何"一边思量着一边哭"，"仿佛他怕哭错了路数似的"。

就常言形容的男子汉"大丈夫"，果断、理智、勇敢以及锄强扶弱等特质来说，马伯乐的性格是一个彻底的消解。萧红恰恰是在这些地方，在大话和小事的冲突中，在虚张声势、大言不惭的行为和窝囊对付的生活态度造成的喜剧中推翻了男性中心的社会给予男性特质的一般概括。她用以推翻习惯定义的方式，采用日常琐屑的细节，在衣食住行、夫妻斗气等情境中呈现性格。这个性格还具有心理的深度。马伯乐的懦弱、他实际上的卑微地位和他作为男人的身份意识——某种自尊心吧，构成一种曲折的关系，形成他以哭代言、"哀兵必胜"的表达方式。例如当他把太太的钱要到手，他便无声地哀哭，"太太照着过去的老例子，问他要什么"，一遍又一遍地猜。猜到后来"太太忽然想起来了：去年他不就是为着一条领带哭了半夜吗？太太差一点没有笑出来，赶快忍着，装作平静的态度问着，'你可是要买领带吗？'"

在这样的描写中，马伯乐变成了像张天翼笔下《包氏父子》中小包的兄长，像小包那样卑微且又要掩饰自己卑微，死要面子活受罪的人物。而太太，这个毫无新思想可言的，只懂持家过日子的旧式妇女却显得实际和机灵。

在萧红描写的这个漫长的逃难之旅中，太太只是一个喜剧的配角，她和马伯乐不构成性别对立，不像莫里哀的《伪君子》中的那个太太，那个太太远比受骗的丈夫聪明，太太要担负起教育丈夫、揭示真相的使命。马太太，除了不理解丈夫那种一会儿悲观、一会儿绝望的情绪之外，她和马伯乐是一样平庸的。只是她在拖家带口的方面抱着常识性的见解，就显得比马伯乐更通人性。在那场"攻火车"的行动中，太太攻了半天，只顾了三个孩子，马伯乐连影子都不见了。太太想起马伯乐小时候逃大水独享脖子上的馒头项链（我想，这是一个老故事的意义翻新）。太太在这里，构成了一个说故事的视角，是从另一性的角度，弱者的、女性的角度言说了优胜者一贯的姿势。所有这些，无疑融汇了萧红自己作为女性和弱者在战争暴力下的痛苦经验。她亲身体验了女性和弱小者，自卫和逃生能力较弱，于同类同胞中也不得不首先忍受牺牲和被弃的处境。由这种痛苦经验里得来的观察，我想就是这些东西本身支持了萧红与主流文学所提倡的东西保持了疏离的态度。她做的是不受支持的事，然而弱者的位置却使她看到了强者们，比如那些更受推崇的男作家所没有看到和表现的东西，民族生活

阅读萧红 | 285

中一如既往地存在的卑劣人格、私欲和虚伪,这些并没有因为战争危机而减少,倒是因为这个危机更直接地影响到普通人的日常生活。

我想再做一个比较,尝试打开另一个思路,涉及对萧红的历来评价问题。

《马伯乐》和《阿Q正传》相比:

《阿Q正传》由一个男性作家写他的同性人物,由一个觉悟的知识分子写一个不觉悟的农民,是在普遍的启蒙思潮支持下产生的启蒙作品。

《马伯乐》由一个女性作家写男性,由一个游离于抗战主流阵营之外的文化游民写另一个文化游民(就生活遭遇而言,萧红比马伯乐更糟糕、更没保障、更多一重为人妻母的麻烦),是抗战时期文学中的属于少数的另类作品。

比较一下可以看出,萧红的位置比鲁迅当时是较为不利的。如果说,《马伯乐》在今天看来,可以归于"改造国民性"这一重大主题,那么,我们都知道,这个文学主题在五四时期获得发展,但20世纪30年代后就受到阻挠,最后到20世纪40年代末就根本中断了。萧红是在这个主题趋于衰落的时期写出她的一系列代表作的,而这些作品都贯穿了揭示国民性真相的努力。《马伯乐》是萧红在写作上有意坚持个人立场的一个证言。这一个人立场,对萧红来说,就是:1. 写作;2. 个人的写作;3. 作为女性的个人写作。萧红的这种选择,体现为她的南下,她的舍延安而去香港。但不幸的是,她竟病逝于战乱中的香港,这个结局令人痛惜。问题在于,尽管如此，我们不应该把萧红个人文学上的选择，与她的感情取向，与她的病逝混淆起来看待，虽然这三者之间有联系。

先说写作。当文学与抗战的关系再度成为一个问题的时候，这个问题包括"文章入伍""文章下乡"（后来干脆直接变成了作家入伍和下乡），如何写抗战，甚至何为抗战生活等等，不少作家真正投入到军队中去了。如有关研究所示，两萧的分手，除了感情原因，在写作问题上更有一场大争执，萧军一心想去抗日打游击，萧红强调文学岗位和各尽所能。丁玲和萧红曾同度风雨之夕，也曾痛饮长谈，在回忆中她说："延安虽不够作为一个写作的百年长计之处，然在抗战中，的确可以使一个人少顾虑于日常琐碎，而策划于较远大的。并且这里的一种朝气，或者会使她能更健康些。但萧红却南去了，至今我还很后悔那时我对于她生活方式所参与的意见是太少了。"关于萧红南下，梅志说："所有的朋友听到这消息无不表示惊奇，怎么会想到离开抗战的祖国到香港去？"恐怕是预料到了这一点，萧红他们走时也没有告诉朋友们。关于萧红到香港去，茅盾的评价具有代表性，长期以来，几乎也成为萧红的"盖棺定论"。茅盾分析萧红在香港时期的心境，一言以蔽之：寂寞。他说：

> 在1940年前后这样的大时代中，像萧红这样对于人生有理想，对于黑暗势力做过斗争的人，而会悄然"蛰居"，多少有点不可解，她的一位女友曾经分析她的"消极"和苦闷的根因，以为"感性"上的

一再受伤,使得这位感情富于理智的女诗人被自己的狭小的私生活的圈子(而这圈子尽管是她所诅咒的,却又拘于惰性,不能毅然决然自拔),把广阔的进行着生死搏斗的大天地完全给掩蔽起来了,这结果是,一方面陈义太高不满于她这阶层的知识分子们的各种活动,觉得那全是扯淡,是无聊,另一方面却又不能投身到工农劳苦大众的群中,把生活彻底改变一下,这又如何能不感到苦闷而寂寞?

然而事实是,唯其在香港,唯其在这种不是轰轰烈烈,而是寂寞的"蛰居"时,从1940年初至1941年6月,萧红以惊人的速度完成了她最重要的两部长篇:《呼兰河传》和《马伯乐》。唯其在香港,萧红找到了她一直在寻找的写作环境。萧红客居香港,并不曾设想落地生根,她只是为了写作而来,为了写作住了下去,如她在给华岗的信中所说:"香港的朋友不多,生活又贵。所好的是文章到底写出来了,只为了写文章还打算再住一个期间。"

在抗战期间仍以写作为职责,这便是萧红当时坚持的一种个人立场。我认为,这并不是如茅盾所说,如当时许多人所理解,是陷入了个人感情的小圈子,与斗争的大天地隔绝。我认为,萧红是主动选择了她所重视的岗位,进入了一个人的战争,一个人与人类精神上的愚昧、卑劣作战,这就是个人写作的意义和价值。"寂寞",是必要的寂寞,与个人写作相辅相成。

早在《七月》的作家和批评家讨论抗战以后的文艺活动以及作家与生活的问题时，萧红就谈到了她对这种写作生活的看法。她紧接着前面艾青发言中所说距离现实生活太近，反而把握不住，事后再写，也许更清楚，萧红说："是的，这是因为给了你思索的时间。如像雷马克，打了仗，回到了家乡以后，朋友没有了，职业没有了，寂寞孤独了起来，于是回忆到从前的生活，《西线无战事》也就写成了。"

也就是说，萧红是体认了写作中的这种寂寞而去经历它的，这就是她对写作的理解。所以在她看来，作家的问题不是要到哪里去体验生活，因为他们本来就在生活中。她反驳一位男作家"不打进生活里面去，情绪不高涨"的意见说："不，是高涨压不下去，所以宁静不下来。"

这都表明，就写作而言，萧红正是宁肯固守"寂寞"的。她并非被什么感情蒙蔽，这就是她所选择的。暂时平静、可供避难的香港没有辜负萧红，成全了她的创作。后来战祸蔓延，殃及萧红，这并不说明她选择个人写作的立场就错了。没有这种选择，萧红恐怕无从发挥她的写作才华，或者，我们会失去《呼兰河传》《马伯乐》，这该更令我们遗憾吧。

选择个人写作也体现了作为女性的萧红对战争的态度。在厌恶战争这一点上，萧红与张爱玲不谋而合。"我憎恶打仗，我憎恶断腿、断臂。等我看到了人和猪似的睡在墙根上，我就什么都不憎恶了，打吧！流血吧！不然，这样和猪似的，不是活遭罪吗？"

在另一篇文章中，萧红谈到她在西安看到八路军女伤兵的感受。

有一天我看到一个残疾的女兵,我就向别人问:"也是战斗员吗?"那回答我的人也非常含混,他说也许是战斗员,也许是女救护员,也说不定。

等我再看那腋下支着两根木棍,同时摆荡着一只空裤管的女人的时候,但是看不见了,她被一堵墙遮没住,留给我的只是那两根使她每走一步,那两肩不得安宁的新从木匠手里制作出来的白白的木棍。我面向着日本帝国主义,我要讴歌了!就像南方的朋友们去到了北方,对于那终年走在风沙里的瘦驴子,由于同情而要讴歌她了。

但这只是一刻的心情,对于蛮的东西所遗留下来的痕迹,憎恶在我是会破坏了我的艺术的心意的。

那女兵将来也要做母亲的,孩子若问她:"妈妈,为什么你少了一条腿呢?"

妈妈回答是日本帝国主义给切断的。

成为一个母亲,当孩子指向到她的残缺点的时候,无管这残缺是光荣过,还是耻辱过,对于做母亲的都一齐会成为灼伤的。

萧红对八路军女伤兵的感受是非政治性的,发自人性中的女性意识。她悲悯着的不只是人的躯体,而且是一个将要做母亲的躯体,以及这个伤残的躯体将要给做母亲的人永久的心理创痛。

在萧红眼里，这个女兵，不是英雄，而是弱者，她的弱是在合理的情感下呈现的弱，两条木棍与做母亲的心是无法协调的。也是在这篇文章中，萧红表述着她对"他们"的困惑，"他们"是一些自傲的、以生命力强为荣的作家。萧红陈述了她——被看作生命力不强的人，不想与强者为伍的心情。事实上，在整个战乱中，萧红本人也一直过着无力自保、颠沛流离的生活。如香港学者卢玮銮所说："她在那个时代，烽火漫天，居无定处，爱国爱人都是一件很困难的事。"作为甲的孕妇，乙的妻子，她孤身上路，由甲乙之外的人照顾，最后婴儿死在医院里，而她的情感选择看来亦属孤立无援。当她决定离开搭救过她的恩人与另一个爱人同行时，她的反叛被当作负心和负恩行为，多么欣赏她的朋友断然认定：她"那大鹏金翅鸟"，"从天空，一个筋斗，栽到'奴隶的死所'上了！"读到了《呼兰河传》《马伯乐》等系列作品，我们会重新看到萧红。被置于孤立状态，被自己的身体拖累，被情感困扰，尽管如此，她仍拥有一个写作的身份。那些认定她栽了的批评家以及在情感上怜悯和道义上对她不以为然的朋友都最容易忽视了她的这一重独立的，并未迁就任何人，并未屈从任何潮流的身份——女性写作者的身份。我之所以强调这一点，是因为，人们正是这样，对萧红香港时期完成的作品估计不足，没有看到这些作品以独立的姿态对主流文学的反叛，没有看到颠覆性的构思所显示的女性宽广的视界。

我由此想到另一位女作家玛丽·雪莱。当女性批评家注意到雪莱的夫人玛丽·雪莱的经历时，她们指出了其中对她的创作想象最为重要的因素，这一因素并不是她的门第和教养，不是她与名人的交往接触，而是"她在成为一位作者、母亲的那一时刻过早而浑浊的经历"。这使得她在作品中记录了母性的恐怖故事，这种母题是新的创造，她也开创了一个新的"女性哥特式"传统。后来继承这个传统的还有夏绿蒂·勃朗特、艾米莉·勃朗特等人，这帮女士"全使用幻想去颠覆父权制社会——现代文化的象征性秩序"。

萧红的《呼兰河传》《马伯乐》都可作如是观，是一种颠覆，源自作者的女性经历，不同的是萧红的方式不是幻想故事，是写实性质和风格。而此时，她奉为导师，可以对她有所庇护的鲁迅已不在，这个不在我想对萧红有双重意义。一个是她必须独立写作，不倚赖任何人；另一个是一种写作权威已不在。我认为鲁迅并不十分重视萧红作品中那种女性想象的素质，他给《生死场》写的序中说"叙事和写景，胜于人物的描写"，私下里则对萧红说，这句话并不是什么好话，"也可解作描写人物并不怎么好。因为作序文，也要顾及销路，所以只好说得弯曲一点"。后来批评家胡风也有此一说。聂绀弩与萧红谈小说，发展了这一意见，且说到萧红根本没有能力创造人物，那种由个体向集体的英雄转变的人物，他的原因近乎不容反驳："但是你这作者是什么人，不过一个学生式的二十二三岁的小姑娘，什么面目不清，个性不明，以及还有别的，对于你说，都是十分自然的。"

由后者咄咄逼人的口气，已可以看出萧红在她的同行里，由于她的性别和年龄，所承受的无形的压力。在七月的座谈会上，萧红是到场的唯一一位女作家。我想，作为女人，在战时生存下来已十足不易，所以基于此，在男作家们提出与战时生活的距离时，萧红讲道："我看，我们并没有和生活隔离。譬如躲警报，这也就是战时生活，不过我们抓不到罢了。即使我们上前线去，被日本兵打死了，如果抓不住，也就写不出来。""譬如我们房东的姨娘，听见警报就骇得打抖，担心她的儿子，这不就是战时生活的现象吗？"我在前面讲到过，萧红写《马伯乐》，有文字可证的不是学习老舍，而是以鲁迅《阿Q正传》《孔乙己》这种刻画性格的作品为模范，并且有意识超越它们的努力。在形式上，不用说，萧红做到了她想做到的一点，用长篇小说的形式书写国民性格。而在内容上，她选择了当下的事件——逃难。在我们今天看到的战时作品中，还找不到哪一部作品，着意这么一种庸众的日常，在通常被认为属于女性的生活空间——家居、夫妻关系，闹别扭斗气，在这里书写男性主角。

这种性别书写的反叛，不是中国左翼作家中的任何人启示了萧红，而是源于她的异国姐妹。她们强化了萧红的反叛精神，使她有勇气维护自己的经验和性别的文学价值。也只有在这个意义上，我们可以理解萧红何以如此推崇史沫特莱《大地的女儿》和丽洛琳克的《动乱时代》。萧红仅有的两篇书评文字，都是关于这两本书的，从其中还可以看出《马伯乐》（也包括《呼兰河传》）艺术构思的来源之一。

萧红写到，读着《动乱时代》，正是上海抗战的开始——

"《动乱时代》的一开头就是：行李、箱子、盆子、罐子、老头、小孩、妇女和别的应该随身的家具，恶劣的空气，必要的哭闹外加打骂……这书的一开头与我的生活就这样接近。"萧红叙述了作品的故事，是自传体，写作者童年时的逃难，一直写到她的成年和独立。

翻完了书的最末页，我把它放在膝盖上，用手压着，静静地听着窗外树上的蝉叫，"很可以"，"很可以"——我反复着这样的字句，感到了一种酸鼻的滋味。逃难与童年成长，这我们在萧红后来的两部长篇《马伯乐》《呼兰河传》中都看到了，值得注意的是萧红对这两部作品中性别表述的重视。男权中心社会下的女子，她从她父亲那里就见到了，那就是她的母亲。我恍恍惚惚地记得，她父亲赶着马车来了，带回一张花绸子。这张绸子指明是给她母亲做衣裳的，母亲接过来，因为没有说一声感谢的话，她父亲就指问着："你永远不会说一声好听的话吗？"男权社会中的女子就是这样的。她哭了，眼泪就落在那张花绸子上。女子连一点点东西都不能白得，哪怕就不是自己所要的也得牺牲好话和眼泪。男子们要这眼泪一点用处也没有，但他们是要的。而流泪是痛苦的，因为泪腺的刺激，眼珠发胀，眼睑发酸发辣，可是非牺牲不可。

对书中性别经验的这种敏感和深切的同情，显示了萧红自己性别意识的敏锐。同样的知识女性读者，比如胡风夫人梅志，反应就没萧红这么强烈。梅志认为《动乱时代》"写得太真实了，使我害怕，使我为孩子们担心"。萧红的书评也没有引起她的共鸣，且认为："可惜她也没有做什么深刻的评价，看来她不适合写评论文章。"

而萧红在这篇书评中还特别讲到一个经历,这经历在梅志这样的女读者那里也没有引起任何注意。萧红说:"昨天为着介绍这两本书而起的嘲笑的故事,我都要一笔一笔地记下来。"以下是"他们"如何地拿这书开玩笑,如何地问:"这就是你们女人的书吗?"如何地像遇到喜事一样笑得发狂。在文章结尾,在讲到了盲目的乞丐和报国无门的女同学的苦闷之后,萧红再回到了这两本书上,她说:"根据年轻好动的心理,大家说说笑笑,但为什么常常要取着女子做题材呢?"

读读这两本书就知道一点了。

> 不是我把女子看得过于了不起,不是我把女子看得过于卑下,只是在现社会中,以女子出现造成这种斗争的记录,在我觉得她们是勇敢的,是最强的,把一切都变成了痛苦出卖而后得来的。

何以这些意见,在萧红的同一阵营的女友那里也找不到回应呢?我想是由于萧红和她们的性别处境不同。萧红是当时在左翼阵营中真正对男性作家的创造力和性别态度构成挑战的女性,她的挑战性不仅在天然的感受力和才华,更是在于,她的作品坚持了自己的性别,坚持了"她们"的经验与"他们"的经验是不一样的,问题和处境不一样,需要不一样的叙事指认。但是,作为女子,萧红得进入以男性为中心、为主体的阵营,它叫作左联、七月——就性别主体来说并无分别,才能找

阅读萧红

到施展才华和个性的空间。她要进入,先要通过男性作家和批评家的认可。她第一次怀孕、被弃而等待着获救,好比她这种写作处境的隐喻。但左翼阵营里没有为接受她独特的性别经验、性别叙事做好准备,这也正如生活中她所爱的人也没有为接受她作为一个写作的女人、一个精神上独立的女性做好准备。几乎半个世纪,她的《生死场》始终不是作为性别叙事,而是作为无性的抗战文学被接受的。她的寄寓于乡村女性原始而野蛮的生死场中痛苦的呐喊,要到20世纪80年代站在女性主义的批评立场的研究那里,才被听见,才有回声。

我不能说萧红的性别意识就是天然澄明,没有矛盾的,我也不能有更多的例证说明萧红受到了女性主义的影响。我只能说,性别,对萧红来说,是生存的一个问题,巨大和急迫的问题。从她的出生、求学、抗婚及至在社会上寻求自立,这个问题越来越紧迫,迫使萧红要在她的全部创作中去探寻,探寻在一个现代和传统交替的时代,对于一个不服从男子中心的性别秩序的女子,对于一个渴求表达自己的性别经验的女子,她的处境和困难所在。

有关《马伯乐》开始的话题,似乎可以结束了。但无可否认,《马伯乐》中还有我没有涉及的内容,如其中的女学生角色,对女子的恋爱心理的暴露;如作品中着墨颇多的马伯乐的孩子们,有关儿童心理和教育问题。还有,《马伯乐》仍是一个未完成的作品。我之所以用了这么长的篇幅来讨论,不是要证明,它是最好的,而是要说明,它可以呈现萧红作为女性的深刻意义,以及在萧红研究中历来的和依然存在的未被看见的东西。我采用了女性阅读的立场，但我还不能声明我是一个女性主义的批评者。不是缺乏勇气，而是缺乏足够的知识。我的女性意识在这种阅读中有一个逐渐明晰地展开，混沌不明地带有肯定是存在的。我明白我对有关女性身份的概念、定义等词语的操作颇为吃力，因此我这样写也是为了探寻我自己的理解力和问题，这是这篇论文于我本人的意义。

（原载于《中国现代文学研究，丛刊》1997年第4期）

阅读萧红

萧红研究简史

在20世纪80年代以来的萧红研究中,占据着最重要地位的还是性别研究。萧红的不幸身世和多舛命运,本来就为人们提供了说不尽的话题。据说她临终时说的那句"我一生最大的痛苦和不幸却是因为我是个女人"曾经引起了无数人的唏嘘,同时,她的作品中也的确处处体现出了对女性命运的关注、对男权社会的反抗以及犀利的"女性的历史洞察力",因此,众多的女性主义研究者纷纷将目光投向萧红,便是很自然的了。

导　语

　　1935年12月，《生死场》第一次出版，萧红设计了这样的封面：底色为紫红的封面被一条斜线一分为二，"生死场"三个字位于斜线的上方，围绕着这三个字的，是一块不规则的黑色图案。这个图案的含义，曾引起了许多研究者的猜测：有人认为它是一座旧碉堡，有人认为它像被日本占领的东北三省的地图。而刘福臣在《萧红绘画琐谈》一文中则认为这是一幅妇女的头像，并认为她那坚毅的表情表现了与日本侵略者浴血奋战的东北人民的愤怒和力量。另一位学者刘禾沿用了"妇女头像"这一看法，但却做出了更为有趣的解读：

　　　　如若那片黑色勾勒的是女性头像，又与东北三省的地图相契合，那么完全有理由认为，图中斜穿而过的线条不仅象喻中国领土的分裂，而且也象喻着民族主体的分裂。同理，若是封面的深红色块可以联想为东北人民的鲜血，则也可将这同一片深红理解为女性的血，因为小说对女性之躯的表现总是与流血、伤残、变形与死亡密切关联的——不论是由于生育、被殴、疾病,还是自尽。

然而萧军道出的关于此"图"的真相,却比研究者们的猜测乏味得多。他在1979年致萧红研究专家丁言昭的一封信中说,萧红本打算把封面涂成半红半黑的样子,来代表生与死,但他认为这样的设计太呆板,就建议萧红只把书名周围涂黑。萧红听从了萧军的建议,于是就随便涂成了后来人们所看到的样子。看来,二萧是在无意间与后来的研究者开了一个不大不小的玩笑。不过那些不断的猜测,倒真的使这个本无任何"象征意义"的封面图案变为一种象征:它成了萧红作品所受到的过度阐释的最集中体现。

当然,我们不应该责怪研究者们脑洞太大,因为在现代文学史上,萧红本来就是一位极其复杂而又特殊的女作家。她的复杂和特殊,不仅在于她那传奇般的身世和出众的才华,更在于她的多重身份:她是"东北作家群"最杰出的代表,是"抗战文学"的开创者之一,也是鲁迅的"内围弟子"中唯一的女性;同时她又是左翼文学的大胆的叛逆者和挑战者,是具有强烈性别意识、深切关注女性命运的女作家……这种复杂的身份,决定了她的作品必然存在着多重的阐释空间。从萧红生前直至今天,她所受到的关注虽然无法和那些占据着文学史中心地位的大家相比,但也吸引了不少研究者的兴趣。

从左翼新人到时代的"落伍者"：
20世纪三四十年代的萧红评价史

1935年12月，萧红的第一部重要作品，也是日后被视为其代表作的《生死场》，作为由鲁迅策划的"奴隶丛书"之三出版（"奴隶丛书"另两部为萧军的《八月的乡村》和叶紫的《丰收》），并分别由鲁迅和胡风写了著名的序言和后记。这两篇文章标志着萧红的评价史的开端，它们后来都成为对萧红作品的经典评价，并为左翼评论界评价萧红定下了基调。鲁迅在序言中写道：

> 这自然还不过是略图，叙事和写景，胜于人物的描写，然而北方人民对于生的坚强，对于死的挣扎，却往往已经力透纸背；女性作家的细致的观察和越轨笔致，又增加了不少明丽和新鲜。精神是健全的，就是深恶文艺与功利有关的人，如果看起来，他不幸得很，他也难免不能毫无所得。

表面上看，鲁迅在这里更多地肯定的是作品的艺术价值，而并没有像后来的左翼评论者那样，完全把作品的意义归结为反映民族解放战争，但是鲁迅在序言的开头和结尾都有意提到了"上海闸北的火线"和远方的哈尔滨，并把二者联系起来，这就暗示着他在考察这部作品时，至少也是把"反帝爱国"作为一个相当重要的维度的。

相比之下，胡风撰写的后记则更为鲜明地突出了这一维度。他高度赞扬书中所体现的东北人民爱国意识的觉醒：

> 这些蚁子一样的愚夫愚妇们就悲壮地站上了神圣的民族战争的前线。蚁子一样地为死而生的他们现在是巨人似的为生而死了。这写的只是哈尔滨附近的一个偏僻的村庄，而且是觉醒的最初的阶段，然而这里面是真实的受难的中国农民，是真实的野生的奋起……使人兴奋的是，这本不但写出了愚夫愚妇的悲欢苦恼，而且写出了蓝空下的血迹模糊的大地和流在那模糊的血土上的铁一样重的战斗意志的书，却是出自一个青年女性的手笔。在这里，我们看到了女性的纤细的感觉，也看到了非女性的雄迈的胸襟。

他同时也指出了作品的一些缺点，如对于题材的组织力不够，人物性格不够突出、不普遍，对于语法、修辞的锤炼不够，等等。虽然他的指责都是集中在技巧层面上，但这些所谓"缺陷"其实正体现了萧红作品独特的风格，而这显然有悖于左翼评论家所秉持的标准。所以，在胡风的基本肯定的评价背后，也潜藏着萧红与左翼文学之间的微妙裂隙。

即便如此，《生死场》还是由于其抗日的题材和鲜明的阶级意识而被左翼文坛接纳，此后萧红作为左翼的一个新人，迅速在文坛上站稳脚跟，并备受瞩目。她的许多作品都曾多次再版，与此同时，报刊上也出现了一些关于她的文章，比如：

霞：《读〈商市街〉》，载1936年11月6日《大晚报》"每周文坛"副刊；

［日］高杉一郎：《关于萧红》，载日本《文艺》，1937年第5卷第11期；

杜君某：《萧红一怒走东京，田军预备追踪前往》《田军将赴日会萧红》《田军萧红的滑稽故事》，载《作家腻事》，上海千秋出版社，1937年；

邓立：《萧军与萧红》，载1938年《新青年》（长春版）；

［日］长野贤：《关于萧红》，载日本《中国文学月报》1940年第1期。

关于研究萧红的文章的大量出现，是在20世纪40年代。1942年1月，年仅三十一岁的萧红在香港病逝。这位天才女作家的英年早逝，让她的朋友们感到无限悲痛和惋惜，于是在当时以及之后的数年间，出现了大量哀悼和缅怀萧红的文章，包括：

《延安文艺界开会追悼女作家萧红》,载1942年5月3日延安《解放日报》;

张琳:《忆女作家萧红二三事》,载1942年5月6日重庆《新华日报》;

丁玲:《风雨中忆萧红》,载延安《谷雨》1942年第5期;

白朗:《遥祭》,载1942年6月15日《文艺月报》第15期;

萧军:《零落》,载1942年6月15日《文艺月报》第15期;

高原:《忆乃莹》,载1942年6月15日《文艺月报》第15期;

刘白羽:《寄念萧红》,载1942年6月15日《文艺月报》第15期;

陈纪滢:《记萧红》,载1942年6月22日《大公报》;

文若:《萧红的死》,载《野草》1942年第4卷第5、6期合刊;

柳无垢:《悼萧红》,载《文化杂志》1942年第3卷第2期;

[日]绿川英子:《忆萧红》,载1942年11月19日重庆《新华日报》;

罗荪:《忆萧红》,载《最后的旗帜》,重庆当今出版社，1943年；

一狷：《萧红死后——致某作家》，载《千秋》，1944年6月创刊号；

景宋（许广平）：《忆萧红》，载1945年11月28日上海《大公报》；

戴望舒：《萧红墓照片题诗录》（诗作），载1946年1月22日重庆《新华日报》；

聂绀弩：《在西安》，载1946年1月22日重庆《新华日报》；

骆宾基：《萧红小论》，载1946年1月22日重庆《新华日报》；

景宋（许广平）：《追忆萧红》，载《文艺复兴》第1卷第6期；

夏衍：《访萧红墓》，载1946年10月22日《华商报》；

孟钊：《密林里的同伴》，载1946年12月6日《东北民报》纪念萧红专页；

高兰：《雪夜忆萧红》，载1946年12月6日《东北民报》纪念萧红专页；

左忆：《悼萧红》（诗作），载1946年12月6日《东北民报》纪念萧红专页；

冷岩：《看见萧军忆萧红》，载1947年11月29日哈尔滨《文化报》；

柳亚子：《记萧红女士》，载《怀旧集》，上海耕耘出版社，1947年；

袁大顿：《怀萧红——纪念她的六年祭》，载1948年1月22日香港《星岛日报》；

北雁：《丁玲与萧红》，载《青年知识》1948年第34期；

吴贲：《萧红的读书故事》，载1948年6月19日香港《华商报》；

郭沫若：《在东北女作家萧红墓前的演说》（即《在萧红墓前的五分钟讲演》），载1948年11月21日《生活报》；

梅林：《忆萧红》，载《梅林文集》，上海春明书店，1948年；

莫洛：《萧红》，载《陨落的星辰》，上海人间书屋，1949年；

靳以：《悼萧红和满红》，载《靳以散文小说集》，平明出版社，1953年。

其中尤为引人注目的，是丁玲和绿川英子等萧红生前的女性朋友的文章，因为她们或隐或显地指出了：萧红的不幸命运应该在很大程度上归咎于男权社会的压迫。近半个世纪后，萧红成为女性主义研究者的宠儿，我们从这里似乎已能看到些端倪。比如绿川英子的回忆文章中就说：

结婚、生产、苦恼、贫困、疾病、早死——无数的女性所踏过的荆棘的道路,"进步的"作家萧红也背负着十字架走过了的。享年只有三十几岁的她的死,确为意外,确为过早,确为不应当。我常常在痛感她的牺牲的生活之余,希望她用抗战的圣火把自己锻炼得像钢铁一般。而现在,她的一切苦痛都化为乌有,我的希望也落了空。

另外这一时期还出现了第一部萧红传记,即骆宾基的《萧红小传》(1946年开始在《文萃》上连载,1947年在上海建文书店出版)。骆宾基是萧红在逝世之前的一段时间内交往最密切的朋友之一,而且萧红曾经亲口向他讲述了自己的许多不为人知的往事,所以这部传记对于后来的研究者来说显得弥足珍贵,尽管其中也掺杂着不少的人事纠葛和意气成分。骆宾基认为,萧红的悲剧在于她脱离了"战斗":

> 当一个人在战斗的时候,也就正是我们称作强者的时候,也就正是他和战斗主力密切结合的时候,或者被看作战斗力的一部分的时候,或者肯定自己是战斗力的一部分,注意战斗主力挥戈所指的方向而前进的时候。那么,自然这是很明白的,当他软弱的时候,也就正是退出战斗,或者落在战斗背后,或者不被战斗主力所注意,自己也不去注意战斗主力挥戈所指的方向的时候。
>
> ……

阅读萧红 | 309

> 萧红在以强者的姿态生长、壮大的途中又软弱下来，就是由于落在了战斗主力的背后，受了重伤，这是从她的作品里感觉得到的。
>
> 自然这还由于她受反动阶级的剥削与迫害又重的缘故，作为历史上的存在，她是一个有着光辉战绩的战士。
>
> 愿我们新中国的青年男女，从她身上跨过去。向前，向前，永远注意着战斗主力的旗帜所指的方向，不离开群众，不间断地战斗。

而在骆宾基看来，萧红之所以离开"战斗"，离开"群众"，根源在于她从年少时就具有的孤独感以及随之而来的矜持：

> 她背叛了家庭，也就背叛了中国的古老的生活观念，抗拒了封建家庭，也就是抗拒了那个社会现状。就是说，她不循规蹈矩地服从那个社会的规则，给"父母之命，媒妁之言"的旧传统一个有力反击。就是因为她反击了这一个社会所遵从的"法则"，她抗拒的是这个社会，那么社会就显出了它的顽强的力量了。她所熟识的人，都用奇怪的眼光看她。
> ……
> 她依恃什么来和这些敌对性的眼光相抗呢？怎样保护自己不受那怜悯口吻的损伤呢？那就是矜持。这

矜持的根源就建立在这孤立处敌的根基上。她不吐露自己内心的凄苦，一点资敌的真实情况都不泄露。她卫护着自己的骄傲和尊严，用矜持做武器。

骆宾基的《萧红小传》并未太多评论萧红的作品，但是这部传记却开了一个先例，那就是通过萧红的生平来理解她的创作，这当然是一种非常有效的解读作品的方式，但是如果处理不好，也难免有牵强附会的嫌疑。另外骆宾基几乎完全把《呼兰河传》视为萧红的自传，总是根据作品来叙述萧红幼年的生平，这是有很大问题的，因为即使是有自传色彩的小说，也毕竟是小说，它的本质属性是虚构性，绝不能把作品中讲述的故事，不加判断地当作事实。

在20世纪40年代，人们似乎更加关注的是萧红的生平，至于和她的作品相关的评论和研究，仍然不多，其中有：

谷虹：《呼兰河传》，载《现代文艺》1941年第4卷第1期；

麦青：《萧红的〈呼兰河传〉》，载1942年10月10日桂林《青年文艺》；

石怀池：《论萧红》，载《石怀池文学论文集》，上海耕耘出版社，1945年；

茅盾：《萧红的小说〈呼兰河传〉》，连载于1946年12月6日《东北民报》文艺副刊第11期"纪念萧红专页"及1946年12月11日《东北民报》文艺副刊第 12 期；

德溶：《萧红著〈呼兰河传〉》，载上海《妇女》1947 年第 2 卷第 4 期；

葛琴：《评萧红〈黑夜〉》，载《散文选》，香港文化供应社出版，1948 年。

另外，左忆的《东北作家群像》（连载于 1946 年 11 月 28 日至 12 月 4 日《东北民报》）中，也有关于萧红的评介。上述文章中比较重要的是石怀池的《论萧红》和茅盾的《萧红的小说〈呼兰河传〉》。其中前者不仅是第一篇以萧红为题的作家论，而且非常典型地体现了四十年代的左翼文坛对于萧红的态度。因此，尽管石怀池只是个名不见经传的年轻评论者，这篇文章仍然在萧红的评价史上占有重要地位。该文一开头即表明其写作的目的是"从她的身世：寂寞、死亡和那份文学遗产，谈知识分子作家自我改造的斗争"，由此出发，石怀池认为萧红悲剧的根源是"自我改造斗争的失败"，从她的不幸遭遇中"可以看出一个进步的知识分子，不肯积极地跃入斗争，泅向人民的海洋，仅仅消极地保留一个美丽的理想，在私人感情的圈子里求得超脱，是一条怎样走不通的道路"。在评价萧红作品时，该文高度称赞了《生死场》，认为"在《生死场》里，充分地表现着一种相信人民的乐观主义的气息，她歌颂人民的抗争，为他们的受难提出愤怒的控诉"，并认为这标志着萧红创作的"高潮"；但是对于《呼兰河传》《马伯乐》等萧红的后期作品，石怀池则认为是"走下坡路"的表现，因为作者脱离了群众，也脱离了现实。这种评价最典型地体现了左翼评论家的立场，同时也反映了萧红在她生命的后期，无论是在生活道路上还是创作实践上，与左翼之间的裂隙都在逐渐扩大。

和石怀池相比，与萧红有过交往的茅盾，对她后期作品的评价要宽容得多。他在《萧红的小说〈呼兰河传〉》一文中（后来各种版本的《呼兰河传》往往把该文作为"序"，但实际上这是一篇单独发表的评论文章），充分肯定了这部小说的艺术价值：

> 也许有人会觉得《呼兰河传》不是一部小说。
>
> 他们也许会这样说：没有贯穿全书的线索，故事和人物都是零零碎碎，都是片段的，不是整个的有机体。
>
> 也许又有人觉得《呼兰河传》好像是自传，却又不完全像自传。
>
> 但是，我却觉得正因其不完全像自传，所以更好，更有意义。
>
> 而且我们不也可以说：要点不在《呼兰河传》不像是一部严格意义的小说，而在它于这"不像"之外，还有些别的东西——一些比"像"一部小说更为"诱人"的东西：它是一篇叙事诗，一幅多彩的风土画，一串凄婉的歌谣。

最后这句"它是一篇叙事诗,一幅多彩的风土画,一串凄婉的歌谣",至今为止仍然是对《呼兰河传》最经典的评价。然而茅盾毕竟是一位左翼作家,他在高度赞扬《呼兰河传》艺术成就的同时,也指出了"作者思想的弱点"并分析其原因:

问题恐怕不在于作者所写的人物都缺乏积极性,而在于作者写这类人物的梦魇似的生活时给人们以这样一个印象:除了因为愚昧保守而自食其果,这些人物的生活原也悠然自得其乐。在这里,我们看不见封建的剥削和压迫,也看不见日本帝国主义那种血腥的侵略。而这两重的枷锁,在呼兰河人民生活的比重上该也不会轻于他们自身的愚昧保守吧?

萧红写《呼兰河传》的时候,心境是寂寞的。

她那时在香港几乎可以说是过着"蛰居"的生活,在一九四〇年前后这样的大时代中,像萧红这样对于人生有理想,对于黑暗势力做过斗争的人,会悄然"蛰居"多少有点不可解,她的一位女友曾经分析她的"消极"和苦闷的根由,以为"感情"上的一再受伤,使得这位感情富于理智的女诗人,被自己的狭小的私生活的圈子所束缚(而这圈子尽管是她诅咒的,却又拘于惰性,不能毅然决然自拔),和广阔的进行着生死搏斗的大天地完全隔绝了。这结果是,一方面陈义太高,不满于她这阶层的知识分子们的各种活动，觉得那全是扯淡，是无聊；另一方面却又不能投身到农工劳苦大众的群中，把生活彻底改变一下。这又如何能不感到苦闷而寂寞？而这一心情投射在《呼兰河传》上的暗影不但见之于全书的情调，也见之于思想部分，这是可以惋惜的，正像我们对于萧红的早死深致其惋惜一样。

比起石怀池的批评来，茅盾的语气已经算是相当温和，但如果从左翼的立场上来看，这样的指责仍不可谓不严厉。所以，后来有研究者甚至说，茅盾文中所谓的"两重的枷锁"，其实是扣在萧红头上的两顶帽子。实际上，在茅盾和石怀池（乃至当时的整个左翼评论界）眼里，萧红已经从一个进步的左翼小说家沦为了时代的落伍者。

文学史上的边缘人：
萧红在20世纪50至70年代的命运

1949年以后，从"左翼文学"经由"延安文艺"发展而来的"社会主义文学"，成了唯一的文学形态。相应的，现代作家的文学史上的地位，也就直接取决于他们是否接近以及在何种程度上接近这条"主线"。在这种情况下，萧红虽然不会被完全排斥在文学史之外，而且总是能在其中占据一席之地，但这种地位在多数时候是相当边缘化的。比如，在刘绶松的《中国新文学史初稿》（1956年由作家出版社出版）中，涉及萧红的部分除了介绍作者生平外，仅仅简短地评述了《生死场》：

> 《生死场》写的正是东北人民的"对于生的坚强，对于死的挣扎"，它反映了在沦陷后的东北农村中所进行的生死存亡的斗争……在这里，我们看见了中国人民的最初的觉醒和强大的反抗力量。《生死场》是人民抗争的号召，也是对于反动统治者的有

力控诉。

此外《中国新文学史初稿》还提及了"也是以农村生活为题材"的小说集《牛车上》，但是并没有进行评述。丁易的《中国现代文学史略》（1955年由作家出版社出版）在介绍到萧红时，虽然用了相对较大的篇幅，但是总体评价仍然不高，即使对于一向被左翼文坛认可的《生死场》，在大体肯定的同时也有相当大的保留。书中认为：

> 《生死场》的出现，和当时许多抗日作品一样，它闪出了东北人民也是全国人民对于卖国的"不抵抗"政策的愤怒的火焰，反映了东北人民和日本帝国主义坚决英勇的斗争，代表了东北人民也是全国人民的抗日要求。

但同时也从更为严苛的标准出发，指出：

> 《生死场》只写出了东北人民在日本帝国主义蹂躏之下自发的斗争，事实上，东北人民的抗日斗争，在一开始就是在中国共产党直接领导之下进行的。在这一重要环节上，作者却没有很好地描写……书中之所以有着这一缺点，主要的还是由于作者自己实际革命斗争的生活不够的缘故。

该书还提到了萧红的后期作品《马伯乐》和《呼兰河传》，这在当时的文学著作中是罕有的，不过评价它们时用的还是批判性的口吻：

> 但作者继《生死场》之后写出的《马伯乐》和《呼兰河传》，似乎是在走下坡路了。个人的抑郁代替了战斗的气息，这许是由于作者自己生活贫乏，而那种不健康的小资产阶级思想感情又经常把她拖进苦闷深渊的缘故。

在20世纪五六十年代的其他文学著作（如王瑶《中国新文学史稿》、复旦大学中文系编《中国现代文学史》等）中，萧红所获得的评价也是大同小异。大体上说，这些评价都可以看作20世纪40年代的茅盾、石怀池等人观点的延续，只不过20世纪40年代的论者还是自发地在运用他们所理解的标准，而后来的文学史写作则是直接在主流意识形态的指导下进行的，所以必然更少弹性。因而，在左翼阵营中颇具异质性的萧红，在这一时期一直被边缘化，也就不足为怪了。

然而无论当时的人们是如何地拘泥于所谓标准，他们都不可能对萧红作品杰出的艺术成就视而不见。一个最突出的例子就是：虽然当时的文学史对萧红后期作品的评价普遍不高，但是《呼兰河传》中的一段文字，却长期以来一直被选入小学语文课本，这就是《火烧云》。

除了这篇课文之外，20世纪五十年代到七十年代后期，萧红几乎完全被研究者忘却了。其间人们唯一一次记起她，是在1956到1957年，因为那时位于香港浅水湾的萧红墓地已经荒芜，且有被毁的危险，于是香港诗人陈凡致信人民日报社，信件经摘编后以《萧红墓近况》为题发表在1956年12月6日的《人民日报》文艺副刊上，并引起人们的关注。次年8月3日，由香港和广州的文化界人士共同安排，萧红骨灰迁至广州银河公墓。迁葬完成以后，在内地除了报纸上的零星报道外，仅有端木蕻良的一篇《纪念萧红，向党致敬》发表于1957年8月15日的《广州日报》上，端木在这篇表态性质的文章中说："在国家建设这么繁重，好多烈士战士还没来得及迁葬的时候，党和政府委托作家协会广州分会把亡妻萧红同志遗骨迁葬广州银河公墓。知道了这个情况，使我感动得不禁热泪盈眶。"联想到在此一年之前鲁迅墓迁址的盛况，即可知迁墓看似小事，但也很能反映作家的文学史上的地位。

与此同时，在中国香港和台湾地区，乃至国外，却有不少研究者把目光投向了萧红。20世纪五十至七十年代，港台等地区的各种书刊上经常出现关于萧红的文字，既有关于作者生平的回忆和介绍，也有对于作品的研究。前者包括：

冯瑜宁：《清明时节忆萧红》，载《文艺杂谈》，香港自学出版社，1955年；

孙陵：《萧红》，载《文坛交游录》，高雄大业书店，1955年；

林莽（李辉英）：《忆萧红》，载1957年4月1

日《热风》；

智侣：《萧红与端木》，载 1957 年 8 月 2 日香港《文汇报》；

季林（李辉英）：《萧红》，载《中国作家剪影》，香港文学出版社，1958 年；

孙陵：《萧红的错误婚姻》，载《浮世小品》，台北正中书局，1961 年；

[日] 鹿地亘：《萧军与萧红》，载日本《中国现代文学选集月报》第 8 号；

欣知：《萧红与绘画》，载 1962 年 11 月 30 日香港《新民晚报》；

郭英：《关外来的萧红》，载 1970 年 5 月 22 日香港《明报晚报》；

赵聪：《饱受男性欺侮的萧红》，载《三十年代文坛点将录》，香港后人书局，1970 年；

李辉英：《萧红逝世卅周年》，载 1972 年 1 月 17 日《星岛晚报》；

舒年：《萧红与鲁迅》，载 1973 年 6 月 27 日《明报》；

某先生：《田军萧红往事》，载 1973 年 6 月 27 日《真报》；

克亮：《也谈萧红与鲁迅》，载 1973 年 7 月 2 日、3 日《明报》；

舒年：《萧红谈鲁迅》，载 1975 年 3 月 10 日香港

《大公报》;

丙公:《忆萧红》,载 1975 年 3 月 10 日香港《新晚报》;

[美]葛浩文:《谈萧红与鲁迅》,载 1975 年 5 月《抖擞》第 9 期;

龙云灿:《萧红的悲剧》,载《三十年代左翼文坛现形录》,台北华欣文化事业中心,1975 年;

李立明:《女作家萧红》,载 1975 年 11 月 1 日《中华月报》第 722 期;

周鲸文:《忆萧红》,载《时代批评》1975 年第 12 期;

余惠:《来自呼兰河畔的萧红》,载香港《海洋文艺》1976 年第 3 卷第 2 期;

[日]秋山洋子:《两个女作家》,载日本《世界女性史》1976 年第 17 期;

玄默:《萧军与萧红》,载胡品清编《作家写作家》,台北长歌出版社,1976 年;

李立明:《萧红》,载《中国现代六百作家小传》,香港波文书局,1977 年 7 月;

[美]葛浩文:《萧红及萧红研究资料——为纪念萧红女士逝世三十五周年而作》,载《明报》月刊 1977 年第 12 卷第 7 期;

薇薇:《浅水湾畔埋芳骨——女作家萧红的一生》,载《象牙塔外》1977 年第 21 期;

张放：《记萧红》，载《中共文艺圈外》，台北黎明文化事业股份有限公司，1978年。

对于作品的研究则有：

曹聚仁：《谈抗战文艺的风格——兼论萧红的小说》，载1957年8月3日香港《文汇报》；

阮郎：《马伯乐往何处去》，载1957年8月3日香港《文汇报》；

双翼：《读〈生死场〉小感》，载1957年8月3日香港《文汇报》。

高朗：《在风暴中歌唱的云雀——萧红和她的书》，载1957年8月4日香港《文汇报》；

辛知：《萧红的〈跋涉〉》，载1963年9月24日香港《新民晚报》；

舒年：《萧红三部》，连载于1970年4月10日、17日、24日香港《中报周刊》；

许定铭：《论萧红及其作品》，载1972年8月1日香港《文坛》第329期；

［日］立间祥介：《论萧红》，载《中国的革命与文学》第五册，日本平凡社，1972年；

李辉英：《有关萧红、田军的文章》，载1973年7月16日香港《明报》；

叶德星：《质疑·指正·两萧》，载1973年7月

24日香港《明报》；

［美］葛浩文：《一本失落的书》，载1976年4月29日香港《明报》；

裘昌：《读萧红的〈长安寺〉》，载1976年6月1日《星岛日报》；

林国光：《萧红的〈呼兰河传〉》，载1977年2月15日《时代青年》第85期；

司马长风：《〈呼兰河传〉的个性》，载1977年3月27日香港《明报》；

也斯：《萧红短篇中的几个女性：谈〈小城三月〉等的几个人物塑造》，载香港《象牙塔外》1977年第21期；

刘以鬯：《萧红的〈马伯乐〉续稿》，载1977年12月《明报》月刊第12卷第12期；

小蓝：《被压抑的春天——萧红的〈小城三月〉》，载1978年3月15日《大拇指半月刊》第75期。

这一时期还出现了一部非常重要的萧红传记，即葛浩文的《萧红评传》。不过它被介绍到中国大陆及香港台湾地区并产生重大影响，则是20世纪70年代末至80年代了。因此，我们将在述及80年代的萧红研究时一并讨论它。

从20世纪50~70年代，萧红的作品在不同地区的接受状况形成了鲜明的对比：一方面是大陆研究界几乎完全忘记了这位女作家，而另一方面则是中国香港和台湾地区的研究者和国外的研究者的持续关注。这种极度不平衡的状况昭示着，一旦时代氛围发生变化，这些研究者有了互相交流借鉴的可能，那么萧红研究必然面临着重大的转折与分化。

视角的多元与趋同：
20世纪70年代末至今的萧红研究

  1979年4月29日，《文艺动态》第14期上刊登了一则题为《黑龙江省文研所召开开展萧红研究工作座谈会》的消息，并附有王观泉的《萧红研究倡议书——被人遗忘，不甘，不甘》，这标志着萧红重新进入研究者的视野。尽管在当时许多曾被遗忘的作家都经历过类似的重新被"发掘"出来的过程，但是像这样的由带有官方性质的机构召开座谈会，并发表"倡议书"的形式，还是非常少有的。自此以后，萧红研究逐渐成为热点，而1981年萧红诞辰七十周年之际的纪念活动，更是对"萧红热"起到了推波助澜的作用。当然，"萧红热"的形成绝不仅仅是因为这一次会议和一封"倡议书"（实际上在此之前的一两年内，已有多篇与萧红研究有关的文章发表），但它确实是萧红重新引起人们关注的一个标志性事件。

  需要指出的是，萧红之所以能够受到这种"礼遇"，在很大程度上仍然要归功于她的"进步作家"的身份，以及她与鲁迅的特殊关系，这从许多文章的标题上即可看出，如：

查国华、蒋心焕：《鲁迅和萧红——学习鲁迅札记》，载《山东师院学报》1977年第5期；

钟汝霖：《反帝爱国的女作家萧红》，载《哈尔滨师院学报》1978年第3期；

钟汝霖、陈世澂：《民主革命的优秀文艺战士萧红》，载《北方论丛》1982年第1期；

李淼：《略论〈生死场〉的现实主义》，载《东北现代文学史料》第4辑，1982年；

陈世澂：《试论鲁迅对萧红创作的影响》，载《北方论丛》第4辑《萧红研究》，1983年；

陆文采、唐京连：《试论萧红小说的真实性与倾向性的统一》，载《呼兰师专学报》1984年第1期；

邢富君：《论萧红对鲁迅小说艺术的继承和发展》，载《辽宁教育学院学报》1984年第3期。

在这种情况下，萧红研究自然难以获得新的视角，无论这些"新时期"的研究者们给予萧红多么崇高的评价，他们都无法突破20世纪三四十年代的左翼评论家们在评价萧红时设定的框架。比如唐弢主编的《中国现代文学史》中对《生死场》的评价依然是这样的：

作品没有一条贯穿全局的故事线索，它只是许多生活画面的连续。因为作者观察的深入和笔致的细腻，在明丽的画幅中蕴含着感人的力量。在民族矛盾迅速上升为主要矛盾的历史条件下，没有因此忽视阶级矛盾，从而真实地写出了东北人民在帝国主义、封建主义双重压迫下的深重灾难。这是小说的可贵之处，也是它胜过同一时期不少同类作品之所在。

与此同时，当年的左翼评论家就曾发现的、无法把萧红后期创作纳入左翼文学的阐释框架的难题，也同样地困扰着这一时期的研究者。比如铁峰在《萧红文学之路》（哈尔滨出版社1991年出版）中就认为：

> 《呼兰河传》的最大缺点，就是由于作者在抗战时期创作思想出现偏差，否定文学作品的阶级性，把揭露批判的笔触"对着人类的愚昧"，从而过分夸大了劳动人民的愚昧无知、麻木不仁，没有写出一个积极的人物，也没反映出时代的根本特点，更没表现出抗战时期人民的要求和愿望。这就大大削弱了作品的政治思想和教育意义。

也有论者试图弥合萧红作品与左翼文学之间的裂隙，比如韩文敏在《〈呼兰河传〉我见》（发表于《文学评论》1982年第4期）中一方面说：

> 《呼兰河传》从酝酿到成书的三四年间，萧红在

感情生活中一再遇到挫折，她的心境是那样的抑郁、寂寞，可是她却没有在个人的痛苦中沉沦，而是始终保持着对生活的敏锐的观察力和清醒的理解力，她的心里仍旧包容着人民的和民族的忧患，她从没有卸掉救国救民的精神重负。

一方面仍认为在《呼兰河传》中没有了那种新鲜而强烈的时代感，"不可否认是一种退步"，并最后得出结论：

> 从《生死场》到《呼兰河传》，萧红的创作思想有连贯，也有转折。这种转折，一方面意味着一种退步，另一方面也意味着思想的深化。正是这种深化给《呼兰河传》带来了《生死场》所不具备的思想锋芒和哲理深度。

类似的，还有研究者重读了《马伯乐》，并认为马伯乐实际上是萧红塑造的一个"时代新人"形象（李重华：《也评马伯乐形象》，载《绥化师专学报》1991年第2期）。这些观点的矛盾与牵强，恰恰表明了仍然秉持着左翼立场的研究者们，在20世纪八九十年代重新面对萧红的作品时所面临的尴尬。

然而，在另外一些研究者眼里，上述难题则根本不会存在。因为他们认为把萧红归为"左翼作家"本身就是一种"误读"，而只有选取另外的视角，才有可能获得对萧红作品的真正理解。不过，在对此进行评述之前，还不得不提到两部国外学者的著作，它们都是在20世纪七八十年代之交被译介到中国的，并对中国的萧红研究产生了巨大影响：

其一是夏志清的《中国现代小说史》。该书最初于1961年由美国耶鲁大学出版社出版，它提供了不同于左翼的研究视角，大大开阔了国内学者的眼界。虽然该书正文中介绍萧红的文字只有一行——"萧红的长篇《生死场》写东北农村，极具真实感，艺术成就比萧军的长篇《八月的乡村》高。"——但是著者在1978年为该书写的中译本序里，却说忽略了萧红是他那本书中"最不可宽恕的疏忽"，并大表后悔。这样一来，夏志清的一次"疏忽"，反倒使得萧红在这本曾经一度被国内学者奉为圭臬的著作中，获得了最为特殊的地位。国内的学者一方面能看出萧红在夏志清的眼中地位极高，另一方面却看不到具体的评价，这自然会吊足他们的胃口，大大激起他们自己进行探索的兴趣。

另一本便是上文提到的葛浩文的《萧红评传》。如书名所显示的，该书内容包括生平传记和作品评述两部分，其中传记部分由于作者身处美国，所能得到的参考资料有限，难免有一些讹误，但是在对作品的评述中却多有富于启示性的观点。如对《生死场》，就没有将其主题归结为抗日，而是认为"作者原意只是想将她个人日常观察和生活体验中的素材——她家乡的农民生活以及他们在生死边缘挣扎的情况，以生动的笔调写出"，并且细致分析了这部小说的主题中途"转换"的原因；对《商市街》《回忆鲁迅先生》等向来很少被关注的散文作品，葛浩文也给予了高度评价；对《马伯乐》，则认为它展现出了萧红出色的讽刺才能,并将其与老舍的作品相提并论,甚至断言《马伯乐》如果不是没能写完的话,将"可能使她跻身于一流讽刺作家之林";至于《呼兰河传》,葛浩文更是认为它是萧红的"巅峰之作",必然会"不朽"。尽管这本《萧红评传》对于个别作品的评价可能略有拔高之嫌,但总的来说仍然不乏独到的洞见,并在进入中国大陆之后为研究者们提供了多方面的启示。

在1982年第1期的《十月》上,发表了钱理群先生的《"改造民族灵魂"的文学——纪念鲁迅诞辰一百周年与萧红诞辰七十周年》,尽管从题目上看这酷似一篇应景文章,而且仍然是把萧红和鲁迅联系在一起的,但是此文却在"新时期"的萧红研究史上有着特殊的意义,因为它标志着中国大陆的研究者开始尝试从不同于左翼的视角来研究萧红。在这篇文章的开头,钱理群动情地写道:

> 他与她,是如此的不同,又这般的相近。
> 当萧红用她纤细的手,略带羞涩地扣着文学大门的时候,鲁迅已经是现代文学的一代宗师了。
> 1934年11月,他们两人"历史性地"相见了。有人说,这是"左翼文化界一方面的主帅"和"游击战士的会师",毋宁说这是中国现代文学史上"父"与"女"两代人的会合——他们之间整整相距了三十年,但却有着最亲密的文学的血缘关系。

钱理群先生不再是把萧红定位为"反帝爱国女作家",而是从启蒙主义的立场出发,指出萧红的创作属于"改造民族灵魂"的文学,在论述鲁迅对萧红的影响时,也不再认为二者之间是"左翼文化界主帅"与"游击战士"的关系,而是指出鲁迅对萧红最根本的影响是"改造民族灵魂"的文学观,并认为当年鲁迅正是从这个角度,肯定了萧红创作的思想和文学价值。尽管"改造民族灵魂"这一概括在后来也曾受到其他研究者的质疑和挑战,但这篇文章在为萧红研究打开新的视域方面,仍然功不可没。

由于20世纪80年代的时代氛围的影响,启蒙主义成为研究许多作家的最重要的角度之一,萧红研究也不例外。不过研究者们也发现,萧红作品所体现出的底层视角和诗性风格,有时会与启蒙主义的精英立场和理性精神显得格格不入,而且"改造民族灵魂"这一概括同样可能遮蔽萧红作品中更丰富的因素。因此,越来越多的学者虽然也是从思想的角度切入萧红作品,但并不仅仅局限于"启蒙",而是试图发掘出更为深层的意蕴。在这方面较有代表性的研究者是皇甫晓涛,他的一系列文章,如《从背景到角色——〈马伯乐〉的出现与"没有死去的阿Q时代"》(载《鲁迅研究动态》1989年第7期)、《一语难尽——〈生死场〉的多层意蕴与中国现代文化思想的多维结构》(载《中国现代文学研究丛刊》1990年第3期)、《寻找转折点——萧红和她的〈呼兰河传〉》[载《吉林师范学院学报(哲学社会科学版)》1991年第2期]等,以全新的视角重读了萧红的主要作品,从多方面考察了萧红的文化思想与文化批判意识，指出萧红的作品"隐藏着多层历史意蕴而触及中国现代文化思想的诸多困惑点，或说是联结着中国现代文化思想的多元结构，成为这个古老大地地平线上的一个世纪性的文化和历史投影"。上述文章后收入其专著《萧红现象——兼谈中国现代文化思想的几个困惑点》（天津人民出版社1991年出版）。

另外，萧红作品独特的文体和美学风格也引起了许多研究者的兴趣，这方面的论文一直层出不穷，如：

赵园：《论萧红小说兼及中国现代小说的散文特征》，载《论小说十家》，浙江文艺出版社，1987年；

秦林芳：《论萧红创作的文体特色》，载《江海学刊》1992年第2期；

秦林芳：《论萧红创作的审美结构》，载《江苏社会科学》1994年第2期；

姜志军：《论萧红小说的美学特征》，载《中国人民大学学报》1994年第3期；

王秀珍：《萧红作品审美风格刍议》，载《学习与探索》1994年第4期；

郭玉斌：《〈呼兰河传〉：纯美的大荒诗魂》，载《学术交流》2005年第3期。

赵园的《论萧红小说兼及中国现代小说的散文特征》是这方面的研究中最为重要的成果，该文以独到的视角和非凡的艺术感受力,发现了萧红作品中的"情调""情味",并由此论述了萧红小说的散文特征,被认为是对僵硬的"艺术法则"的一种有力反驳。其中有一段话颇值得注意:

> 骆宾基的《萧红小传》认为萧红有一个从强者到弱者的变化过程,是由萧红与社会运动的关系着眼的。我以为,小说家的萧红所经历的,倒是相反的过程:从弱者到强者。对于这个萧红,"强者"的证明是其艺术个性的完成,是萧红作为艺术家的自我完成。

由此可见,文体研究虽然属于"内部研究",但在特定的语境下,它也构成了对于意识形态的反拨。

不过在 20 世纪 80 年代以来的萧红研究中,占据着最重要地位的还是性别研究。萧红的不幸身世和多舛命运,本来就为人们提供了说不尽的话题。据说她临终时说的那句话"我一生最大的痛苦和不幸却是因为我是个女人"曾经引起了无数人的唏嘘,同时她的作品中也的确处处体现出了对女性命运的关注、对男权社会的反抗以及犀利的"女性的历史洞察力",因此众多的女性主义研究者纷纷将目光投向萧红,便是很自然的了。这方面的研究取得了丰硕的成果,其中较有代表性的有:

> 孟悦、戴锦华:《萧红:大智勇者的探寻》,载

《浮出历史地表——现代妇女文学研究》,河南人民出版社,1989年;

刘思谦:《萧红:漂泊岁月寂寞路》,载《"娜拉"言说——中国现代女作家心路纪程》,上海文艺出版社,1993年;

[美]刘禾:《文本、批评与民族国家文学》,载唐小兵编《再解读:大众文艺与意识形态》,香港牛津大学出版社,1993年;

艾晓明:《女性的洞察——论萧红的〈马伯乐〉》,载《中国现代文学研究丛刊》1997年第4期。

在这些文章中,研究者们不仅指出了男权社会的压迫是造成这位女作家不幸命运的根源,更是在她的作品中发现了独特的、游离于主流政治思潮与意识形态话语之外的女性视角,从而做出全新的解读。其中最有代表性的是孟悦、戴锦华的《萧红:大智勇者的探寻》,其中是这样评价《生死场》的:

> 女性的经验成为萧红洞视乡土生活和乡土历史本质的起点,也构成了她想象的方式,当萧红把女性生育视为一场无谓的苦难时,她已经在运用一种同女性经验密切相关的想象——象喻、隐喻及明喻。这倒不是说隐喻明喻是女性独有的想象方式,而是指她自身经历而言。作为一个女性,萧红从女儿到女人的道路中有着太多不堪回忆而又不可磨灭的东西,它们作为

一种不可弥合的创伤记忆大概只能以象征形式出现，也只能以象征、联想的方式去回忆、表现和宣泄。不用说，这种象征与联想是萧红最为熟悉最为亲切的一种符号方式，因为它与她女性的心理历程相关，甚至是维持心理平衡的一部分。这种象征与联想虽然不是女性的标志，但却成了萧红女性经验与群体经验相融合的一种方式，也是女性自我与世界相处的一种符号方式。《生死场》正是这种源自女性心理的符号手段的扩大化和社会化。

而对于《呼兰河传》，孟悦、戴锦华同样做出了极高的且与前人完全不同的评价：

> 当然，最能代表萧红思想发展的还是后期代表作《呼兰河传》。《呼兰河传》是继《生死场》后的又一部历史反思作品。看起来，《呼兰河传》似乎退到了《生死场》之前——作者童年的回忆，但在某种意义上，它却是《生死场》的续篇或重写。作为续篇，出现在《呼兰河传》中的历史形象已不再是《生死场》中那个自然生产方式的轮回，而是死水式的社会病态的文明的因袭；出现在《呼兰河传》中的国民灵魂也不再是动物性、非主体的乡土大众，而是无意识、无主名杀人团式的群体；出现在《呼兰河传》中的希望也不再是某一个危机引致的大众觉

醒，而是某种未被这文明社会所淹没的生命力。《呼兰河传》是萧红在她生命最后几年里对毕生经历和思想的凝聚。

该文中对于《呼兰河传》与《生死场》的对比，也非常深刻而发人深省：

> 同样是群体，《生死场》那麻木的一群似乎仅仅是历史的受害者，萧红注意的是这些麻木群体对历史的停滞应负的责任。他们确实是奴隶，是非主体，甚至也是动物性，也不怀恶意。但这些非主体一时被置于文化的主体位置上，置于社会生活的中心，便立即会成为"不怀恶意"的残忍暴君奴役者，小团圆媳妇不就是死于这些人无主名、无意识的群体谋杀么？确实，如果国民觉醒仅仅意味着在外来侵略者打破旧的生活轨道后，从动物走向人，从非主体变成主体，那就未免太简单而理想化了。《呼兰河传》表现出的国民灵魂的麻木还不仅仅由于"动物性"。人不仅仅是自然和一切主子的奴隶，作为奴隶，他首先是一切主子的效仿者，是一切主子信条的执行者，比一切主子有过之而无不及。在20世纪三四十年代探讨国民劣根性的作品中，在继鲁迅之后的现代文学史上，还很难找到像《呼兰河传》这样深刻地揭示国民群体无主名、无意识杀人团本质的作品。

而刘禾则更进一步地阐释了女性的身体体验是如何挑战和颠覆了民族国家话语的:

> 在《生死场》中,不论是占领前还是日据时期,女人的故事使作者无法将现存的父权——男权社会理想化。国家的劫难既不能解释也不能抹去女人身体所承受的种种苦难。
>
> 萧红在后七章中清楚表明,国家与民族的归属感很大程度上是男性的,这种归属与认同赋予乡村男性农人以民族主体意识,使他们得以克服自己低下的社会地位去向他们的女人传播新的福音……耐人寻味的是,小说中参军的农妇无一例外都是寡妇,她们必须在以某种自戕方式拒绝其女性身份之后,才能成为中国人并为民族国家而战。男性的情形则全然不同。民族主义不仅给了男性以新的自我定义,同时还重振了他们的"男子汉"之气。

艾晓明通过对《马伯乐》的详细分析,也指出了这部作品多方面的颠覆性:

> 《马伯乐》是一部让人惊异的作品。一般在第一次读到它的时候都会觉得奇怪。第一,它不像萧红惯常的风格,不是写沦陷的东北乡村,不是《呼兰河

传》式的童话叙述（童年视角和情境）；第二，它也不像一般女性作家的作品，不是写女性经验，不以女人为主人公。这些令人不解之处都吸引我，我想，如果这部作品打破了我们习惯的对女性作品的期待视野，那么，我们的视野是不是有问题？问题何在？我们的盲点是不是正妨碍了我们去理解萧红特别想表达的东西？在这样一部不循常规的作品中，是否也包含了女性特有的立场和观念？

萧红写的是战时的生活，在她笔下，马伯乐这种自私自利，就是战时民众的一种真相。这种只求自保的精神状态，在逃难民众的日常生活中制造着自相残杀的惨剧。她用冷峻的反讽描写人们冲过淞江桥的情形……

萧红描写战时民众的这种真相，其实也向主流文学叙事中高扬的民族士气表示了她的质疑。她写的是在当时的作品中备受排斥的，几乎被遗忘的国民性病态，难民们像阿Q一样自私又不知耻，无赖还振振有词，自欺欺人和健忘。

近年来，也有研究者试图从"现代性"这一角度切入萧红作品，如：贾浅浅的《萧红小说的言说方式初探》（载《唐都学刊》2005年第2期）、何江凤的《论萧红小说的现代性》（载《沙洋师范高等专科学校学报》2007年第6期）、张海琳的《走向现代的焦虑——论萧红〈生死场〉中的两种声音》

(载《赤峰学院学报（汉文哲学社会科学版）》2008年第12期)、张云霞的《论萧红对中国小说现代化的贡献》（载《青年文学家》2009年第16期）等，但这方面的研究还没有产生过什么重要的成果。

萧红研究视角的多元化，也同样体现在各种传记中。20世纪80年代至今，国内出版了十余部萧红传记，其中有的仍然将萧红定位为爱国进步作家，如肖凤的《萧红传》（百花文艺出版社1980年出版）、铁峰的《萧红传》（北方文艺出版社1993年出版）、丁言昭的《萧红传》（江苏文艺出版社1993年出版）、李重华的《只有香如故——萧红大特写》（哈尔滨出版社1993年出版）等；另外的传记则把萧红塑造为一个主流话语的叛逆者形象，如王小妮的《人鸟低飞——萧红流离的一生》（长春出版社1995年出版）、季红真的《萧红传》（北京十月文艺出版社2000年出版）、林贤治的《漂泊者萧红》（人民文学出版社2009年出版）等。

值得注意的是，除了仍然秉持左翼立场的研究以外（这类文章从20世纪90年代中期开始已经越来越少了，今天则几乎绝迹），其余的萧红研究基本上都有一个共同的特点，就是强调萧红作品的"叛逆性""颠覆性"。这一点在性别研究中最为突出，同时在其他的研究中也都有明显的体现。比如从"启蒙"角度考察萧红作品，就自然会发现它们与当时的"救亡"时代主题的背离；而探索萧红作品的思想文化内涵时，研究者们实际上也是在反对那种用左翼的政治标准来衡量萧红作品的方式；至于文体方面的研究，同样也是"去政治化"

阅读萧红 | 339

倾向的典型体现。这方面的例子不胜枚举，如季红真为她的《萧红传》所写的自序，题目即为《叛逆者的不归之路》，其中写道：

> 萧红的这些思想，游离在主流的政治思潮与意识形态话语之外，并因此受到同时代人的质疑，乃至于批评和谴责。这不能不使她感到深刻的寂寞……她的寂寞感完全是由于思想先行者精神的孤独处境，因为超越了自己的时代而不被她的同时代人所理解。

而林贤治在其编注的《萧红十年集》（人民文学出版社2009年出版）的前言《萧红和她的弱势文学》中所写下的一段话，则更鲜明地体现了这种倾向："政治代替文化，救亡代替启蒙，阶级性代替人性，宣传代替艺术，在这种语境的支配之下，萧红作品的价值不可能被充分认识。"因此，研究者们都在试图把萧红从"主流"（主要是指左翼文学）中剥离出来，并通过寻找萧红作品中的"对抗性"因素而确认其价值。由此可以说，今天的萧红研究一方面体现出了多元的视角，另一方面也出现了新的趋同的倾向。

当然，对于这些年来已经渐趋定型的研究模式，也仍然不断有新的研究者提出挑战和质疑。比如日本学者平石淑子在她的《萧红传》（崔莉、梁艳萍译，中国人民大学出版社2017年出版）中，就对萧红研究过度依赖于"性别"视角的倾向表示了反对：

女权主义理论的确从一个女性作家创作的历史、精神发展的历史的视角给予了一个恰当的解释。但是……这一方法并不是理解萧红作品的决定性方法。本书写作的目的，就是试图将从《生死场》到《马伯乐》的全部作品作为一个作家一系列有意识的创作活动来进行评价。

这里强调的所谓"有意识的创作活动"，针对的就是很多研究者强调的"女性无意识中进行的一种无法言语的精神行为"。这种说法听起来玄之又玄，实际上它说的是，女性对于世界的体验和感受与男性是完全不同的，因此当她们进行写作时，即便不是有意识地表现对于男权的反抗，也会经常在不自觉间，流露出独特的、难以言说的、具有鲜明女性特征的因素。这种说法或许有道理，但正是因为它强调"无意识"，所以让人很难把握，因而平石淑子对这样一种研究方式提出了质疑。正是这种不断地对于前辈研究者的修正和超越，才促进了萧红研究的长盛不衰。

通过回顾从萧红最初登上文坛以来，直至今天人们对她的评论和研究，我们发现，随着时代的变化，人们解读萧红作品的视角不但千变万化，有时甚至截然相反。不过"一千个读者眼中有一千个哈姆雷特"，所有的这些解读并没有"正确"和"错误"之分，之所以出现这些分歧，恰恰证明了萧红作品的丰富性和复杂性：放眼中外的文学史，越是伟大的作品，就越是能给人们提供多样的阐释角度。如果一部作品只能通过"唯一正确"的方式来理解，那只能说明作品本身就是干瘪乏味的。因此对于这些截然不同的观点，我们没有必要感到眼花缭乱，这正是优秀的作家和作品在接受过程中的必然现象。

即使对于那些在今天看起来颇有些"过时"的观点（比如单纯以阶级视角解读作品），我们也应该尝试着去理解。著名历史学家克罗齐有一句名言：一切历史都是当代史。也就是说，我们关注历史，更多的时候绝不仅仅是去关注历史上发生的事情本身，而是带着我们今天的立场、态度、观点，对历史进行叙述和评判，所以我们究竟怎样叙述历史，实际上反映的是当下的社会状况。文学史也是历史的一部分，所以说对于文学史上对作家的各种评价，我们亦当作如是观。比如在 20 世纪 50~70 年代，阶级斗争是一切社会生活的核心，所以当时的研究者在研究萧红作品时，必然要从阶级观念出发。我们在今天，绝不应该觉得他们的观念是"错误"的，而只能说我们的时代不一样了而已。

至于我们今天的读者呢，最好的结果，当然是通过阅读，能够找到"只属于你自己"的理解作品的方式。在这个过程中，前人的每一种观点，都可以为我们提供借鉴，但我们也不必拘泥于任何一种观点。但愿本文对萧红研究历史的梳理，能够帮助你找到只在你心中的那个"萧红"。